Lady Sherlock

福爾摩斯小姐

01

A Study in Scarlet Women

貝克街的淑女偵探

Sherry Thomas

雪麗・湯瑪斯———著 楊佳蓉———譯

福爾摩斯小姐■書評推薦

「湯瑪斯對於文字的運用、以逆轉性別來埋哏、複雜的情節設計，使得我每次重讀《貝克街的淑女偵探》，都會發現更多細節。」

——NPR（全國公共廣播電台）

「在福爾摩斯小姐系列的開頭中，精巧的歷史背景以及精采的推理情節將贏得讀者的喜愛。歷史懸疑小說書迷必讀。」

——《圖書館雜誌》（*The Library Journal*）星級書評

「將經典偵探做出嶄新、高明的重製……能與全盛期的柯南・道爾爵士比肩。」

——《書單》雜誌（*Booklist*）

Lady
Sherlock

「登場角色個個別有特色，劇情發展很精采。這是福爾摩斯小姐系列的第一本作品，相信夏洛特和她未來的冒險都將令人興奮不已。」

——《懸疑雜誌》（*Suspense Magazine*）

「本書是雪麗·湯瑪斯的超人之舉，她創造出令人雀躍的夏洛克·福爾摩斯嶄新版本。從仔細安排的轉折到優雅的文句，《福爾摩斯小姐》是福爾摩斯世界的閃耀新星。本書滿足了我所有期望，已經等不及看到下一場冒險了！」

——紐約時報暢銷作家 狄安娜·雷本（Deanna Raybourn）

「雪麗·湯瑪斯是這一行的翹楚。」

——紐約時報暢銷作家、《僞造眞愛》作者 塔莎·亞歷山大（Tasha Alexander）

「讀者將會屛息期待湯瑪斯以何種妙招，將福爾摩斯的經典元素帶入書中的各個層面，一頁接著一頁地探索謎團將如何解開。」

——暢銷作家安娜·李·修柏（Anna Lee Huber）

福爾摩斯小姐1

貝克街的淑女偵探

目次

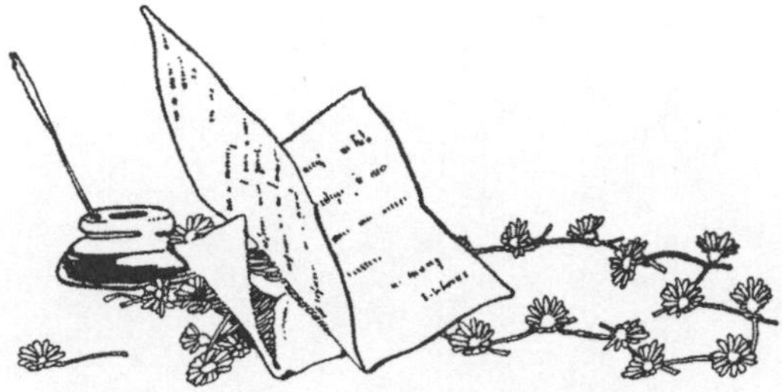

獻給Sean，美麗、永恆的喜悅。

序章

英格蘭，德文郡

一八八六年

若是有人提到針對可敬的哈里頓．薩克維之死的調查，能讓夏洛克．福爾摩斯之名享譽全國，薩克維先生肯定會嗤之以鼻。

他壓根沒聽過什麼夏洛克．福爾摩斯，更重要的是，他鄙視死亡這個念頭。準確來說，單指他自己——其他人想怎麼死是他們的事，和他無關。

他也很厭惡高齡——漫長、不情願的衰老，使人變得脆弱無助，唯有斷頭台般的噓氣才能結束這一切。

他越來越難憑借鏡影說服自己仍舊年輕。他維持健壯身材、俊朗容貌，可惜下巴後方的皮膚日漸鬆弛，深深的皺摺切入兩側嘴角，就連眼皮也不斷下垂，抵擋不住時間的重量。

冰冷而銳利的恐懼將他緊緊勾住。人總有懼怕的事物。對他而言，死亡這個終極恐懼早已幽幽浮現，化爲張牙舞爪的黑暗。

他從鏡前轉頭——近日那些惹人心煩的想法醞釀著，離爆發只剩一線之隔。時值夏日，屋內瀰漫著暮色。從半島般突向海中的居所望出去，落日的烈焰點燃整片海灣。微風中帶著一絲鹹味，浮在最上層的香氣源自晚香玉，球莖是他從南法的格拉斯帶回來的。

暴風將至，墨色雲層聚集在天幕邊緣……

他深深吸氣。不，他絕對不能放任思緒遊蕩到陰森的角落。這幾個禮拜不太好受——倫敦的風風雨雨更是令人抑鬱——不過一切終究會好轉。他還有好幾年能享福，譏笑死亡，以及它遙遠的爪牙。

沒有半點預感掃過他心頭，告訴他將在早上敗給死亡。

但事實就是如此，死亡是最後的贏家。

第一章

倫敦

在哈里頓・薩克維先生遇見那朝他張牙舞爪的黑暗的同一天，熟知內幕的幾股勢力正爲了牽涉福爾摩斯家最年幼成員的醜聞而屏息以待——同時熱切企盼。

英古蘭・艾許波頓爵爺可沒他們那麼期待。如此慘烈的災難竟然會發生，害他好幾天心神不寧。尚未知曉福爾摩斯家族命數已定，但他體內的恐慌不斷增長，像腫瘤一般壓著肺。

他盯著眼前辦公桌上的信封。

夏洛克・福爾摩斯
郵政總局
聖馬丁教區
倫敦

就連白痴也看得出每一道筆畫都散發出濃濃惱怒——筆尖差點在亞麻紙上戳出幾個洞。

擱在信封旁的紙條字跡也同樣激動。

福爾摩斯，

別輕舉妄動。

若真有必要，別找羅傑·蕭伯里。否則將後悔莫及。

這輩子就聽我這一次。

他的左掌扶著額頭。沒用的，福爾摩斯總是隨心所欲，擁有與生俱來的超群能力及優勢撐腰。直到悲劇上演。

你不用讓事情發生，腦中一道聲音響起。是你插手介入。是你給了福爾摩斯想要的一切。然後呢？繼續過日子，假裝沒這回事？

窗戶開著，他往外看去，沒有半點遮掩的天空彷彿與他隔了層被摸得髒兮兮的鏡片——受到污染的藍天，倫敦的尋常日子。從下方小公園裡飄來放肆的歡笑聲——是他的孩子，換作其他時刻，他一定會勾起嘴角微笑。

他提起筆。

與我商量前切勿輕舉妄動。

拜託。

這是默認嗎？他是不是拋棄了一切顧忌，以及一切原則？

他將沒有署名的信箋封入信封，收進口袋，走出放了滿牆書的書房。今晚他有個考古學演講，但在那之前，他想先和兒女相處一下，那兩個調皮搗蛋的小東西正值天真無邪的年紀。之後再來決定究竟是要寄出這封信，還是如同先前的十多封信，扔進火爐裡燒掉。

前門開了，他的妻子踏進屋內。

「夫人，午安。」他禮貌地打招呼。

「爵爺。」她點點頭，臉上掛著怪異的微笑。「看來你還沒聽說你最愛的小姐出了什麼事。」

「我最愛的小姐是我女兒。她牽扯上什麼了嗎？」

他維持平靜的語氣，卻無法阻止後頸寒毛豎立——英古蘭夫人說的不是他們的孩子。

「露西姐很好。我說的是……」她的嘴唇勾起輕蔑的角度。「我說的是福爾摩斯。你的福爾摩斯。」

□

「你竟敢如此侮蔑我？」蕭伯里太太的攻勢源源不絕。「你哪來的膽子？」

法式彩繪摺扇意外稱手——合起來就成了一團絲綢與警棍的綜合體。羅傑．蕭伯里低聲慘叫。

他搞不懂她的腦袋是怎麼轉的。

好吧，他是犯下了無可饒恕的錯誤——昨晚他醉得太過，把妻子誤認為情婦咪咪，說了今天下午他要和夏洛特．福爾摩斯一起做的事情。但如果蕭伯里太太不准他奪走福爾摩斯小姐的清白，那她怎不乾脆賞他一巴掌，然後禁止他幹這種事？或者她大可直接到福爾摩斯小姐家，為了對方不珍惜自己的貞節而狠狠斥責一番。

然而她卻召集了姊妹、表親、友人，由他母親率領大軍，趁他與福爾摩斯小姐難捨難分時大舉侵攻。既然如此，她哪有理由譴責他侮蔑了她呢？畢竟是她讓十多個女人見證自己的丈夫犯下滔天大罪。

他知道最好別洩露腦中想法。當了蕭伯里夫人的兒子二十六年，與安妮．蕭伯里結縭三年，他早就領悟錯的永遠是自己。少說幾句是為了自己好。

他繼續挨打，雙臂抱著腦袋，把自己縮到最小，試著沉浸在美好的記憶中，在那個時空，他不是時時刻刻受到暴發戶名聲束縛的紈褲子弟。

□

蕭伯里夫人對著坐在馬車車廂對座的年輕女子狠狠皺眉。夏洛特．福爾摩斯一動也不動，臉色蒼白但還算平靜。

平靜到了詭異的程度，畢竟她的名聲可說是一敗塗地。

蕭伯里夫人已經準備好面對程度不等的激動啜泣、瘋狂哀求，但福爾摩斯小姐平靜的神情惹得她發慌——她已經好幾年沒如此不安了。

是她把薄被蓋到這女孩身上。接著命令兒子和媳婦回家，要其他人解散。福爾摩斯小姐沒有掩面縮在牆角，也沒有愣愣地盯著地板。她只是看著這一切，彷彿自己是局外人，而且她的命運從未遇上想像不到的轉折。羅傑被他的妻子推出房外，福爾摩斯小姐凝視著他，對他的無能爲力沒有半點憤怒、嫌惡，或是任何情緒。

她眼中只有同情與歉意，街頭小霸王對被自己牽連、捲入無盡風波的同伴大概也是如此反應吧。

蕭伯里夫人預期福爾摩斯小姐的虛張聲勢會在其他人散場後消失。她的嚴苛性格眾所皆知，即便沒打算問他最近幹了什麼好事，但羅傑只要和她獨處就會不住冒汗。

然而她的硬脾氣對夏洛特．福爾摩斯毫無影響。那群吵鬧的目擊者離開了，這則活色生香的故事即將傳入倫敦每一間會客室，福爾摩斯小姐卻沒有潸然淚下；她穿好衣服，叫了分量可觀的下午茶。

接著，在蕭伯里夫人越來越不可置信的眼神下，她按部就班地清空一盤水果蛋糕、一盤櫻桃餡餅，以及一盤吐司配沙丁魚。從頭到尾，她沒有說半句話，絲毫不在意蕭伯里夫人也在場。

蕭伯里夫人努力壓抑心中躁動，沉默是她最厲害的武器之一，可不能拋棄這份戰略優勢。可惜夏洛特・福爾摩斯對她威力龐大的沉默無動於衷，似乎把自己當成女王，而蕭伯里夫人僅是卑微的僕役，連多看一眼的價值都沒有。

等到這女孩準備好動身，她逕自走出房間，逼得蕭伯里夫人跟上。同樣地，她從陪伴墮落少女的嚴厲道德守護者，變為追在小姐背後的單純女僕。

車廂裡的沉默持續蔓延，福爾摩斯小姐打量著擠了滿街的馬車——光鮮亮麗的高檔馬車在排成一長列的雙輪載客馬車間爭道。她的視線不時落在蕭伯里夫人身上，後者清楚意識到她把自己當成奇特無比的標本看待。

「妳不用為自己說幾句話嗎？」她狠狠詰問，再也無法多忍受分秒沉默。

「我對自己無話可說。」夏洛特・福爾摩斯語氣輕柔。「但希望您別太為難羅傑，這事不是他的錯。」

□

倫敦警察廳的羅伯特・崔德斯探長總是很期待能去皇家學會所在的柏林頓府，特別是參加英古蘭爵爺的演講。兩人是因為對考古學的熱愛而認識的——事實上，還是英古蘭贊助崔德斯加入倫敦古文物學會。

但今晚他的朋友像是變了個人。

在一般人眼中，爵爺大人似乎掌控著全場氣氛，不厭其煩地分享智識，口才無懈可擊，還展現出巧妙幽默感——將古時候家族成員比較胸針上珠寶大小和華麗程度而引發的紛爭，與現代手足間爲了一方新買的精緻馬車嫉妒個沒完相比，引起哄堂大笑。

不過呢，崔德斯探長卻覺得英古蘭爵爺的演說欠缺以往的熱忱。他只是在硬撐，徒勞地硬撐——正如同薛西弗斯推著巨岩上坡，心知將在接近山頂時失手，註定得要重頭來過，永無止盡。

問題出在哪裡？英古蘭爵爺是公爵之後，伊頓公學校友，更是世界頂尖的馬球球員。崔德斯探長自然知道關起門來，沒有人是完美的，可是無論英古蘭爵爺私下遭遇過何種煩憂，以往從未在公眾面前展現出來。

演講結束，在大批仰慕者散去後，兩人在學會的挑高圖書館內一處被群書包圍的角落碰面。

「探長，我很想和你一起用餐，但我恐怕很快就得離開了。」英古蘭爵爺說。

崔德斯失望之餘，也稍稍鬆了一口氣——爵爺現下狀況這麼糟，他不認爲自己能提供多少安慰。

「希望您的家人一切安好。」他說。

「他們很好，謝謝你。只是今天突然要赴約拜訪某處罷了。」爵爺情緒和緩，語氣卻帶了點空虛。「相信不久的未來，我們能享受更悠閒的談話時光。」

「這是一定的，爵爺大人。」

崔德斯探長不想浪費朋友時間，但這時他想到今晚來柏林頓府的另一目的。「爵爺，若是不會太麻煩您，可否請您傳訊給福爾摩斯呢？我萬分感激他對亞克萊特一案的協助，爲此寫了張紙條給他。」

「恐怕我無能為力。」

崔德斯探長差點被朋友的表情——接近勃然大怒的氣憤眼神——嚇到往後退去。

「爵爺，我能理解您今晚有要務纏身。」崔德斯吞吞吐吐地解釋。「我的紙條一點都不急，您方便時再幫我轉交即可。」

「我說得不夠清楚。」英古蘭爵爺的怒火瞬間熄滅，眼神茫然，咬緊的牙關鬆開。「我無法——任何人都無法——傳遞訊息給福爾摩斯了。再也無法這麼做了。」

「我——我不——這是——」崔德斯一時語塞。「出了什麼大事了嗎？」

英古蘭爵爺開口：「是的，很不得了的事。」

「什麼時候？」

「今天。」

崔德斯探長眨眨眼。「福……福爾摩斯還活著嗎？」

「還活著。」

「謝天謝地，幸好我們尚未完全失去他。」

「錯了。」英古蘭爵爺不留情面地回應道：「或許福爾摩斯還活著，但這無法改變我完全無法接觸到福爾摩斯的事實。」

崔德斯的困惑持續蔓延，可是他知道無法再問出更多細節。「非常遺憾得知這件事。」

「傳達如此惡耗的我也是相當遺憾。」英古蘭爵爺的嗓音低到幾乎聽不見。

崔德斯頭昏腦脹地離開柏林頓府，數十個讓人不悅的猜測在他心頭盤旋。福爾摩斯是不是從極高的地方跳落，身上只有不牢靠的降落傘？他是不是在家裡實行了爆炸物實驗？還是說他停不下來的聰穎腦袋引得他和錯誤對象調情，被逼著參加非法決鬥，子彈打中重要但不致命的部位？

天下無雙的夏洛克·福爾摩斯究竟出了什麼事？

眞是悲慘。

眞是可惜。

眞是遺憾。

第二章

「家醜。啊，好個家醜！」福爾摩斯夫人尖聲斥罵。

蹲在客廳門鑰匙孔旁的莉薇亞．福爾摩斯狠狠瞪著從屋角偷看的年輕女僕。回去做妳的事，她以口形無聲命令。

女僕溜了，卻留下一串毫無節制的咯咯笑聲。

已經沒有人懂得什麼叫隱私了嗎？說到刺探危害聲譽的醜聞內幕，也只有家族成員有資格這麼做。

莉薇亞的注意力回到客廳裡的狂風暴雨。鑰匙孔的視野被她母親的裙襬擋住，那片小山似的淡紫色絲綢隨著福爾摩斯夫人的怒氣搖晃。

「亨利爵士，我說過多少次了？您的縱容只會害得這孩子走上歧途。我說過多少次了？她好幾年前就該嫁人了。您有聽進去嗎？沒有！當她拒絕了一個又一個完美合適的紳士，我警告過這樣只會害她沒辦法結婚生子，沒有人肯聽！」

她湊上前去，巨大的裙撐左右搖擺。她揚起手臂，手掌揮落，爆炸似的劈啪聲在屋內迴盪。莉薇亞忍不住瑟縮了下。

她和夏洛特吃過不少母親響亮的耳光，兩人曾討論這究竟是母親的才華，或是母親的缺點。莉薇亞主張許多人天生平庸無比。夏洛特心腸較軟，她相信即使是最平凡無奇的人，也必定擁有深藏不露的技術或天賦。

莉薇亞無法服氣，認爲福爾摩斯夫人正是凡夫俗子的代表，無論從任何角度來看都缺乏特色。夏洛特則是反駁：「但她打耳光的技巧可說是爐火純青，特別是反手耳光。」

現在福爾摩斯夫人就露了這一手，充滿戲劇效果的反手耳光，勁道之大連她裙襬的蕾絲都不住顫動。「已經無法挽回了。沒有人會娶她，她也永遠不能在社交圈露面。」

這幾句台詞她已經重複了十一遍。蹲在鑰匙孔旁太久，莉薇亞的後頸陣陣痠痛。在夏洛特獲准逃回房間前，還要重演多少次？

「夏洛特，妳不只毀了自己，也害我們這輩子都淪爲笑柄。」福爾摩斯夫人還在挖掘腦中的講稿，但嗓子已經啞了。「妳犯下的罪孽危害到莉薇亞嫁入好人家的機會。若不是漢莉葉塔已經套牢她的庫伯蘭先生，我們家不就只剩一窩老處女了嗎？」

福爾摩斯夫人語氣中的輕蔑——女兒成了老處女被她說得和偷錢的妓女沒有兩樣。莉薇亞每天都要忍受這份嚴苛，她今年二十七歲，參加過八次社交季，卻總是沒有緣分。儘管早已聽膩，她還是忍不住皺起臉。

根據以往案例，福爾摩斯夫人將會衝向她丈夫，再痛罵他一陣，接著整套酷刑從頭來過。

福爾摩斯夫人氣勢凌人地向前行進，離開鑰匙孔前方，露出夏洛特的身影。

□

認識夏洛特一輩子，莉薇亞還是對妹妹的不可貌相深感訝異，特別是在這種時刻——好吧，以前沒有發生過這等大事，但是就莉薇亞有記憶以來，夏洛特總是能讓家人瞠目結舌。

莉薇亞六歲、夏洛特四歲那年，全家人趁著寒冷清爽的星期六午後，到鄉間綠地散步，看見告示板上釘著一幅畫。那張紙上有四個圖案——一口井、一匹馬、聖母，還有尺寸小了一半的貓咪。紙張上半部浮著一張疑惑的圓臉。

福爾摩斯夫人哼了聲。「真怪。」

「我覺得挺有意思的。」她丈夫應道。

「這到底是什麼？」福爾摩斯家的長女漢莉葉塔扯著尖細的嗓子問道。

「一定是某種訊息。」莉薇亞不耐地對姊姊說：「一定和小孩子的聖誕節派對有關。」

「派對又怎麼了？我看不出有什麼關聯。」

都長到十歲了，怎麼會有人鈍成這樣。「聖母在聖誕節生下耶穌，其他的圖代表派對上的遊戲。」

漢莉葉塔一臉狐疑。「什麼遊戲？」

莉薇亞還來不及漫天胡猜，夏洛特清晰響亮的嗓音響起：「不是遊戲啦，這是在請求。」

眾人的注意力瞬間轉向她。

夏洛特不說話的。她們的母親老是煩惱夏洛特會變得和福爾摩斯家的次女貝娜蒂一個樣。九歲的貝娜蒂不再參加家庭出遊，沒有人猜得到她在想什麼，這個可愛的女孩對任何人事物毫無興趣。假使她眞有什麼想法，也從未與任何人分享。

夏洛特頂著金色鬈髮和藍色大眼睛，與貝娜蒂最爲相像。不過貝娜蒂瘦得像竹竿——廚子的手藝從沒合過她的胃口——夏洛特則是胖嘟嘟的小鬆糕，臉頰豐腴、四肢圓潤，肉肉的手指好可愛。

小天使似的女孩子，就和深夜一般沉靜。她只會點頭搖頭，必要時伸手指點。廚子堅稱有一次問起「夏洛特小姐，您要吃幾片炸蘋果呢？」時，這個女孩以悅耳的聲音回答「十二片」。但其他人從沒聽過她說出「媽媽」之類的簡單語句。

有一次，莉薇亞偷聽到福爾摩斯夫人哭著說她的家人遭到詛咒。*我不但生不出兒子，一半的女兒還是傻子！*莉薇亞轉身離開，知道自己不是傻子，鬆了一口氣，同時又爲夏洛特心碎。這個妹妹其實很討人喜歡——看到夏洛特朝著食物進攻，她總會笑出來——可是她遲早會像貝娜蒂一樣失了魂。

沒想到夏洛特在這時說出了完整的第一句話。要是其他人澆她冷水，莉薇亞肯定會火冒三丈，可是夏洛特說話了，莉薇亞覺得自己的肚子裡不只是蝴蝶在撲騰，簡直是整群野牛在踩踏。其他人還沒回過神來，她搖搖牽在自己手中夏洛特戴著連指手套的小手，問道：「夏洛特，妳是說求婚嗎？」

「莉薇亞，說什麼傻話啊？」福爾摩斯夫人斥道：「她哪裡懂呢？」

「是的，是求婚，媽媽。」夏洛特回答：「我知道那是什麼。一位紳士問一位淑女可不可以當他的妻子。」

一家人再次陷入寂靜。

亨利爵士單膝跪地，眼中閃著興奮的光芒。「夏洛特，親愛的，妳怎麼會說這些圖案代表求婚呢？」

夏洛特挑剔地瞄了圖片一眼，表情意外成熟。「沒有畫得很好，對吧？」

「或許吧，乖孩子。可是妳怎麼會認定這是求婚呢？」

「因爲上面畫著Will you marry me。其實應該是Well you marry me。」

「我看到井（well），我看到像是U字的馬蹄鐵，聖母的名字是瑪莉（Mary）。」亨利爵士說。

「可是貓爲什麼是me呢？」

「對啊。」漢莉葉塔幫腔。「根本沒道理嘛。」

莉薇亞眞想把雪球塞進漢莉葉塔的衣襟。不過夏洛特似乎一點都不在意。「貓咪正在喵喵叫（meow）。可是這隻貓只有一半大，就是半個喵喵叫。半個喵喵叫就是『me』。」

漢莉葉塔嘟起嘴巴。「說不定半個喵喵叫是『ow』——」

「漢莉葉塔，閉嘴。」亨利爵士捧著夏洛特粉紅色的臉頰。「乖孩子，眞是了不起。太了不起了。」

「你確定嗎？」福爾摩斯夫人說：「說不定她只是編——」

「福爾摩斯夫人，也請妳閉嘴。」

「哼！」福爾摩斯夫人唾沫橫飛，她不像漢莉葉塔那麼好擺布。「您一定要和夏洛特說，既然她能說話，那就不該繼續安靜，太沒禮貌了。」

亨利爵士嘆息。「孩子，聽見妳母親的話了嗎？」

「可是啊，爸爸，又沒有重要的事情，我爲什麼要說話呢？」

亨利爵士哈哈大笑。「說的也是。親愛的孩子，妳擁有超越年紀的睿智。我允許妳想多安靜就多安靜。」

說出這句話時，他瞥了福爾摩斯夫人一眼，她的嘴角狠狠往下撇。亨利爵士以誇張的動作輕輕鞠躬，向妻子伸出手臂；她嘴一癟，但還是勾住他的手。漢莉葉塔握住他另一側的手臂。莉薇亞與夏洛特繼續手牽著手。

隔天是星期日，結束講道之後，講壇上的教區牧師宣布湯林森小姐願意成爲他的妻子，使得他萬分喜悅。這則消息沒多久就傳遍全村，大家這才知道告示板上的怪圖是牧師的求婚招數，因爲他與湯林森小姐都熱愛畫謎。

亨利爵士在屋裡昂首闊步，一臉得意。莉薇亞很替夏洛特高興，有些嫉妒竟然不是由她解讀畫謎，心裡浮現一絲喪氣。她過了好久好久才領悟胸中這股悶氣與夏洛特無關，全是她們父母的問題。

□

亨利爵士瞧不起自家妻子的程度，恰如福爾摩斯夫人瞧不起自家女兒。他們的婚姻並不愉快，不過福爾摩斯夫人比他還不愉快多了。

莉薇亞察覺這個現象時嚇壞了。她母親看似權力無邊，宛如天神一般踏遍她高雅的鄉間別墅，發號司令，展現權威。然而在丈夫的輕視之下，她可以說是脆弱無比。

事實上她也不是莉薇亞小時候認定的持家能手。福爾摩斯夫人的控制力大半是錯覺，存在相當薄弱，充滿不時爆發的憤怒與暴力——卓越的耳光技巧並非憑空產生。僕人也瞧不起她，莉薇亞只能勉強容忍她，而貝娜蒂只要在她身邊，狀況就會特別糟。唯一和她處得來的是漢莉葉塔，總是開開心心地奉承她，甚至是拿她當榜樣。

莉薇亞偶爾會撞見家裡的女暴君獨自坐在客廳角落，臉色蒼白失落。不過等福爾摩斯夫人看到她，對她大吼大叫，罵她是惡劣的鼠輩、不知進退時，面對排山倒海而來的羞辱，莉薇亞的同情就會消失得無影無蹤。

十二歲那年，她發覺自己也會走上同一條路。她也可能嫁給英俊討喜的男士，卻依舊悲慘無比。就在那個禮拜，夏洛特說出她對格雷威太太的觀察。

格雷威太太是亨利爵士表親的遺孀，年近四十，打扮時尚，活潑開朗。她家在二十哩外，每隔一陣子就會來福爾摩斯家拜訪。福爾摩斯夫人不把她放在眼裡，每當有人提起格雷威太太，總是嗤之以鼻，批評她很「平庸」，甚至「粗鄙」。然而亨利爵士認定她是家族成員，堅持要好好招待她。

每年，格雷威太太都會在托基這個海邊度假勝地待一段時間，回程帶著各種禮物來拜訪福爾摩斯家的女孩。因此就連站在福爾摩斯夫人那邊的漢莉葉塔也難以打從心裡排斥格雷威太太。

在那次來訪期間，對穿著打扮很講究的漢莉葉塔收到一頂時髦的草編帽。喜歡寫日記的莉薇亞則是獲得漂亮的記事本，封面印著德文郡海岸的圖片，以及一瓶美麗的紫丁香色墨水。而熱愛美食的夏洛特的用餐內容一向受到福爾摩斯夫人關注，生怕她胖成天理難容的體型，她拿到了貼在剪貼冊裡的乾燥海草，裡頭收集了數十片淺綠色到深棕色羽毛似的標本。

那天晚上，家裡只剩女孩們和女家教。亨利爵士帶福爾摩斯夫人去治安官荷里歐克家聚餐。洛頓小姐盯著貝娜蒂洗澡——貝娜蒂偶爾會抽搐，不能放她自己在浴缸裡——夏洛特拉著莉薇亞的手，帶她到亨利爵士的書房。

「我們不該進來的！」莉薇亞輕聲抗議，心臟跳得好沉。她和妹妹一樣喜歡稍微越界的刺激感，可是靠著打小報告取樂的漢莉葉塔還在家裡。

「漢莉葉塔在換衣服。」夏洛特說。

「那應該就沒關係了。」如果雙親不在家，十六歲的漢莉葉塔會自己在大餐桌用餐。她愛極了換上用餐禮服的儀式，可以花上一輩子梳理頭髮，試穿幾件襯裙，找出與禮服造型最合適的配件。「爲什麼要來這裡？妳想給我看什麼？」

夏洛特拿起亨利爵士桌上的紙鎮，遞向莉薇亞。

「這我看過。」莉薇亞有時也會溜進亨利爵士的書房探險。「他和同學去諾福克郡旅行時買的。」

亨利爵士一年會和哈羅公學的老同學一起出遊兩次，三天前才剛結束一趟男士之旅，莉薇亞瞄到還放在盒子裡的紙鎮，上頭印著「來自克羅麥的贈禮」。

「看仔細點。」夏洛特說。

儘管夏洛特已經不像以往那樣沉默，除了必要的招呼（像是「牧師早安」，以及偶爾向剛認識的人問好）之外還是很少說話。因此只要她開口，莉薇亞一定會專心傾聽。

她垂眼注視玻璃紙鎮底部照片似的圖案，那是一棟好幾層樓高的大宅。「那不是他在克羅麥時住的飯店嗎？」

夏洛特從她的藍色罩衫口袋裡抽出一張明信片。「我在乾燥海草的本子裡找到這個。」明信片上印著和紙鎮一模一樣的圖片。標題寫著「托基，皇家飯店」。格雷威太太會有這張明信片也不是什麼怪事，畢竟她就是在那裡渡假。可是亨利爵士竟然會帶回充滿德文郡風情的紀念品，他應該是去了離北海岸好幾百哩的地方啊……

「他怎麼會有托基的紀念品？」

「如果不是從去那裡玩的人手中拿到，那就是他自己去了一趟。」

「那他怎麼會把東西放在克羅麥的盒子裡？」

「漢莉葉塔買緞帶時為何要撒謊說是找到的？」

莉薇亞腸胃一擰。因為漢莉葉塔知道她做了不該做的事。

「可是爸爸去托基做什麼？為什麼不帶我們一起去？」眞相在莉薇亞腦中炸開。「老天爺啊！他是和格雷威太太一起去的。」

夏洛特似乎毫不訝異。莉薇亞發覺妹妹早就得到這個結論，所以才想拿證據給莉薇亞看。

「夏洛特，絕對不能和媽媽說，懂嗎？」

「我什麼都不會說，可是我覺得媽媽也知道，或者至少是起了疑心。妳知道爸爸不在家的時候，她每次都會進他的書房亂翻。」

莉薇亞盯著夏洛特和平時一樣可愛的粉紅色圓臉。所以福爾摩斯夫人才會如此厭惡格雷威太太？天啊，亨利爵士是故意把紙鎮放在福爾摩斯夫人一定看得到的地方，再將印著同樣圖案的明信片放進屋裡——找到明信片的女孩一定會裝飾在房裡——是想當著妻子的面炫耀他和情婦的海岸假期？

夏洛特想說的就是這個嗎？

「妳覺得他愛格雷威太太嗎？」

莉薇亞不知道什麼樣的狀況比較糟——她們的父親愛著別人，或者是和他不愛的女人出軌。

「不是。」夏洛特說得篤定。「來這邊。」

亨利爵士書桌最下面的抽屜裡有個盒子，以造型奇特的深棕色銅鎖扣住，莉薇亞猜想這是某種中國古董。圓筒狀的鎖身上鑲著五片轉盤，上頭以金漆繪製的中國文字現在已經褪色到難以識別。

莉薇亞看過這個盒子，直覺告訴她只要將正確的文字連成一線，就可以開鎖。有一次她趁爸媽難得不在家，轉了好幾十遍都以失敗收場。

夏洛特瞇眼打量銅鎖，滿懷信心地一一轉動圓鎖轉盤。

「妳試過很多次所以知道正確組合嗎？」莉薇亞驚嘆不已。

「沒有。爸爸和我們一樣看不懂中國字，不過對著強光看，就能看到某些文字周圍有模糊的鉛筆痕跡，只要連起來——」

夏洛特抽出插銷，把鎖頭放到一旁，將打開的盒子遞給莉薇亞。

莉薇亞第一眼看到的是一張剪報，上頭宣告亨利爵士要與一位艾梅莉亞．德魯蒙小姐訂婚。

接著是一份喜帖。「不對啊，婚禮的日期是——媽媽和爸爸結婚那天。妳該不會以爲媽媽其實就是艾梅莉亞．德魯蒙小姐吧？」

夏洛特搖搖頭，示意莉薇亞翻開喜帖。最底下放了一張小小的照片，是年輕時的亨利爵士，以及氣質端莊、容貌動人的年輕女子，她絕對不是福爾摩斯夫人。

莉薇亞盯著照片看。「艾梅莉亞小姐拋棄了爸爸嗎？所以他才在婚禮當天娶了別人來氣她？」

夏洛特鎖好盒子，小心翼翼地收回原處。她走到門邊，往外瞄了一眼，比手勢要莉薇亞跟上。兩人爬上樓梯，回到自己房間，莉薇亞坐到床上，雙手扶額，努力整理剛才看到的種種。

「妳想媽媽是不是知道他是在預定和艾梅莉亞小姐結婚的那天娶了她？」

「嗯。」

「事前還是事後？」

夏洛特想了一分鐘。「事後。」

有道理。福爾摩斯夫人的娘家是可敬的士紳家族，可惜手頭頗緊，缺少供女兒參加社交季的管道，對倫敦的結婚訊息不太靈通。

此外，若是福爾摩斯夫人早知道自己的處境，也不會如此地理想幻滅。

「眞想知道媽媽爲什麼不去找個類似格雷威太太的對象。妳覺得她想嗎？」

夏洛特以平靜的語氣提問，莉薇亞跳了起來。「外遇嗎？我不知道她想不想，可是如果她有這個意思，爸爸一定會很生氣。」

「爲什麼？他自己就是這樣啊，而且完全沒有遮掩的意思。」

「我也說不上來，就是知道他會生氣。」

夏洛特想了想，神情沉穩得如同聖誕卡片上的天使。「那樣不是很不公平嗎？」

「當然了，可是事情就是這樣。」

「我不喜歡。」

「我也是。我好討厭這種事，可是我們總要忍著。」

夏洛特安靜下來。在走廊另一側，漢莉葉塔的房門開了，她晚間便鞋的鞋跟重重敲打樓梯。

「一定要嗎？」夏洛特問。

不知道爲什麼，比起先前的疑問，這個問題最令莉薇亞震撼。她把明信片丟進壁爐，引火燒掉。

「是的。除了忍下去，我們什麼都不能做。」

□

亨利爵士的風流韻事，以及福爾摩斯夫人受到的影響，直到兩年後才再度被提起。十八歲的漢莉葉塔在第一次社交季結束前就談定了婚約。

莉薇亞和夏洛特與她的未婚夫庫伯蘭先生不久前打過照面。莉薇亞擠出渾身上下的自制力，才能忍住不當著對方的面翻白眼——庫伯蘭先生討人厭的程度與漢莉葉塔不相上下，幸好老天保佑，這位男士和柱子一樣沉默。

「那個可憐的白痴。」終於等到獨處時刻，她對夏洛特發表感言。

夏洛特拉開床邊小桌的抽屜，撈出她走私回來的違禁品——一大塊從廚房摸來的水果磅蛋糕。

「我同意。」

莉薇亞氣呼呼地說道：「白痴才會想娶漢莉葉塔。」

夏洛特漫不經心地點頭，注意力全放在蛋糕上。福爾摩斯夫人對夏洛特的飲食設置天羅地網，卻還是失望地發現她完全沒有瘦下來。莉薇亞先前還很開心能幫夏洛特盜運麵包和布丁，以此違抗母親，享受妹妹咬下禁果的無邊喜悅。但最近莉薇亞開始後悔如此煽動縱容夏洛特的食慾——流行趨勢總是冷酷無情，穿上那些爲了以人工手段將女人的身體扭曲成沙漏狀、內嵌鯨骨鐵板的胸衣，夏洛特一定會很不舒服。

好吧，前提是有人能說服夏洛特拋棄她對藍色棉布罩衫的熱愛。她已經穿了好幾年，大約每一年半就要照著抽高的身形重新訂製。

「別只顧著吃蛋糕。」莉薇亞繼續說道：「和我說說妳爲什麼覺得庫伯蘭先生是白痴。」

只要有耐性時時催促，和夏洛特聊上幾句並非不可能。她看起來一點都不介意被人催著開口，不過她常常自告奮勇代替漢莉葉塔照顧貝娜蒂，這份差事不用開口，只要陪貝娜蒂坐著就好。其實，該說狀況正相反——若是別試圖和貝娜蒂搭話，在她身邊的挫折感就會低上一些。

「他不缺錢。」夏洛特說道：「可是衣服搭配得很糟，顯然不知道要怎麼選裁縫。而且他認為誇張的領結可以彌補糟糕的鞋子和太短的褲子。此外，他的男僕手腳不乾淨。」

「什麼？」

「他領帶夾上的鑽石是假貨。他本人沒必要買假鑽石，大概是男僕賣了原本的寶石，換上廉價的替代品。」

原本半躺在床上的莉薇亞跳起來。「不該告訴漢莉葉塔他家有內賊嗎？」

「教我分辨眞假鑽石的人就是漢莉葉塔。」夏洛特提出如同震撼彈的觀察結果，神情依舊沉著。

「她知道的。她很快就會處理掉那個男僕。」

「她故意接受這個蠢貨的求婚——我幾乎要爲她感到遺憾了。」

「不用，他正是她尋找的對象。漢莉葉塔一點都不笨，她沒打算嫁給像爸爸的人。她要的是可以控制的另一半，現在她找到了。」

莉薇亞扮了個鬼臉。「他眞的夠有錢嗎？不像我們——都是虛有其表。」

夏洛特去年首度指出廚子在磅蛋糕裡放的奶油量不對，接著發現買食材的經費遭到大幅縮減。不過呢，是莉薇亞大著膽子偷拆銀行寄給亨利爵士的信，她們這才發現這屋子已經成爲抵押品，雙親負債累累。

（他們差不多在這個時期解雇貝娜蒂的看護，把照顧她的工作分給姊妹們。福爾摩斯夫人也宣布女孩們年紀夠大了，請家教另尋高就。）

莉薇亞對雙親早已不抱任何幻想，這下子更是失望透頂。如果一定要把自己的婚姻搞成笑柄，那能不能請他們至少好好理財呢？

「漢莉葉塔很小心的。」夏洛特說：「還記得嗎？那次她和媽媽出門兩天，去探望生病的姨婆——至少她們是這麼說的。我找到沿途的票根，媽媽在那些地方根本沒有親戚。可是庫伯蘭先生今天提到了那些地方——全都是他家族產業的所在地。媽媽和漢莉葉塔就是去調查那些土地，確認沒有任何問題。」

「呃，我眞是小看了漢莉葉塔。」

「只要牽涉她自己的利益，漢莉葉塔總是很精明的。」

「但她還是要嫁給那個白痴。」莉薇亞啪地倒回床上。「不過我認爲與其嫁給把妳當成白痴的人，嫁給白痴還比較好。」

夏洛特的注意力回到蛋糕上頭。莉薇亞盯著天花板，負面想法將她淹沒。夏洛特突然開口，把她嚇了一跳，不只是因爲夏洛特願意延續話題，也因爲她提出的疑問。

「妳不會嫁給白痴吧？」夏洛特問道。

「很希望不會如此。」莉薇亞沉著臉。「至少我會睜大眼睛。妳呢？」

「我不想結婚。」

「那妳要怎麼過活？妳知道家裡的錢不夠養我們一輩子。」

「我可以賺錢。如果我是男生，家裡又沒錢了，我不是應該要有一技之長嗎？」

「是啦，但妳不是男生。要是想到自家女兒……出門工作，媽媽一定會大鬧一場。」

「不用媽媽同意。」

莉薇亞嘆息。「如果妳以為爸爸會答應，那就想得太美了。」

她對亨利爵士沒什麼感情，反正亨利爵士也不認為她有什麼用。可是夏洛特是他的寵兒——她的慧黠、奇異言行、沉默都是他的心頭好。他常常帶她出門散步，就他們兩個，也會偷偷買甜點給她。他唸喜歡的詩句給她聽，而她馬上就能背出來，逗得他樂不可支。

「妳為什麼覺得他不會答應呢？」夏洛特問。

「和他要是發現媽媽外遇時一定會發火的原因一樣。或許他看似開明，但其實思想沒那麼開放。妳要記好。」

夏洛特點點頭，傷心地看著面前的空盤子。

這是莉薇亞最後一次看到夏洛特一口氣吃掉這麼多蛋糕——或是任何一種食物。

□

接下來的幾年間，夏洛特身上出現一連串預想不到的變化。首先，她對穿著打扮產生極大興趣——研究時尚圖片，嘗試各種襯裙和絲襪的搭配，陪福爾摩斯夫人挑選蕾絲和羽毛。除此之外，她更加注意自己的身形，不再毫無節制地大吃。在她要了第二份紅蘿蔔、放棄布丁的那一天，莉薇亞把她拉到一旁，問她是不是病了。夏洛特搖搖頭。

讓福爾摩斯夫人更安心的是，她的么女終於肯努力好好和人寒暄。她不再以突如其來的評論惹得訪客坐立不安（比如說「看得出你不再寫日記了」、「很遺憾去了趟巴斯的治療功效不如預期」），學會如何微笑、點頭、聊聊天氣。

社交技巧總是要大量的嘗試與錯誤。起初，她忍不住糾正老鄉紳大聲嚷嚷「從我還是穿短褲的小鬼那時開始，咱們這邊從沒下過這麼多雨」，引用教區記錄的確實數據，指出光是五年前就出現過更高的雨量。經過一陣練習及大量的尷尬場面，她終於領悟，那些信口開河不過是人們避免無話可說的技巧。

換句話說，就是避免令人不安的沉默。然而夏洛特心中沒有「令人不安的沉默」這種概念，導致她難以理解，就像是要患有暈眩症的人精通維也納波卡舞一般。

站在她身旁，莉薇亞有時候會爲她冒冷汗，努力以心電感應傳遞正確的應對，同時驚覺夏洛特簡直就像個外國人，對此地的風俗深感困惑，甚至覺得荒謬至極。有一次在雜誌上讀到住在火星的可能性，莉薇亞便想到夏洛特宛如跨越星球的外星人——讓她摸不著腦袋的不只是英國習俗，而是全人類的想法。

夏洛特終於克服了這些障礙，不只學會問候老太太的感冒和失禁問題之間的重大差異，也適應了危機重重的正式社交場合，即便莉薇亞依然看得出她有時會透過內心的算計引導話題，試著換得適當的回應。

整體來說，她完全變了個人。那個堅持好幾年穿同款服裝的小女孩化身為滿身荷葉邊與飾品的小姐。現在她看的不是《大英百科全書》，而是《柏克貴族年鑑》及《康希爾文學雜誌》。她無法瘦成優雅纖細的體態——雙下巴若隱若現，上衣的釦子看起來即將爆開——略顯圓潤的身材與她的大眼睛及紅潤臉頰相當搭調。

她長得不算美，可是氣質親切討喜。在人們眼中，她就像是童謠裡的人物長大的模樣。男孩和年輕男士看到她就說不出話，視線忙碌地從她柔軟的粉紅色唇瓣跳往堅挺的胸脯。

對於妹妹引起的關注，莉薇亞半是欣羨，半是惋惜。這個被荷葉邊裙襬淹沒、往臉上塗蜂蜜、用椰子油保養頭髮的女孩是誰？莉薇亞記憶中的夏洛特到底是怎麼了？那個古靈精怪的小妞兒，莉薇亞唯一處得來、唯一能信任的家人到哪裡去了？

接著，到了兩人要一起去倫敦參加社交季的前一天，夏洛特對莉薇亞說：「今天我和爸爸說了。」

她們在村子外圍的田野散步。天氣晴朗，但還是帶著寒意。鄉間一片惹眼的新綠。夏洛特身穿奶油色連身裙，點綴著蕾絲和花邊，與明媚的風景形成鮮明的對比。

想到嶄新的夏洛特很可能在社交季結束前得到眾男士的求婚，莉薇亞忍不住情緒低落。她在婚姻市場的機會可說是相當渺茫，脾氣孤僻，老是對身旁人們深感失望。對年輕女性而言，這已經夠糟了，但更棘手的是她不知道要如何掩飾自己的孤僻。

要是夏洛特接受某人求婚，莉薇亞在家裡就沒半個盟友了。

她嘆了口氣。「妳和爸爸說了什麼？」

「還記得我們和庫伯蘭先生見面那天嗎？我說我不想結婚。」

「妳今天和爸爸說妳不想結婚？就在我們要去倫敦的前一天？」

「不，我是在見到庫伯蘭先生的隔天找爸爸談的。」

莉薇亞眨眨眼。那可是五年前的事情啊。

「我和他說我不認為自己適合走入婚姻，我說希望能尋找其他維生的方式。」

「他怎麼說？」

「他說他相信我這個年紀還不足以做出影響一生的決定。他鼓勵我鑽研當時還沒有接觸過的女性技能——比如說時尚流行——在我全面否決前，更徹底地體驗傳統的女性生活。」

這話聽起來意外理性睿智——莉薇亞難以相信她們在說的是亨利爵士。

「我照著他的要求做了。結果發現時尚也挺有意思的，和人說話也是——只要開口打聽，他們透露的祕密多到不可思議。我想像倫敦社交季應該也有值得一遊的亮點，但我對婚姻的看法仍舊毫無改變，這幾年的努力無法扭轉婚姻裡的經濟與政治平衡。我不喜歡以我的生殖系統交換男性的支援——我不喜歡別無選擇的處境。」

莉薇亞的眼珠子差點滾出來。以前的夏洛特哪裡都沒去，她只是包裹在上等的布料裡，頭上歪歪戴著漂亮帽子！莉薇亞對於自己完全被她的偽裝所欺而深感羞愧。

「妳和他說了這些？」

「他早就知道了。今天我說的是我已經決定要走哪一行了——我相信我可以成為優秀的女校校長。只要進入風評不錯的學校，我一年可以賺五百鎊。」

莉薇亞倒抽一口氣。「這麼多？」

「對，但我無法一夜之間成為女校長。我一定要上學，接受必要的訓練，然後慢慢往上爬。我請爸爸支援這些開銷到我能償還為止。」

「他答應了嗎？」

「我們的協議是等到我二十五歲再說。到時候要是我沒遇到想嫁的人，那麼他就贊助我去上學。」

莉薇亞啞然失色。「我不信。」

「他以紳士的名譽答應我了。」

這可不是小事，莉薇亞只能猛搖頭。既然亨利爵士是認真的，或許她也該相信吧。「可是離妳滿二十五歲還有好久，將近八年。在這段期間，什麼事情都可能會發生。妳可能會愛上某人。」

「當然了，這就是爸爸的盤算。但浪漫的愛情實在是……我不想說愛情是虛幻的——我相信激發出的情感儘管無比短暫，但都真實不虛。眾人將它歌頌成古老、永恆的喜悅，每個女人都該努力追求——但事實上愛情更像是搭冷凍船從阿根廷進口的牛肉，在謹慎控制的環境裡得以保持新鮮，可是品質遲早會下滑。整體而言，愛情是種終將凋零的美好事物，可悲的是，年輕人被逼著在短暫的陶醉感中，做出無法挽回、生死相許的決定。」

莉薇亞張大嘴巴。她也對愛情與婚姻懷抱質疑，但她主要是害怕自己在可能的追求者眼中顯得太高傲、太疏離，也怕自己無法做出比福爾摩斯夫人還要好的選擇。她從沒想過要對整個婚姻體制做出大規模批判。

「那麼康明斯夫婦呢？他們結婚三十年了，看起來還是很快樂啊。」

「艾奇堡家和斯莫家也很美滿。但我們可不能被那些成功的婚姻迷惑，得根據數據來判斷，在所有的夫妻之中，有多少人過了許多年依舊相處融洽。就我的估計，在與我們家往來的親友裡頭，僅有不到百分之二十的成功案例。在這種機率之下，妳願意賭上人生嗎？」

莉薇亞連眨了幾次眼。「所以說妳不會。」

「如果是在賽馬場上，這個賠率不算差。況且，想到大獎是數十年的討喜伴侶，確實值得賭一賭。我的問題在於必須投入的賭注——一生的時間。而且啊，除非我的丈夫先過世，或是和我離婚，我只能下注一次。不過，要是我和丈夫離婚，爸媽就再也沒臉見人啦——連他們也蒙受重大損失。所以不行，面對龐大的代價及限制，我不願意賭。」

夏洛特拉拉莉薇亞的衣襬，後者才發覺兩人已在原地站了好一會，她擋在一輛小馬車的路徑上。她任由夏洛特帶她到泥土道路旁，疾駛而過的村中醫師摸摸帽緣，兩人不假思索地對他點頭致意。

「所以妳打算等到二十五歲生日那天，對社交界扮個鬼臉，跑去上學。」她一邊說著，兩人繼續往前走。

「差不多。爸爸要我做好準備，讓某位男士把我迷得神魂顛倒，我答應了。只是我不知道他爲什麼認爲我若是愛上某人，就會以不同方式評估各種要素。有時候我忍不住覺得爸爸完全不懂我。」

這個結論不必質疑。莉薇亞認爲亨利爵士依然把夏洛特看成逗人開心的奇妙玩意兒，或者是仍舊希望只要忽視她的激進思維，她就會變回他的可愛女兒。夏洛特的外貌對她的處境毫無幫助，她的長相可說是極具女人味，圓潤柔和，沒有半點稜角。

「嗯，聽說親吻會影響女性的思考能力。」莉薇亞說。

「我被人吻過。是很不錯，但我——」

「什麼？誰吻了妳？什麼時候？在哪裡？」

「幾年前的事了。可是我發誓絕對不會洩露那位紳士的名字——也就是說我無法告訴妳親吻的地點，畢竟這樣會縮小可能的名單。」

幾年前？夏洛特當時才十三、四歲。「妳什麼都沒說！」

「妳沒有問過。」

「我——」莉薇亞決定還是閉上嘴比較好，不然她可能會脫口說出當時她比較懷疑夏洛特是從火星到這裡來調查地球人的文化風俗，壓根沒想到她會和男生親吻。「是怎麼發生的？對方偷襲妳嗎？」

「不是，是我主動的。」

「夏洛特！妳愛上那個男生了嗎？」

「沒有，我只是想知道那是怎樣的感覺。」

「可是妳怎麼會選那個男生？一定不是隨機抽籤的吧。」莉薇亞倒抽一口氣。「是嗎？」

「我沒有這麼做。但我無法透露我選擇他的緣由，這也會成為指認他的線索。」

莉薇亞試了幾次，夏洛特的口風緊得很，最後只能放棄。「看看妳。妳有過『很不錯』的親吻經驗——而妳也為自己的人生制定實際的計畫。這讓我覺得自己毫無目標。」

「覺得毫無目標的人往往是還不確定自己想要什麼——在那之前是無法擬定具體策略的。」夏洛特打量莉薇亞好一會。「不過以妳來說，妳可能很清楚自己究竟想要什麼，只是害怕這份欲望，更遑論追求。」

莉薇亞嚥嚥口水。她沒有問夏洛特知道些什麼，是怎麼知道的；她半句話也沒說，兩人就這樣默默走回家。

來到家門前，莉薇亞一手環住夏洛特肩頭。「如果爸爸給妳的承諾全都是暫時哄騙妳呢？這樣說可能不太好，但我們的父親缺乏遠見——光是把問題拖延一天就夠他開心了，更別說是八年。假如到時候他反悔的話，妳要怎麼辦？」

「不知道。還不急，我有足夠時間可以思考對策。」夏洛特握住莉薇亞的手。「但如果我們父親證明他言出必行，資助我接受賺錢養活自己的必要教育與訓練，妳是否願意讓我為妳做同樣的事？」

莉薇亞捏捏夏洛特的手，眼淚突然湧了上來。夏洛特很少主動觸碰旁人——這和女王在西敏寺裡提出的嘉賞同樣隆重。

「當然，請務必這麼做。」

她任由自己暫時陷入虛幻未來的想像，姊妹倆攜手踏上最美好的獨立人生。她們會住進可愛的小屋子嗎？或者是夏洛特未來主持的學校裡的雅緻寬敞套房？她想像兩人在星期六下午一起喝茶，夏洛特面前放著一整盤最愛的水果蛋糕，望向外頭專屬於她們的小花園。

這是她想像過最迷人的未來願景。

然而她是如此悲觀，便忍不住加上幾句警語。「夏洛特，記好，爸爸對女人沒什麼好感。若是男人之間的承諾，他不太可能會爽約——但妳不是男人。」

「他曾因自己的性格缺陷遭到未婚妻拋棄。他娶來激怒未婚妻的女人因爲他不顧她的情感，擅自利用她而不喜歡他。他有什麼理由討厭所有女人？他會因爲自己的父親是混帳、律師拿他的風流韻事來炒作而輕視所有男人嗎？」

「我知道以妳的標準來說確實不太理性。可是妳不能預期身爲女人的妳獲得理性對待，夏洛特。我無法解釋——世道就是如此，妳得要學著接受。」

夏洛特沉默了一會。莉薇亞心想或許這回她難得往妹妹腦袋裡灌輸了一點常識。不過等她們走進屋裡，夏洛特對她說：「我會試著理解，但我不會學著接受。永遠都不會。」

□

莉薇亞老是懷疑亨利爵士不會信守承諾。然而當他眞的毀約，她比妹妹還要氣憤。

「他太過分了。對妳空口說白話，要妳乖乖聽話，他卻連半點履行諾言的意圖都沒有──」她說得口沫橫飛，腦中一片空白。

夏洛特坐在床緣，輕輕敲打床柱的指尖是唯一洩露她心中不安的徵象。

過了許久，夏洛特才開口：「我挑的時機不夠理想。開始談話後才發現今天早上傳來艾梅莉亞·德魯蒙夫人過世的消息。爸爸的情緒不太穩定。」

莉薇亞按住喉頭。「喔。」

夏洛特把玩著裙子上的蝴蝶結。「這並不代表他一定會守約。假如他眞有意履約，無論艾梅莉亞夫人是生是死都不會影響他的決定。但他或許還有些許猶豫，有在最後一刻改變心意的微渺機會……正如我說的，時機不夠理想。」

「妳會再問一次嗎？」

「妳認爲有用嗎？」

「沒有。」

「我也這麼認爲。」

「那妳打算怎麼做？」莉薇亞心裡的怒火又燒了起來。「請和我說妳不會吞下如此可惡的欺瞞。

爸爸才不會後悔。他只會自鳴得意，慶幸自己又靠著不入流的手段逃過一劫。」

夏洛特雙手握住床柱。換作是莉薇亞，她要把床柱當成亨利爵士的脖子。不過夏洛特恢復了以往的平靜，應道：「不，我絕對不會善罷甘休。」

「太好了！」莉薇亞高聲叫好，語氣又變得有些猶豫：「可是妳要如何回敬他？要如何在懲罰他的同時獲得必要的教育資金？」

「我有個主意，不過還要想想。」

「我幫得上忙嗎？」

「最好還是讓我自己處理。」

莉薇亞微微一驚。「妳該不會——該不會要在他的茶還是什麼東西裡面放砷毒吧？」

「當然不會。而且他死了的話，對我們家的經濟狀況沒有任何好處。到時候債主找上門來，媽媽就要賣掉房子還債，我可拿不到半毛錢學費。」

「那怎麼辦？」

「結束之後我再和妳說。」

寒意沿著莉薇亞的脊椎往下竄——她的妹妹有辦法做出獨一無二的殘忍行爲。「那妳至少可以告訴我打算什麼時候執行妳的邪惡計畫嗎？」

「很快，我想幾個禮拜內就能完成。」

莉薇亞抓住夏洛特的肩膀。「別做會讓妳後悔的事。」

夏洛特勾起嘴角，眼底卻沒有笑意。「眞希望有人如此警告爸爸。」

□

接下來幾天，莉薇亞不斷盤問夏洛特計畫的細節，但她只是微笑搖頭，作息一切如常。這時正值社交季，年輕男女忙著參加一輪又一輪的午後花園茶會和晚間舞會，歡樂的活動卻早已無法勾起莉薇亞的興致——這場年度盛會的目的不是單純取樂，而是讓未婚女子找到丈夫，已婚女子爭奪社交地位。

莉薇亞沒說過她永遠不會遇到令她心動的男士，可惜她看得上眼的對象似乎對她沒有半點興趣。不願正眼看她的人難以點燃她的火焰。

簡單來說，結果糟透了。經過夏洛特對婚姻機制一點都不浪漫的分析，莉薇亞格外提防引發錯誤選擇的失控情緒。不過完全缺乏失控情緒卻使得她心情低落。人至少要談一次戀愛，不是嗎？但願她能理解伊莉莎白·巴瑞特·布朗寧詩句中「世界的面貌全都變了，我想/自從我首度聽見你靈魂的足音」的意義。

無論莉薇亞去了哪裡，如此普遍、人人皆同的經驗總是離她好遠好遠。當然了，在她母親眼中，七次半的社交季中沒得到一次求婚，莉薇亞是可恥的負擔，每個禮拜，甚至是每天，都會聽到類似的牢騷。

福爾摩斯夫人的說教持續了整趟車程。馬車裡只有她們兩人，那天下午夏洛特去大英博物館的閱覽室了，車子又被塞在倫敦恐怖的擁擠道路上，花了一個小時才脫困。等到莉薇亞終於逃回房間時，已經累壞了。她怕自己即將陷入危險的境地，答應任何有意娶她的人——就爲了擺脫她母親。

要是夏洛特的嘗試能夠成功就好了。可是日子一天天過去，莉薇亞對於亨利爵士遭報應、夏洛特像鳳凰般從希望的灰燼中飛揚的信心漸漸消磨。

金屬輪子煞住的聲響把她引到窗邊。夏洛特通常是從大英博物館走路回家，也過了一般人上門拜訪的時段了。誰會把車停在他們家門口呢？

夏洛特踏出陌生的時髦馬車，後頭跟著的是……夏洛特究竟是做了什麼好事，會和寡居的蕭伯里男爵夫人同行？蕭伯里夫人絕對不會涉足閱覽室，所以夏洛特絕對不是在那裡見到她的。就算兩人眞在圖書館巧遇，夏洛特曾拒絕蕭伯里家兒子的求婚，在那之後，蕭伯里夫人對福爾摩斯一家總是極度冷淡，因爲這代表社會地位比較低的夏洛特宣判她的羅傑配不上自己。

莉薇亞的位置看不到夏洛特的臉，然而她的舉止不太對勁。莉薇亞推開兩人共用的臥室房門，卻沒有聽見夏洛特上樓的腳步聲。蕭伯里夫人找夏洛特到底有什麼事？

她聽見雙親前往客廳，悄聲交談，對於蕭伯里夫人的來訪深感疑惑。畢竟羅傑已經結婚了——男爵夫人的兒子也都結婚了——所以說她不可能是來宣布夏洛特要和她家結親的喜訊。

他們進了客廳。蕭伯里夫人強硬要求關門，也指示僕役不用送茶。莉薇亞的心跳漏了幾拍。出了什麼事？

她深呼吸，踮腳下樓梯，以最輕巧的動作側身靠近客廳門。

「……徹徹底底的恥辱。我不知道現在的女孩子是怎麼想的。拒絕了羅傑的求婚，卻在六年後無恥地勾引他出軌——這是未婚女子最低劣的行徑！」

莉薇亞掩住嘴巴。上帝啊，不，這不會是夏洛特對亨利爵士的報復。蕭伯里夫人怒氣未消，字字句句在莉薇亞耳中進進出出，毫無意義的音節宛如潮汐，只帶來憤怒和毀滅。

蕭伯里夫人終於消停一會，亨利爵士接著開口，嗓音太過輕柔，莉薇亞聽不清楚。蕭伯里夫人嗤笑道：「不要聲張此事？不，爵士大人，馬兒已經衝出馬廄，到了今天的晚餐時刻，倫敦沒有人不知道你女兒幹的勾當。就算不是如此，我也會確保她再也無法踏入國內任何一戶好人家的客廳。她的所作所爲超出了限度，品行端正的名流不該與這個道德淪喪的女孩有任何來往。」

「我女兒犯下了不可原諒的罪行。」亨利爵士語氣緊繃，透出濃濃的挫敗。「可是令郎又好到哪裡去？沒有紳士會與好人家的未婚小姐出軌。他不該分擔一些責難嗎？」

「沒錯。」蕭伯里夫人的聲音聽起來像是含著一大口沙土。「他將會受到妻子和我的譴責。但男人就是受到色慾驅使的生物，堅貞的女子應當要管住他們。而你的女兒引誘我兒子離開溫暖的家庭，她——」

莉薇亞連忙轉身跑上樓，生怕自己會踹開門板，揪住蕭伯里夫人的衣襟，對她放聲尖叫。說什麼引誘她兒子離開溫暖的家庭？羅傑．蕭伯里已經在聖約翰伍德區養了情婦。這幾年來，他在那處換了一個又一個情婦，這是夏洛特拒絕他的原因之一。

莉薇亞在她與夏洛特共用的房間裡踱步，腳步沉重而激烈。她在椅子上坐了一會，身體前後搖晃。等到蕭伯里夫人搭上馬車離開，她衝下樓，發現客廳的門還關著，她母親在裡面大吼大叫。

她一直在等福爾摩斯夫人停下來。

短暫的沉默終於降臨。福爾摩斯夫人拖著雙腳走到客廳另一端的椅子，毫無氣質地啪嚓坐下。夏洛特規規矩矩地坐著，雙手交疊在膝上，臉上留著福爾摩斯夫人的掌印，髮髻有點歪，似乎是少了幾根固定用的髮針。除此之外，她的神情相當冷靜，一點也不像即將遭到眾人唾棄的女人。

她了解發生了什麼事嗎？

還是說從一開始這就是她的計畫？

蕭伯里夫人離開後，亨利爵士首度開口：「夏洛特，妳是這麼打算的嗎？讓整個家族蒙羞？」

這是妳對我毀約的報復嗎？

至少莉薇亞是如此解讀的。

夏洛特望向莉薇亞這邊，彷彿很清楚門板另一邊是誰在偷窺，也知道莉薇亞腦中兜轉的疑問。

「不，我的計畫沒有牽涉任何形式的公開。儘管我長久以來不斷希望能接受教育，獲得值得尊敬的工作——儘管我曾經在這個房間裡獲得一些承諾，到最後我清楚發現除了婚姻之外，我不准踏上其他道路，這是極度不適合我的選擇。因此我決定採取合理的下一步——除去我的貞潔，讓我的適婚條件失效。」

福爾摩斯夫人跳了起來。「這是最愚蠢、最荒謬、最——」

「福爾摩斯夫人，今天妳已經說得夠多了。」亨利爵士低吼。「夏洛特，繼續。」

「我需要男人。更重要的是這個男人不能因此娶我，所以必須是已婚男性。這倒是有點麻煩，我認識的已婚男士無論是出自個人原則或是恐懼，大多拒絕了我的請求。於是我得要找到道德感薄弱又魯莽的對象。」

「蕭伯里先生完全符合條件，可惜他還是個蠢貨。昨天晚間他參加生日酒會，喝得酩酊大醉，把妻子誤認爲情婦，向她透露了我們的約定，包括時間和地點。」

福爾摩斯夫人倒抽一口氣。「太不應該了。蕭伯里太太或是蕭伯里夫人怎麼不直接來找我們，讓我們阻止妳那可惡又不安好心的計畫？」

「爲什麼呢？可是啊，媽媽，不用這麼氣憤——妳一定也會做出一樣的反應，把消息壓到最後一刻，好帶著一整群證人去抓姦在床。」

「我——妳——這——」福爾摩斯夫人口水亂噴。「喔，我知道了。夏洛特小姐，妳不認爲自己做了什麼錯事，對吧？妳自私到無法想到自己以外的人？現在我們家名聲掃地，還有誰要娶莉薇亞？」

莉薇亞得克制掐住母親的衝動。夏洛特的人生毀了。沒有人想到她嗎？她這輩子要怎麼過啊？

「哈，現在妳有足夠的時間可以慢慢思考了！」福爾摩斯夫人的嗓音再次拔尖。「這輩子妳就待在後頭的小屋，沒有人會來拜訪妳，沒有人會寫信給妳，沒有人在乎妳的死活。」

「嗯，我想也是。」夏洛特輕柔的聲音幾乎聽不見。

莉薇亞再也控制不住，一把推開門。「夏洛特！」

夏洛特起身，露出虛弱的笑容。「莉薇亞。」

莉薇亞跑到妹妹身旁，緊緊擁抱她。「喔，夏洛特，妳今天很不好受吧。」

「是嗎？」福爾摩斯夫人尖聲說：「要爲她的醜事付出代價的是妳。」

「妳以爲我在乎嗎？」莉薇亞抓住妹妹的手肘。「夏洛特，上樓吧，我叫個人幫妳泡茶。妳一定餓了。」

「她哪裡都不准去，我還沒說完呢。」

「不，已經結束了。至少今晚就到此爲止。」

福爾摩斯夫人露出接近滑稽的震驚表情。福爾摩斯家的姊妹中，莉薇亞鮮少給人好臉色看，但她極少公然抗命。

趁著母親陷入呆滯的空檔，莉薇亞匆忙帶著夏洛特離開。

第三章

崔德斯探長是在兩年前聽說夏洛克·福爾摩斯的名號。

崔德斯一家隨英古蘭爵爺一同到夕利群島考古挖掘——對自己竟能高攀到如此顯赫的友人，崔德斯心裡總存著一點僥倖，不過兩人的友誼卻出奇熱絡。

這趟出遊的氣氛相當不錯，天氣溫暖晴朗，綠地襯著寶藍色大海的絕景令人屏息。旅伴們每天在餐桌上享受愉快的對話和情誼。到了深夜，專屬於探長和他妻子的對話和情誼在他們的帳篷裡延續，伴隨著水乳交融的溫存。

珍珠首飾的話題在某天晚間被提起。

不久前，崔德斯到妻子娘家共進復活節晚餐，妻舅巴納比·考辛先生恨恨抱怨他買給太太的昂貴耳環在十天前消失，之後考辛太太解雇了她的女僕。考辛先生無法理解爲什麼不報警處理。

「要是僕人偷了湯匙，」他怒氣騰騰地大聲道：「把她趕出去就算了，不用多說什麼。那些珍珠可不便宜！當然，沒有人希望警察上門惹來晦氣，但總可以要警員走後門，讓管家招呼他吧。」

發覺自己說了不恰當的話，考辛先生對當時還只是警長的崔德斯僵硬地點點頭。「當然除了在座的親友。」

「當然。」崔德斯應道。

考辛先生又斥責了妻子整整五分鐘，若不是考辛太太和她丈夫同樣惹人厭，崔德斯一定會更加同情她——若不是妻子愛麗絲事後納悶考辛太太怎麼沒有走法律途徑，他早把這件事忘得一乾二淨。

「她痛恨家裡的僕役觸犯任何法條。還以為她至少會和我提上幾句，讓消息傳到你耳中。那時候我確實去拜訪過——還記得嗎？她沮喪到巴納比找我去陪陪她。」

英古蘭爵爺照著平時習慣，仔細聆聽兩人的敘述。過了兩天，他在晚餐桌上向愛麗絲問起考辛太太是否頻頻懷疑僕役做錯事。

「沒錯。」愛麗絲應道：「我應該不會想在她家做事。」

「在耳環遺失後沒多久，妳上門拜訪時，可有注意到任何強烈的氣味嗎？」

愛麗絲訝異地往後靠上椅背。「聽您這麼一說，我確實記得嫂嫂房間裡飄散著一股刺鼻的酸味。爵爺，您怎麼會知道呢？」

「我沒有半點頭緒，崔德斯太太。」英古蘭爵爺露出相當神祕的表情。「但我認識一位福爾摩斯，最愛這種小謎題。我送了張紙條——把所有人名與地名改寫過——今天收到了回覆，指點我該問什麼問題。」

「眞有意思。您接下來要寫信將答案告知福爾摩斯先生嗎？」

英古蘭爵爺兩眼發亮。「沒這個必要。福爾摩斯指示我假如兩個答案都是肯定的，我就該和妳說福爾摩斯推論考辛太太的疑心太重了。說得更具體一些，她深信女僕偷走了寶貴的耳環，用贋品換上，從法國來的假貨據說能騙過專家眼睛。爲了證明眞是如此，她把耳環丟進裝滿熱醋的罐子——房裡才有那股怪味——因爲假珍珠不會在醋裡溶解。」

愛麗絲倒抽一口氣。「那些珍珠一定是溶化了，無論是整顆還是部分，總之證明了女僕清白，卻也毀了那對昂貴的耳環！」

「難怪她需要臥床休息！」崔德斯大聲嚷嚷。「難怪在她的愚行之後，她無法控訴女僕犯下任何罪行。」

「喔，但她還是趕跑了在她家服務七年的可憐女性，也沒給她一封推薦信！」愛麗絲扯扯丈夫的袖口。「我們一定要找到她，讓我來幫她寫推薦信——彌補我嫂嫂的無情。」

「親愛的，這是自然了。」崔德斯轉向英古蘭爵爺。「這位姓福爾摩斯的仁兄眞是太神奇了。」

「福爾摩斯的腦袋是美妙的藝術品。」爵爺淡淡一笑。

兩個月後，在倫敦和英古蘭爵爺共進晚餐時，愛麗絲提到一件悲慘卻又玄奇的案子，情報來源是她的醫師莫特雷先生，他也是數年前從同僚口中得知此事。那名醫師爲某大戶人家服務，那戶人家女兒當年大約十四歲，罹患嚴重憂鬱症好一陣子了。某天早上，她看似在睡夢中平靜地過世。她的雙親儘管悲痛萬分，卻相信這是上帝所爲，他們的孩子已經去了更美好的地方。然而他們的家庭醫師難以接受這種童話故事。

他不敢向那對夫婦說出此事，不過他對莫特雷吐露他的懷疑——雖然他找不到任何證據，但那個女孩可能是自殺身亡。她不時會喝幾滴她母親的鴉片酊幫助入睡，可是用量總是受到謹慎監控。那女孩床邊沒有任何嗎啡或麻醉劑的空瓶，也沒有半點服用砷毒或氰化物後痛苦或掙扎的跡象。前一天晚上她向雙親道晚安時還健健康康，隔天早上他們卻只能在她僵硬的遺體旁哭泣。

「爵爺，或許你的朋友福爾摩斯可以破解這個可怕的謎題。」愛麗絲對英古蘭爵爺說。

隔天晚上，崔德斯探長收到英古蘭爵爺遣人送來的紙條，福爾摩斯有個問題要問他。他們家中是否存放著平日使用的蘇打水？

事情進行得很順利。愛麗絲去拜訪健康不斷惡化的父親，巧遇莫特雷醫師。她趁機提問，莫特雷有些訝異，肯定地回應：是的，他相信家中僕役買過幾罐液態二氧化碳，可以拿來調成蘇打水。

崔德斯將這則情報傳遞給英古蘭爵爺。答案很快就來了。英古蘭爵爺表示，根據福爾摩斯的說法，那個女孩是死於自己引發的高碳酸血症。當液態二氧化碳蒸發，這個過程會大幅降低周遭溫度，使得部分液態二氧化碳凝結成固體——一定是家裡的人讓她看過這個現象。

在死去當晚，她很可能重現了這段過程，將殘留的固態二氧化碳帶回房間，等到她因爲鴉片酊的效果開始昏沉，她把冰凍的二氧化碳放在床邊，拉下窗簾。在夜裡，固態二氧化碳昇華，讓她窒息，隔天早上不會留下任何痕跡。要是空氣中還存留著過量的二氧化碳，會在女僕打開門窗，拉開窗簾後消散。

「爲什麼？」崔德斯一邊看著紙條，一邊高聲問道：「爲什麼要如此大費周章？」

「這樣她的雙親才會以爲女兒是死於上帝的意志，而不是她自己的雙手。」他的妻子悲切回應。

兩人手牽著手好一會，最後愛麗絲低喃：「親愛的，你想那位福爾摩斯會不會不是眞人，而是英古蘭爵爺捏造的人物，怕他超群的智力把我們嚇著了？」

「親愛的，妳眞聰明，我怎麼都沒想到呢？」

「喔，因爲我很聰明？」她笑出聲來，被他拉進懷裡，印下濃情蜜意的吻。

又過了幾個禮拜，崔德斯鼓起勇氣，寫信給英古蘭爵爺，要求「福爾摩斯」相助。他的工作一帆風順。若他娶了和自己社會地位差不多的女性，或許晉升幾等就夠他開心了。可是愛麗絲放棄了榮華富貴，成爲他的妻子。他永遠當不了有錢人，但至少可以在工作崗位上有所成就，受人敬重——當然是越快越好——讓她以自己爲榮。

他手邊的案子牽涉到一具在來自埃及賽德港的大英輪船公司郵輪上找到的屍體。該名乘客是姓蘭道爾的埃及學者，被人發現時至少已經死了一天，身旁放了一張紙條，根據親人朋友證詞，極有可能是他親筆寫下。

紙條的內容是這樣的：

法老的詛咒眞的存在。威金森發瘋跳船，現在我感覺到詛咒糾纏著我。黑暗降臨。我無法呼吸。沒有人能救我嗎？

就崔德斯看來，隨船隻運回的木乃伊看來沒什麼威脅性，就只是普普通通的木乃伊。殮裝木乃伊的石棺似乎也平凡無奇，缺乏美感與價值。

一名船員回想這艘蒸汽船抵達英國南安普敦的三十六小時前，激動的蘭道爾要求船隻掉頭去尋找他的朋友。他宣稱威金森打從離開直布羅陀之後就不大對勁，把自己關在艙房裡，被木乃伊嚇得不斷發抖。但現在他下落不明，蘭道爾深信他跳船了。

船員指出威金森的症狀很可能不過是暈船，等他恢復過來，就會到船上俱樂部享樂，彌補錯過的愉快時光。在船上死角或縫隙間——或親切的寡婦身旁——找到醉倒的乘客也不是新鮮事了。蘭道爾很氣憤沒有人正視他的擔憂，火冒三丈地離開，而船員現在後悔莫及，或許該相信這個可憐的傢伙。

崔德斯不否認超自然力量，卻不相信會有邪靈在世間殘存千年，等著偷襲倒楣的埃及學者。

他把蘭道爾的屍體送到驗屍官那邊，將案件至今發現的事實列出，請英古蘭爵爺轉交給福爾摩斯。隔天來了回覆：

親愛的探長：

以下是福爾摩斯的回信，我照原文抄錄：

在這個案件裡，潛藏的陰謀可能不只一樁。

首先是欺瞞。兩個年輕人懷抱希望前往埃及，卻傷心而返，只帶回普通的工藝品。在英國等著他們的不是名聲與財富，只有贊助冒險的失望父親。該怎麼做？啊，對了，法老的詛咒。要是能來一些戲劇化演出——蘭道爾昏睡，威金森失蹤——社會大眾一定會搶著付錢去看那些引發邪靈作祟的木乃伊。

蘭道爾與船員的對話顯然是要營造出威金森跳船的印象。既然沒有人目睹事發經過，那只有兩個可能性：第一，威金森在直布羅陀下船；第二，他在南安普敦下船。

威金森有可能留在船上，對蘭道爾準備服用的昏睡藥動手腳。蘭道爾遭朋友背叛而死，接著威金森在他的屍體被人找到前隨著其他乘客下船。

至於在沒有金錢糾紛或是同行相妒的前提之下，威金森爲何要規畫如此複雜的把戲好擺脫蘭道爾呢，我們只能說——留意女人。

祝順利破案

艾許波頓

原來死者的未婚妻年輕貌美。威金森在南安普敦現蹤，他正在等待機會，假裝才剛抵達英格蘭。福爾摩斯幾乎全說中了，除了法老詛咒的發想人其實是蘭道爾，威金森只是爲了自己的好處而參與協力。

破了這個案子的崔德斯獲得上司重用，他很想好好感謝福爾摩斯，但英古蘭爵爺代替福爾摩斯婉拒了。「福爾摩斯只想讓腦子轉個不停，其他都是其次。」

「如果沒有複雜的謎題待解，福爾摩斯又會做什麼事呢？」

「你不會想知道的。」英古蘭爵爺停了幾秒，又說：「或許我該說：『我並不想知道。』」

這個答案無法破除崔德斯對於爵爺和福爾摩斯正是同一人的信念。

在那之後，他又兩度透過英古蘭爵爺尋求福爾摩斯建議，每次都對於回信中透出的果決機智佩服不已。福爾摩斯漸漸成爲——如果崔德斯願意坦承，其實是已經成爲——他人生中的支柱。

高高在上的支柱。

現在他的支柱崩毀了。

□

崔德斯推開散落在桌上的晚報，捏捏鼻梁。他找不到任何福爾摩斯捲入馬車意外、跌落泰晤士河，或是輾轉病榻的消息。私下請同僚協助也查不出半點風聲——沒有太過激烈的爭執、暴力搶劫，或是害人陷入深度昏迷的蓄意傷害。

一定是深度昏迷對吧？不然英古蘭爵爺說福爾摩斯還活著，只是完全接觸不到還會是什麼意思？

他的妻子走進房裡，身穿印上抽象水滴圖案的淺紫色睡袍。「什麼都沒有嗎？」

他搖搖頭。「什麼都沒有。」

愛麗絲嘆息。「可憐的福爾摩斯先生，他究竟遇上了什麼事呢？」

崔德斯只能繼續搖頭。身爲探長，他的直覺不差，現在直覺告訴他關於夏洛克．福爾摩斯的不幸遭遇，他毫無頭緒，連正確答案的線索都沾不上邊，更別說是追查下去了。

「我眞的是大外行，英古蘭爵爺和福爾摩斯絕對不是同一個人。」

「喔，妳的猜測眞的是很有道理。只是這回運氣不好，有時候有道理的猜測還是會遭到尷尬的事實嘲弄。」

「好個尷尬的事實。」她繞過來，一手按住他的肩膀，另一手翻開報紙。「巴伐利亞國王路德維希二世駕崩。英屬哥倫比亞省的溫哥華大火燒毀將近一千棟屋舍。這是什麼世道啊——全世界的壞消息就這樣送到我們家門口。」

她換了份報紙。「家鄉的新聞也好不到哪裡去。爲了愛爾蘭自治法案失敗互踢皮球。蘭貝斯的一場火燒掉一棟房子，兩人死亡，警方持續搜索嫌犯。」

「我知道蘭貝斯那棟房子。」崔德斯說道：「蘇格蘭警場裡每一個探長都收過告發信——那裡是簽賭的據點。關了一間，下一間馬上在兩條街外開起來。」

她翻過紙頁。「就連社交新聞也無藥可救了——雪瑞登爵爺的壽宴因親人過世而取消。」

「光是報導沒造成損失的火災、如期舉行的宴會，報社可賺不到錢啊。」崔德斯親吻她的手背。

「我眞幸運，只要看到家中的女主人，就覺得彷彿收到數不盡的好消息。」

她微微一笑。「啊，崔德斯探長，我好愛你。來吧，暫時放下夏洛克·福爾摩斯先生的神祕命運。」

運。親愛的，你知道除非是夫妻在床榻上的傾訴，甜言蜜語沒有多少用處嗎。」

不用多加催促，崔德斯探長乖乖聽從夫人指令。

第四章

「感謝上天賜給我們瑪莉貝姑婆。」莉薇亞有些哽咽。

瑪莉貝姑婆終生未婚，活到八十三歲。她過世後把一大箱自己的手工藝作品留給莉薇亞——刺繡、上釉的陶器、水彩畫，全都是業餘之作，展現出的天分極少，而投注的努力更少。莉薇亞翻出箱裡的雜物，越來越氣悶——當個老處女就要過著這種生活嗎？得要以無用的手工藝來塡滿漫長無趣的時光？

翻到一半，她摸出一封收件人是她的信。

信封裡的紙條這麼寫著：

> 哈，妳以爲我花了數十年搞出這些垃圾，對吧？親愛的，才怪。我對我的人生很滿意，希望妳有朝一日也能如此。不過呢，在那之前總要找些東西幫妳度過漫長的掙扎。我不知道妳會怎麼做，但每次拜訪過妳父母，我總要好好喝上一杯……

在箱子底部，壓在毫無意義的手工藝品下面的，是一整排液體黃金——艾拉島上每一間蒸餾廠的威士忌、蘋果白蘭地、瑪德拉葡萄酒、雪利酒、上好葡萄酒，甚至還有兩瓶苦艾酒。

莉薇亞小心翼翼地收好這份最神奇的遺產。她用得很節制——可不能在最絕望的時刻到來之前用盡了她唯一的財富。

好啦，現在是某人最絕望的時刻。她認爲主角是夏洛特，可是夏洛特調適得非常好，反而是莉薇亞忍不住一口接一口吞下甜葡萄酒，忍不住顫抖啜泣，忍不住叫嚷咒罵。

「那個羅傑．蕭伯里低能到極點！那個無藥可救的超級大白痴。」她揮舞酒瓶，爲自己的發言畫重點。「喔，天啊，夏洛特，倫敦有多少放浪形骸的已婚男子，妳怎麼偏偏選了他？」

夏洛特坐在窗台上，雙腳踩著整理好的行李箱。幾個小時前，莉薇亞已經換下罩衫及馬甲，套上穿了好多年的舒適睡袍。夏洛特穿著日間連身裙，奶油色的絲質夏裝上印著玫瑰與藤蔓。莉薇亞偏好樸素的裝扮，但夏洛特喜愛大量的荷葉邊、蕾絲，以及用亮澤的編織絲線固定的誇張流蘇。

妳比貴婦的閨房還要招搖，莉薇亞曾對夏洛特這麼說過，妹妹「數大便是美」的品味把她惹火了。夏洛特哈哈大笑，頂了回去：我沒說過嗎？瑪莉貝姑婆總說我讓她想到她最愛的腳凳墊子。

淚水湧入莉薇亞的眼眶，她直接就著瓶口痛飲。「下次見到羅傑．蕭伯里，我一定要拿什麼東西往他臉上砸。」

「喔，這可不行。」夏洛特說：「蕭伯里先生的臉是他對人類唯一的貢獻，建議妳改砸他的臀部，那裡平凡無奇，沒有什麼保存價值。」

莉薇亞嚇得倒抽一口氣——同時打了個酒嗝。「妳看到他的臀部？」

「我看到他的一切。」

「就連……」

「就連大英博物館裡通常被無花果葉片遮住的部位。」

「那個……會不會痛？」

「如果妳指的是插入的動作，那不是什麼愉快感受，不過也沒有太大的痛苦。最不愉快的是我得要付出如此龐大的代價，才能換取些許自由。」

莉薇亞揉揉眼睛。「妳眞的覺得這樣可以換得妳想要的事物？就算妳是個乖女兒，我們的父母也不願意給予妳那些好處，我不認爲在妳和已婚男性亂來之後他們就會同意。」

「所以我才勒索他們。」

莉薇亞被嘴裡的酒嗆到。「什麼？怎麼說？」

「威脅他們說要向社會大眾公開我名節盡失的醜事——希望他們能勉強擠出教育費讓我閉嘴。」

夏洛特大膽的計畫使得莉薇亞一陣暈眩。還是葡萄酒的作用？她放下酒瓶。「喔，夏洛特。」

刺痛她眼窩的淚水終於沿著臉頰滑落。「妳在那間恐怖小屋裡不會孤單的，夏洛特，我向妳保證，我會趁媽媽和爸爸不注意的時候過去陪妳。我會拿書和報紙給妳。我會拿蛋糕給妳。我會拿——」

夏洛特透過窗簾縫隙往外看。「爸爸要去拜訪馬許太太。」

馬許太太是亨利爵士目前的情婦。她和格雷威太太一樣，喜歡當著福爾摩斯夫人的面張揚她與亨利爵士同床共枕的情事。

「希望她給他吃一頓排頭。」莉薇亞恨恨地說道。

「不行，這樣媽媽會遭到波及，對她來說並不公平。」夏洛特回頭望向莉薇亞。「總之呢，爸爸出門就代表媽媽已經喝下鴉片酊，上床睡覺了。莉薇亞，可以請妳幫我去看看她是不是睡熟了呢？」

莉薇亞搖搖晃晃地起身。「可以啊，可是為什麼？」

「妳先去看看就對了。」

莉薇亞腦袋霧濛濛的，乖乖聽話。毋庸置疑，福爾摩斯夫人正呼呼大睡。

她向夏洛特回報，夏洛特帶她到屋子後側的房間。夏洛特打開窗戶。「要請妳用最大的聲音哞哞叫。」

「什麼？」莉薇亞相當擅長模仿動物叫聲——對淑女來說幾乎毫無用途的才能，只有在小時候曾用來逗妹妹笑。她已經好幾年沒有學牛叫了。

「拜託，這是給莫特的信號。」

莫特是他們家的男僕兼馬夫——主人一家去倫敦參加社交季時，他也要做園丁的活。

「妳為什麼要向莫特打信號？」

「我會解釋。不過請快一點。他的上床時間快到了，我不希望他以為沒自己的事，跑去休息。」

莉薇亞不知道自己是不是醉得太厲害了，還是說喝醉的人其實是夏洛特。她發出意外有力的「哞——」，還帶著自然的顫音。

她咕噥抱怨：「聽起來像是和人吵架、丟下最後一句狠話的魚攤老闆娘。」

「可是妳吵贏了。」夏洛特說。

馬廄傳來微弱的咩咩聲。夏洛特點點頭。「莫特聽見了。」

「現在可以告訴我到底是怎麼一回事了嗎？」

「好吧。」夏洛特帶著莉薇亞回到兩人的房間。「但妳一定要保證不向任何人透露。」

「我保證。所以呢？」

夏洛特關上門，解開連身裙的釦子。「我要離開了。」

「我知道啊。」夏洛特已經打包好行李，明天就要搭火車離開，可以想像她將被關在鄉下一輩子。「希望媽媽對於我在家裡賴掉整個社交季不會太大驚小怪。我出去又有什麼用呢？我倒寧可和妳一起關在鄉下。」

「我們都不會被關在鄉下。」夏洛特說：「莫特會駕馬車過來，送我到特拉法加廣場附近的大型旅館，那裡的櫃台不會介意獨行女子大半夜跑去住宿。明天我再去租房子。」

莉薇亞猛搖頭。她聽錯了嗎？「妳在開玩笑吧？妳要逃家？」

「不。我已經成年了，有權離開父母的家，自己找地方住。看起來像是逃家，只是因爲我不希望爸媽干涉我的計畫。」

「天啊，妳要逃家。」

有史以來第一次，夏洛特端起幾個小時前莉薇亞幫她倒的葡萄酒酒杯，露出奇異的微笑。「好吧，我要逃家。與其關在鄉下，我寧願自己一個人過。」

「可是啊，夏洛特，妳怎麼知道要去哪裡租房子？哪裡有適合女士的住處？」

「《工作與閒暇》雜誌不時會刊登合適的招租屋清單——這本雜誌鎖定的是有工作或是正在找工作的女性。既然這裡只是我們家在社交季租的房子，我知道我若是想上學，就得住在倫敦一整年，所以已經記下最新的清單了。」

夏洛特當然會牢牢記下那樣的資訊。但這番對話使得莉薇亞自覺像是被繡線吊在半空中——無論是她，還是夏洛特，對於從小到大的活動領域之外的生活一無所知。「可是——可是妳總得要付租金吧？」

「是的。我手邊有幾鎊，不過我也計畫要找工作。」

「什麼樣的工作？夏洛特，妳已經名聲掃地了。妳沒辦法成爲學校校長，甚至連家教或大小姐的女伴都當不成。」

「沒錯。但還是有些不用照顧別人家女兒——或是以我的惡名辱沒別人家名聲的職業。很多公司需要打字員。最近有許多女性成爲祕書。我會打字，我自己練了速記，想說以後在學校需要抄寫筆記。我能擔任許多職位。」

莉薇亞緊閉雙眼好半晌——想到夏洛特逃往荒野似的倫敦，她快要撐不住了。「我不是懷疑妳的資格——」

「那就沒什麼好怕的了。」夏洛特脫下夏裝，拎起一套紅褐色天鵝絨旅行裙裝。「我不會有事的，我早該在剛成年時就這麼做。」

「可是，夏洛特，妳手邊有多少錢？若是沒辦法馬上找到工作，幾鎊是撐不了多久的。」

莉薇亞存下了福爾摩斯夫人發給她的微薄零用錢，但夏洛特往往把她的那一份花在買書、糖果和稀奇古怪的玩意兒，像是打字機或化學實驗器材。假如她名下有五鎊以上的財產，莉薇亞一定會嚇壞。

「莉薇亞，我不會有事的。我預期一切都會很順利。」

要是女性離家獨立有這麼簡單，就不會有「女性問題」了。莉薇亞承認夏洛特擁有全國頂尖的腦袋，但她永遠都只是個喪失名節的女人，遭到放逐的賤民。她將被設下永恆的禁令，被逼得遠離上流社會的浮華。

儘管如此，夏洛特堅定的信心令人折服。她從以前便是如此，什麼都知道，什麼都看在眼裡，什麼都推論得出來——如果有要推論的隱情。如果有人能完成這個瘋狂的計畫，好好活下去——不對，是飛黃騰達——讓她們家器量狹小的雙親難看，那個人非夏洛特．福爾摩斯莫屬。

然而想到父母……「媽媽和爸爸要怎麼辦？如果發現妳溜走了，他們會怎麼做？」

「媽媽會歇斯底里，爸爸會勃然大怒。媽媽想要翻遍整個倫敦找到我，好多給我幾個耳光。爸爸一開始會同意她，認爲應該要逮我回家，嚴加懲罰。」

「無論他決定要向警方或是私家偵探求助，在他換好衣服出門前就會改變心意。既然我很可能會再次逃家，他幹嘛大費周章把我抓回家呢？何不讓我被倫敦——被他羽翼之外的生活——擊垮呢？這樣一來，等我無助絕望地回來求他開門，他就能確定我將一輩子乖乖待在鄉下。」

莉薇亞按住太陽穴。「太無情了。」

「這很合理，而我們的父親認爲他是個聰明人。更何況——」夏洛特大步走到窗邊，往外一瞄，同時拉好袖口。「莫特來了，該走了。」

□

莫特忙著將夏洛特的行李固定在馬車車頂上，夏洛特趁這個空檔去向貝娜蒂道別。莉薇亞不太確定爲什麼她要這麼做——貝娜蒂只會轉動東西，線軸、木頭齒輪、紙風車。她從沒和任何人說過話，莉薇亞偶爾會懷疑她究竟能不能分辨家人和路上的陌生人。

她看著夏洛特站在貝娜蒂身旁，但一會兒就別開了臉。只要看到任何人試圖與貝娜蒂交流而失敗，她總覺得既喪氣又憤怒——或許是在生上帝的氣。夏洛特對貝娜蒂的精神狀況不甚在意，而是以成年人對待成年人的態度，平靜地與她柔聲說話。

莉薇亞在走廊等夏洛特說完，陪她來到馬車前——然後自己爬了上去。「如果妳以爲我會乖乖在這裡道別——」

「我從沒這樣想過。」

一路上，夏洛特向莉薇亞說明有些介紹所和社團會協助女性找工作、住宿、同伴，可說是相當周到——莉薇亞不知道竟然有那麼多管道。車子很快就停到夏洛特準備暫住一晚的旅館門口。

恐慌朝莉薇亞襲來，她握住夏洛特的手腕。「夏洛特，妳確定嗎？妳確定做得到嗎？」

夏洛特點點頭，在車內油燈的光圈中，她看起來像是由花崗岩雕刻而成，充滿冷硬的力量。

莉薇亞往她手中塞了一個小布包。「拿去。」

布包裡裝著皺巴巴的一英鎊紙鈔、幾先令、三對金耳環。「我只帶了這些來倫敦。我的銀行帳戶裡還有一些錢。如果妳有困難，一定要告訴我，我會偷偷弄一點錢給妳。」

夏洛特眨了好幾下眼，一副欲言又止的模樣，最後她只是抱住莉薇亞。「我絕對不會有事的，妳很快就會知道了。」

□

道別如此匆忙，馬車裡的沉默與空虛如此徹底。莉薇亞凝視人行道，外頭擠滿了瞪大眼睛的觀光客，以及縱情的年輕男子，他們身穿晚禮服，漫步前往下一個享樂的場所。

她的思緒沉入黑暗之中。妹妹、同伴、庇護、希望——夏洛特是莉薇亞生命中的一切。現在她離開了，莉薇亞什麼都沒有了。

什麼都沒有了。

馬車轉了個彎，再過幾分鐘她就要回到雙親爲了社交季租用的住處，屋裡只有更多的沉默，以及更多的空虛。

只剩她一個人。她將孤單到永恆的盡頭。

在她意識到之前，她已經猛力拉下了鈴索。

「小姐，怎麼了？」莫特的聲音從傳聲孔飄出。

「我不回家了。」她說：「我要去別的地方。」

第五章

莉薇亞前額的痛楚往眼窩深處蔓延，舌頭感覺像是舔過了爐架似的。當她試著移動手腳，她明顯感到狂躁的靈魂往太陽穴猛鑽。

天亮了，她在客房裡睡了一夜——爲了編造出更有說服力的謊言，騙爸媽說她不知道夏洛特去了哪裡。

她不斷夢見夏洛特甜美悲傷的面容，不知道爲什麼，她的五官硬是變成蕭伯里夫人的面容，緊抿的嘴唇、突出的顴骨。莉薇亞對著那個可憎的女人尖叫，斥責她毀了夏洛特的人生。毀了他們全家的人生。

莉薇亞喃喃呻吟，搖搖晃晃地爬下床——她得下樓，盡量延遲父母發現夏洛特不在家裡。

她勉力走到樓梯口，福爾摩斯夫人咚咚咚地爬上樓，神情狂亂。「妳絕對猜不到出了什麼事！」她的嗓音刮過莉薇亞的顱骨，一波暈眩狠狠打擊她。「怎、怎麼了？」

難不成福爾摩斯夫人已經發現夏洛特不知去向？

「蕭伯里夫人死了。」

莉薇亞抓住樓梯口的欄杆，難以置信的感受竄過全身，伴隨著本能的恐懼。「怎麼可能？」

「今天早上，他們發現她過世了。醫生到場宣布死因是腦部動脈瘤，但我認爲那是上天的制裁。

她找上門來，把過錯全都怪到我們頭上，而不是她家那個浪蕩無恥的兒子！她活該。」

母親無情的言論令莉薇亞打了個哆嗦。「我不相信全能的上帝會爲了某個人僞善又小家子氣而殺死她。」

「我深信祂有時候會這麼做。」福爾摩斯夫人得意洋洋。「或許今年祂決定要懲罰與我作對的人。」

莉薇亞愣了一會才想到福爾摩斯夫人指的是艾梅莉亞·德魯蒙夫人。這個名字從未在福爾摩斯家中提起，至少莉薇亞沒有聽過。不過艾梅莉亞夫人猝逝的消息——前一天她還很健康，活力充沛——是這兩個禮拜的熱門話題。

福爾摩斯夫人擠過莉薇亞身旁。

「等等。妳只知道這些？沒有其他細節嗎？」

福爾摩斯夫人停下腳步，想了幾秒，接著哼了一聲。「尼利太太說羅傑·蕭伯里悲痛欲絕，說他相信是自己的惡行害他母親提早進棺材。男人就是這樣，認爲世界繞著自己轉。」

「等等——」

福爾摩斯夫人大步走向莉薇亞和夏洛特的房間。「奧莉薇亞，妳什麼時候才能學會閉嘴？我可沒空呆站在這裡回答妳的問題——特別是今天。」

她狠狠推開門，沉默震耳欲聾。

福爾摩斯夫人終於開口，她的疑問更加響亮：「夏洛特在哪裡？」

□

這天，夏洛特走遍了倫敦的每一個角落，至少她陣陣作痛的雙腳感覺是如此。

上午過了一半，她——或者該說是來自唐橋鎮的打字員卡洛琳．福爾摩斯小姐——已經向華萊士太太租到房間，那是相當正派的寄宿屋，地點也相當正派，位於卡凡第廣場附近。

獲得自由的第一天，被她用來消耗微薄的資金。她得準備茶壺、茶具、煮水的酒精燈、各種餐具、牙粉、毛巾、床單——還有好幾樣零碎雜物，那些都是住在父母家中的年輕女士完全不用煩惱的東西。

她把這趟購物當成對未來的投資，爲了她和莉薇亞——還有貝娜蒂——以後共享的小地方，三人一起走下去。

然而這個夢想只能苟延殘喘，還是說早已被踢進髒水溝裡了？

貝娜蒂大概不在意和誰一起過日子，可是莉薇亞，她是那麼驕傲，那麼脆弱，不斷否定自己……莉薇亞不相信人類，卻又害怕孤單一人。

夏洛特是莉薇亞的同伴；她傾聽莉薇亞想說的話，默默等她邊說邊梳理思緒。不斷拒絕求婚的夏洛特曾經也是福爾摩斯夫人怒火的目標，可是現在莉薇亞孤立無援，無處可躲。現在她得獨自面對社交界的鄙視，以及無處發洩憤怒的雙親。

夏洛特走過卡凡第廣場，這裡的樹木和灌木叢蓋著一層煤灰。倫敦的空氣總是糟糕透頂，比起家中有馬車代步的小姐夫人，得在外頭走上一整天的女性一定更加頭疼。正午時分，她回到華萊士太太租給她的新房間，站在鏡子前，發現領口打褶處已經從內側透出一圈塵垢。她不願想像再過幾個小時，衣領會變成什麼模樣。

她轉到溫波街，停在艾特威與杜伯里藥房門口。華萊士太太推薦她來這裡買日用品。夏洛特稍早已經在此買了火柴和洗澡用的肥皂——順便瞄了一眼書架，客人可以用一便士借一本書回去。

當時她想得不夠周全。這回好心的艾特威先生賣給她一些信紙，以及一份百張有孔線的廁紙，用棕色紙張包裹，兩人完全沒有提及這樣物品的名字。

走出店外，一名打扮整齊的年長紳士在對街漫步，他長得眞像亨利爵士，把她嚇得無法動彈。

她比較氣他還是氣自己呢？或許是自己吧。莉薇亞反覆警告她別相信父親的承諾，而她卻充耳不聞，自欺欺人。她當然不認爲亨利爵士是高尚的好人——差得遠了——但她相信自己的正面意見和正面意念能打動他的心。

或許是有點效果，只是到最後仍然不足以改變任何事情。

□

華萊士太太的寄宿屋位於街角。夏洛特進門時，大部分的寄宿女客在交誼室裡兜轉，進行晚飯前的社交。

「我敢說那個女生的媽媽現在一定很開心。」氣質活潑的淺棕色皮膚女孩說：「如果逮到我女兒行爲不檢，又一副趾高氣昂模樣的老太婆隔天就死了，我絕對會喜出望外。」

夏洛特的耳朵一紅，彷彿燙髮棒貼得太近似的。

「妳不覺得那個女生的家人有些可疑嗎？」另一名女子應道。她不超過二十一歲，看起來很激動。

「哪個老太婆？」夏洛特問。

膚色健康的女孩轉向她。「妳一定是新來的福爾摩斯小姐，對吧？」她友善地問道。

「是的。幸會，請問妳是……」

「懷布瑞。娜姆・懷布瑞，這位是斯本納小姐。」

三人互相握手。

「我並非有意打岔，可是妳們聊的事情聽起來好精彩。」

「喔，是啊。我表姊在攝政街的新潮裁縫店工作，客人整天都在談這件事。」懷布瑞小姐說：「她們當然不是在對她說話，只是彼此閒聊某位夫人逮到她已婚的兒子和這位小姐亂來，她狠狠教訓了對方一頓，隔天早上就死了。」

蕭伯里夫人死了？死了？

「天啊。」夏洛特低喃。「就這樣死了？」

「她們是這麼說的。記不得那叫什麼來著，就是腦袋裡面流血的病。」

「腦血管動脈瘤？」夏洛特猜測。

「聽起來差不多。這件事很不得了唄？喔，我的意思是，對吧？」懷布瑞小姐壓低嗓音。「華萊士太太不喜歡聽到我們用『唄』，她說這樣不太淑女。」

「還有啊，如果有小伙子對妳好，絕對別在她——或是通納小姐——面前提起。」斯本納小姐補上。「我們不該與任何一位紳士來往。」

「特別是斯本納小姐的男伴。他帶她出去喝茶，請她吃晚飯。」懷布瑞小姐眨眨眼。

「噓。」斯本納小姐慌忙警告，她眼中閃過笑意與警戒。「說人人到。」

華萊士太太踏入交誼室。她三十五歲上下，高挑寬肩，神情頗具威嚴。她背後跟著的瘦小女子至少大她五歲，但顯然是副手，而非上級。她大概就是通納小姐了。

華萊士太太打過招呼後，向寄宿者介紹夏洛特，眾人魚貫轉移陣地到飯廳，通納小姐念了禱詞，大家各自取用厚片培根和瓢瓜。

飲食是夏洛特的人生大事，但今晚她毫不留意自己往嘴裡塞了什麼東西。她心不在焉地聽懷布瑞小姐介紹這裡的規矩及習慣，只提出一個問題：「妳想她們會不會准我出去買報紙啊？」

「喔，不需要。華萊士太太不喜歡我們在晚飯後出門，所以她訂了晚報。」

飯後，夏洛特回到交誼室，通納小姐已經捧著晚報，高聲唸出內容，其他女孩忙著編織、補襪子、寫信或下棋。

「各位小姐，仔細聽聽這則廣告。誠心急尋，一八六一年十一月二十三日晚間，留在西敏寺大教堂門口的女嬰。」通納小姐從報紙上緣瞄向房裡其他人。「因此妳們得時時刻刻小心謹愼，不該誤入歧途，否則也會遇上這種事——成爲晚了二十五年才來找小孩的可憐人。」

這個日期聽起來很熟悉。夏洛特在腦海中搜索，想起一八六一年的那一天起了濃霧，她認眞懷疑會有人挑在那天出門，更別說是丟小孩了，但她什麼都沒說。

九點整，通納小姐放下報紙，眾人起身準備離開。

夏洛特拾起報紙。

「福爾摩斯小姐，九點半熄燈。」通納小姐雞婆地提醒。「在那之後不該讀報。」

「不會的。」夏洛特承諾道。

回到一塵不染的小房間，她馬上就找到蕭伯里夫人的訃聞。所以說蕭伯里夫人眞的死了，明明前一天還那麼精力充沛、咄咄逼人。

比起自己兒子，蕭伯里夫人似乎對夏洛特的行爲更加不悅，但她對自家人的怒火會不會超越了氣惱的程度？她的憤怒是不是害她在睡夢中死去的元凶？

夏洛特揉揉太陽穴，要是能多帶點存糧回房就好了。晚餐的分量適合小鳥胃的女孩，然而夏洛特一直都不是這種人。

究竟出了什麼事？會不會有人認爲夏洛特與此事有關？

□

夏洛特，

妳這個騙子！

妳發誓說一切都會好好的，說妳很快就會找到安身之處。我一定是醉得腦袋不清，才會相信妳的話。

後來我翻過妳那堆和女性就業有關的書籍和雜誌，看完以後，我頭痛得要命，心沉到谷底。開放給女士的工作機會大多要求她們受過必要的教育，擁有專業資格。妳什麼都沒有。至於妳提到的其他機會？大多要當一陣子的學徒，得支付一筆學費，妳根本沒那麼多錢。不要求學歷或實習的少數職位薪水少得可憐，只適合貼補家用的小女生，而不是獨立求生的成年女性。

我還沒提到職業婦女公會呢，妳說那個組織有多管用，結果竟然要有會員爲妳擔保，妳才能接觸到會內登錄的工作機會。對自己的親妹妹說這種話，我大概會遭天打雷劈，可是夏洛特啊，沒有女士願意拿自己的名聲冒險，把妳推薦給任何一個行號或是雇主。

不可能的。絕對。

妳全都心知肚明，卻還像呼吸一樣輕鬆地說謊，而我還幫妳、唆使妳踏上毫無希望的冒險。簡直就像是把妳推到疾駛而來的公共馬車前面，我這個姊姊眞是糟糕透頂。

喔，夏洛特，妳到底做了什麼好事？我們到底做了什麼好事？

莉薇亞

附註：這信是我在午宴後寫的，可是沒辦法離家投遞。希望下午運氣好點。

附註二：妳說中爸媽的反應了。媽媽抓狂了，爸爸生起悶氣——然後說完要帶妳回來之後馬上改變心意，和妳的預測一模一樣。

附註三：我照著妳的指示，告訴他們我不知道妳是在什麼時候，用什麼方式離開。我說我喝多了，早早上床睡死，妳一定是趁機溜走。我不知道媽媽和爸爸信了多少。他們也問過莫特，沒想到他是個說謊精——他從頭到尾直視他們的眼睛，表情坦然無辜。

附註四：媽媽禁止我離家，我會試著把信託給莫特。

附註五：突然驚覺：要是我無法離家，那就沒辦法從銀行領錢了。夏洛特，答應我，妳不會害自己餓死街頭——或者是更糟。不，當我沒說。沒有比妳餓死街頭還糟糕的命運了。不要被妳的自尊心害死，如果狀況不妙就回家吧。拜託。

□

夏洛特在華萊士太太家門外遇到懷布瑞小姐，她揹著看起來很沉的的側揹書袋。

「喔，哈囉，福爾摩斯小姐。」懷布瑞小姐打招呼。「提早回家嗎？」

「是啊。」夏洛特幫懷布瑞小姐開門。「我自己有打字機，公司不介意我帶點工作回來。」

夏洛特一向擅長撒謊。根據莉薇亞的證詞，她可以面不改色地在事實和謊言之間穿梭——比方說擁有自己的打字機，以及有公司請她擔任打字員。

「這樣才有效率嘛。我也是一樣，帶工作回家做。」夏洛特想到懷布瑞小姐是靠著彩繪絲綢和卡片維生。「我老闆只在河岸街有店面——幫他工作的人要帶自己負責的材料回家。是不錯啦，不過老實說我並不介意他開一間工作坊，這樣我白天有地方可以去，而且可以見見其他人。」

「是啊，整天乖乖待在房間裡確實很乏味。」夏洛特自己是不太在意，但莉薇亞只要少了每天例行的散步就會坐立不安。

「沒錯，而且到晚餐前都沒辦法找人閒聊。」兩人走進空蕩蕩的交誼室，懷布瑞小姐將書袋放到椅子上，轉轉肩膀。「所以我今天才會去找表姊，一起喝了茶，聽她說最新的八卦。」

夏洛特將手提袋握得更緊一些。「快說給我聽聽。」

不需要多加催促，懷布瑞小姐從善如流：「妳一定不會相信。看來那個女生的姊姊在死者過世前幾個小時曾和她吵得不可開交。不可開交喔。他們說那個女生的姊姊當著那個女人的面，說比起她的兒子，她更該為了摧毀自己妹妹的人生而死。」

夏洛特覺得自己的肚子像是被板球棍打中。

「喔，天啊。」她祈禱自己還能撐住興味盎然的表情。

「我的反應和妳一樣。」懷布瑞小姐點點頭。「我和表姊說：『艾比，這件事很快就會鬧得很大。眞的。』」

□

讀完莉薇亞的來信，夏洛特心裡沉甸甸的。不是爲了莉薇亞針對夏洛特就業問題的不悅與焦慮，而是因爲她姊姊壓根沒提到蕭伯里夫人的死訊。

現在她知道原因了。

正如她有事瞞著莉薇亞，莉薇亞也向她隱瞞了實情。

她不相信莉薇亞會扯上法律糾紛——即便蕭伯里一家懷疑夫人死因不單純，也不會把事情鬧大，使得羅傑・蕭伯里勾引他不可能迎娶的處女上床之事列入公開記錄，登上全國報紙版面。

蕭伯里夫人一定會氣到起死回生。

但莉薇亞不用行凶就已經夠慘了。若是謠言和臆測流傳夠久，整個社交界將會相信她與蕭伯里夫人之死脫不了關係。就算沒有遭到放逐，光是這些流言蜚語就會害她備受排擠。

至少這回夏洛特手邊有東西果腹。買午餐時她多點了一份三明治，加上幾顆在運送過程中碰傷的特價酪梨。

她先配著一杯淡紅茶吃完三明治。酪梨包在縐巴巴的報紙裡，她照著習慣掃過報紙內容，瞪大雙眼，把其中一則簡短的報導又看了一遍，並且更加專注。

居住於史坦威莫特村，柯里之屋的哈里頓．薩克維先生昨天早上被人發現意識不清，顯然是催眠藥物水合氯醛服用過量。可惜急救無效，宣告死亡。

他是一位極受敬重的紳士，據聞過世前身心都相當健康。

將在兩天內進行驗屍。

夏洛特皺眉。她擁有少數幾項受到她母親讚賞的才能。事實上只有兩樣——第一，她幾乎背下整本《柏克貴族年鑑》；第二，自初次參加倫敦社交季後，她清楚了解在年鑑裡列出的大量名流之間，存在著什麼樣的同盟與敵對關係。因此，她知道哈里頓．薩克維先生的底細，也知道他與另兩名近期猝逝的人士有何關聯，她們的死因比他還要費解。

或許她能幫莉薇亞突圍。

她坐下來，抽出一張她在艾特威與杜伯里藥房買的信紙。

第六章

「艾許。」羅傑・蕭伯里喚道。「艾許，想占用你一點時間，拜託。」

英古蘭・艾許波頓爵爺轉身。「蕭伯里先生，我能幫上什麼忙呢？」

兩人從小認識，除非是在正式場合，英古蘭爵爺從沒如此生疏地稱呼這位老同學。蕭伯里吞吞口水，他了解自己爲何要受到責難。他了解英古蘭爵爺再也不把他當成朋友看待。

這裡是蕭伯里家的私人墓園，位於俯瞰法爾河河口的峭壁頂端，離南方的康瓦爾海岸不遠。頭頂上的天幕不祥地低垂，大雨迫在眉睫。蕭伯里夫人已經入土，弔唁客人快步離去，希望能在風雨來襲前找到遮蔽。

蕭伯里稍稍猶豫，英古蘭爵爺沒有催促。蕭伯里戴著手套的雙手在手杖握柄上張開又握緊，張開又握緊。

一名以前的同學走過兩人身旁，點頭致意，他們也默默回禮。雷聲隆隆，接著劈啪炸開。蕭伯里嚇得跳了起來，英古蘭爵爺仍舊穩如磐石。

蕭伯里清清喉嚨。「艾許——我是說，爵爺——」

以前除了開玩笑，他從未以「爵爺」稱呼英古蘭爵爺。但現下不是說笑的場合，蕭伯里意識到自己的角色變了，變成只是點頭之交，沒有資格與英古蘭爵爺稱兄道弟。

「爵爺，希望您可以——呃——可否請您替我轉達幾句話呢？」

英古蘭爵爺只是凝視著他。

蕭伯里一手按住後頸，又清了清喉嚨。「我對於發生的事深感愧疚。聽說夏洛特・福爾摩斯小姐自行離家後，更是無地自容。」

「倫敦幾乎容不下這麼一位出身良好的年輕女士。想到她可能遭遇的厄運，我不由得渾身發寒。我想要幫忙——或者至少彌補我在這樁……慘案中的過失。但我無法接近她的家人，或是她任何一位女性朋友，你知道的。所以我想，或許她會向你求助——雖然已經是好一陣子以前的事情了，但你們兩個有陣子感情很好。」

「在那樁慘案之後，我沒有接獲任何福爾摩斯小姐的消息。」英古蘭爵爺說。

「但是未來總有可能吧？如果與她取得聯繫，請轉告她說我很樂意幫她安頓在安全的地方，好好照顧她。」

「你想她會接受你的好意嗎？」英古蘭爵爺的語氣平穩，接近和善。

「她說……她曾說願意當我的……情婦。我、呃、我想她沒有改變心意。」

「原來如此。」英古蘭爵爺的音調放得更軟。「若是福爾摩斯小姐來向我求助，我會記得指點她去找你。說完了嗎？」

羅傑・蕭伯里的喉結上下滑動。「我知道你想揍我，對吧？快揍啊！」

英古蘭爵爺訝異地挑眉。「蕭伯里先生，我是已婚男子。不知道蕭伯里太太會怎麼想，可是英古蘭夫人絕對不希望我爲了別的女人與人拳腳相向。」

羅傑．蕭伯里的臉一路紅到整個耳朵。「這是當然，這是當然。請原諒我的失言。」

英古蘭爵爺點點頭。「請節哀。」說完，轉身就走。

羅傑．蕭伯里永遠不會知道他與遭到痛毆的命運擦身而過。

□

英古蘭爵爺的視線從袖釦往上移。「庫敏斯，有什麼事嗎？」

「我替您留了提到福爾摩斯先生的剪報。」他的貼身男僕問道：「爵爺，不知道您是否還需要剩餘的報紙呢？」

英古蘭爵爺一愣。他在搭火車回家前買了一份《西郡日報》，一直放在他身旁沒有翻動，而他只是盯著窗外，等待車程結束。他依稀記得手中握著報紙走出帕丁頓車站。

「隨你處理。」

「好的，爵爺。我把剪報放在您的更衣間裡了。」

英古蘭爵爺等到男僕離開，才走進更衣間。庫敏斯有時會幫他寄信與收信，難怪他對夏洛克．福爾摩斯的名字會有印象。可是報紙上怎麼會出現與福爾摩斯相關的報導呢？而且還是《西郡日報》？

那是頭條新聞。

期待驗屍結果能提供進一步證據

英古蘭爵爺皺著眉頭讀了開頭第一段描述哈里頓・薩克維之死的文字。他在蕭伯里夫人的葬禮上聽過這個名字，他是雪瑞登爵爺多年來音訊全無的兄弟。英古蘭爵爺不認識他，不過感覺大多數人對這個消息都是相當訝異——他竟然還能活到今天。

報紙逐字抄錄醫師提供的驗屍報告及薩克維家僕人的證詞；一切看起來沒什麼蹊蹺——而且與夏洛克・福爾摩斯毫無關聯。

庫敏斯弄錯剪報了嗎？

在證人提供證詞之後，驗屍官唸出倫敦的夏洛克・福爾摩斯先生的來信內容。

英古蘭喃喃咒罵。

敬啓者：

我發覺哈里頓・薩克維先生用藥過量致死或許並非獨立事件——艾梅莉亞・德魯蒙夫人在一週半

前過世；而蕭伯里男爵夫人之死僅發生在二十四小時前。艾梅莉亞夫人是薩克維先生兄長的大表姊，也是蕭伯里夫人兒女之一的教母。

這三起死亡事件皆出乎眾人預料。正如薩克維先生，艾梅莉亞夫人和蕭伯里夫人死前身心皆極度健康，卻都在一夜之間嚥氣。唯一的差異是薩克維先生的女僕在他彌留之際撞見他，讓家人有足夠時間找來醫師，由醫師診斷出水合氯醛使用過量的症狀，可惜早已無濟於事。

若是女僕沒有前來叫醒他，當旁人發現時，他早已死去，死因很可能歸爲心臟衰竭或腦內動脈瘤——正是艾梅莉亞·德魯蒙夫人和蕭伯里夫人的公認死因。他的親人也會以類似方式打理他的後事，引來一陣流言臆測，但不會引發執法機關注意。

這三起不幸的事件拆開來看，並無可疑之處。然而我們不能忽視它們的相似性，不只是死亡的時機，還包括了死者之間的社交家族關聯。

我強烈希望您能與陪審團分享這項情報。

夏洛克·福爾摩斯敬上

英古蘭爵爺又罵了幾句。到了明天，倫敦每個人都能對這則新聞琅琅上口了。福爾摩斯沒有明說，但社會大眾的思維從可疑死亡事件跳到處心積慮的謀殺，要多少時間？他不敢想像將會引發多大的騷動。

這場鬧劇是福爾摩斯的花招嗎？目的是爲了引開那些對他所處困境的不必要關注？不對，假如福爾摩斯只打算引眾人分心，根本不用激起騷動。

他又讀了一次信，兩根手指按住額心。福爾摩斯相信內情不單純——才會從流放之地寫信，希望能影響審判結果。

英古蘭爵爺閉上眼睛，可是沒有用。他太習慣盡一切能力、在最短時間內幫助福爾摩斯。同時也深感無力——福爾摩斯最想要的事物超出了他的能力範圍。

有些人一輩子從未遇見命中註定的另一半。然而他們兩人相遇得太早，沒有察覺對方正是自己的命定之人。等到他們終於醒悟，卻又太遲了。

他丟開剪報，走向大門。

□

「爵爺！」

發現英古蘭爵爺踏入自家客廳，崔德斯探長略略慌了手腳。時間不算晚，但他已經用過晚餐，沒料到還會有人來訪，更別說是爵爺大人了。

英古蘭爵爺歪歪腦袋。「崔德斯太太，探長，希望沒有打擾兩位歇息。」

「別這麼說。」愛麗絲起身與英古蘭爵爺握手。「先坐下吧，請問是哪陣風把您吹來了呢？」

「是這個。」英古蘭爵爺遞來一大張摺得整整齊齊的剪報。「要麻煩你將整篇報導看完。」

愛麗絲搖鈴請女僕泡茶，接著和崔德斯一起捧著剪報細讀。看到夏洛克·福爾摩斯的名字首度出現，兩人幾乎是同時倒抽一口氣。看到信件末尾，崔德斯再次深深吸氣。

「這代表福爾摩斯恢復了嗎？」他問。「還是說他在倒下前寄出這封信？」

「我無從確認——依舊聯絡不上福爾摩斯。」英古蘭爵爺的視線飄向爐架，逗留在他和崔德斯夫婦在夕利群島拍攝的合照上，當時只要送張紙條就能找到福爾摩斯。「不過即便沒有高明的腦袋，也能推論出這對福爾摩斯來說一定很重要。」

「我知道薩克維先生之死不在倫敦警察廳的管轄範圍內，但我也很清楚郡警在缺乏調查專家時，向犯罪調查部求助並非罕見狀況。」他再次直視崔德斯。「探長，可以請你私下打聽看看嗎？」

崔德斯瞄了妻子一眼，後者對他輕輕點頭。「沒問題，爵爺。明天一大早我馬上發電報給幾個德文郡警局的朋友。」

英古蘭爵爺吐了一口氣。「謝謝你，探長，萬分感激。」

□

親愛的英古蘭爵爺，

今天早上抵達蘇格蘭警場時，我得知德文郡警局請求犯罪調查部協辦薩克維先生的案子。我已經自願加入。

只希望我不會讓夏洛克·福爾摩斯失望。

爲您效勞，

羅伯特·崔德斯

第七章

「小姐，沒有妳的信件。」郵局事務員對夏洛特說。

夏洛特向他道謝，讓到一旁，橫越毫無個人色彩的寬敞郵局大廳，走到門口數來第三根柱子，然後她的肺部開始罷工。

她無法呼吸，動彈不得。指甲掐入掌心，渾身直冒冷汗，心臟即將衰竭——她認得所有的症狀。老天爺，莉薇亞該怎麼辦？要是那個她忍不住時時掛念的男子得知她橫死街頭，而且是在聖馬丁教區的郵政總局，會怎麼想？

過了兩分鐘，她還站得好好的，沒有癱軟在地，這時她領悟到最令自己痛苦的並不是死亡的威脅，而是恐慌的襲擊。

她這輩子還沒體驗過恐慌這種情緒。莉薇亞有時候會出現這種情緒，比如說她鉅細靡遺地想像自己最後成了窮苦的老處女，沒有人願意與她來往，在髒兮兮的出租房間裡，只靠著麵包和水煮包心菜過活。

每當莉薇亞陷入這種無法控制的焦慮——夏洛特有時候覺得那像是登上焦慮的高峰——她會端來一大盤塗滿奶油的吐司和滴入白蘭地的熱茶。她會幫莉薇亞揉背，然後朗讀一段《簡愛》，這是莉薇亞最愛的小說，然而夏洛特實在是讀不下去，覺得書中塞了太多激動情緒和俗濫情節。

即便她關懷自己的姊姊，卻還是無法對莉薇亞的恐懼和痛苦產生共鳴。她完全無法理解數十年後由最糟糕情境構成的未來，為何會對現下產生如此影響。

直到此刻。

直到一切抉擇的重量排山倒海地壓在她身上。

若是針對薩克維先生死因的調查毫無斬獲，她該怎麼辦？若是真相混沌不明，莉薇亞因為酒後失言而永遠烙上殺人嫌犯的印記，她該怎麼辦？

恐懼不斷膨脹，碾壓她的內臟，占領更多空間，擠出她肺裡的空氣，像毒蛇一般纏著她的胃袋，硬是順著氣管往上湧起，推擠、擴張，堵住每一個孔洞。

她總是堅信自己有辦法連莉薇亞一起顧好，從沒想過自己將會一口氣毀了兩人的生機。

她無法從近日增加的女性職位中撈到半點機會，也無法汲取社交界的稀薄空氣，觸碰不到女性求職者與雇主間的網絡。

大部分的商家行號儘管立意良善、值得尊敬，能動用的資金仍舊有限。她造訪過兩間公司，一間已經永久歇業，另一間僅掛著公司招牌，只接受信件應徵。其他體質健全的商家都要求應徵者附上有頭有臉的女士寫的推薦函；夏洛特沒有這種人脈，但她不怎麼煩惱這件事——她是模仿筆跡的高手，也不認為落到她這種境地的女性偽造自己的推薦函是什麼道德淪喪的壞事。

她更擔憂的是那些求職組織都得先支付一筆登記費，但如果她還想果腹、有個地方遮風避雨，單薄的錢囊實在是應付不來。況且，就算她咬牙付了那筆錢，也得等上幾個禮拜，甚至是幾個月，才能等到合適的職位出現。

她可沒那麼多時間。

狀況還不到極糟。目前還撐得住，然而正如莉薇亞遙望未來，只看見悲慘與孤單在盡頭等待，夏洛特無法擺脫金錢用盡的恐慌。

食宿每週要花掉她九先令六便士。付完頭兩週房錢，加上莉薇亞塞給她的私房錢，她手邊還剩五鎊三先令十便士。再扣掉日用品的開銷，手頭的資金又耗去不少——更別提她得自付午餐費用。這筆錢終究會散盡，撐不了太久。然後呢？要是她養不活自己，要如何幫莉薇亞呢？

「小姐，妳沒事吧？」

夏洛特面前出現一道異樣耀眼的身影，對方身穿普魯士藍絲綢禮服，露出精緻的白色抓縐襯裙，窄邊高頂的帽子上堆著一叢叢裝飾用的草葉，裡頭棲息著一隻……如果夏洛特的鳥類學知識還算可靠，那是藍胸鸚雀的標本。

她這才發覺自己正背靠四十呎高的柱子，一手按住胸口。她垂下手臂應道：「嗯，我沒事。夫人，謝謝妳。今天有點太熱了。」

「最近一直都挺暖的。」婦人的嗓音格外討喜，醇厚如奶霜，夾雜著一絲沙啞。「要我請人端杯水給妳嗎？或是找個地方讓妳安安靜靜坐一會，遠離像我這種多管閒事的老太婆？」

婦人被自己的笑話逗得咯咯輕笑。夏洛特原先以為她年近四十，但她的笑容牽起眼周細紋及唇角的深溝——她至少五十歲了。

她並非生來就是上流社會的成員，並未在孩童時期就學著要遵循社交界的潛藏規則，她的風格連夏洛特七拼八湊的品味都及不上，否則她絕對不會為了出門上郵局一趟而打扮得如此招搖繽紛。

她沒戴婚戒，不過夏洛特判斷這不是因為她未婚。帽頂上的鸚雀窩在黑色縐紗做成的小鳥巢裡，婦人的藍色手提袋也以同樣材質的布料作為滾邊。

唯有喪夫女性會佩戴黑紗。儘管身著鮮艷的日間禮服，夏洛特眼前的婦人以最精微的方式悼念她過世的伴侶，在日常打扮間混入極度細微的哀傷。

夏洛特搖搖頭，暗笑自己本能似地徹底觀察偶然相遇的路人。她樂在其中，也是個中高手，可是這項本領究竟有什麼用呢？

這樣的腦袋與性情，就算換到男性身上也只是平添古怪與煩憂。

她擠出笑容。「夫人，感謝關心，我真的很好，半點事情也沒有。」

□

婦人快步離開，繼續辦事——她周圍方圓二十五呎內的男女都看得目不轉睛——夏洛特冷靜下來，離開郵局。

或許最痛苦的還是飢餓。感受到迫在眉睫的貧困威脅，她早上打包了兩片奶油吐司，不過想試試忍著不吃能撐多久。她已經徒步在倫敦穿梭多時，離華萊士太太那處的小房間還有兩哩半的路要走。

但她越來越篤定只要能煮上一壺水，讓兩片吐司乖乖進到肚子裡，她就不會如此喪氣了。

此外，好心的懷布瑞小姐借了她五、六本雜誌，夏洛特已經看到兩則頗有意思的旅遊札記——一篇是挪威海灣，另一篇則是加納利群島。一杯茶，一點零嘴（雖然已經從早上放到現在），想像自己是個正在度假的女性，忘卻現實的紛擾——

「一便士，小姐？可以給我一便士嗎？」

乞兒哀傷的叫嚷聲把夏洛特扯回難捱的現實。身旁的女孩身材瘦小，臉頰凹陷，手上臉上蓋了一層煤灰，罩衫上布滿棕色灰色的補丁，夏洛特看不出布料原本的色調。

最令夏洛特揪心的是摟著女孩肩膀的女性。她在倫敦也曾看過乞丐，但是與眼前母女相差甚遠。母親一隻眼睛蓋著黑色眼罩，另一隻眼珠呈現盲人的白濁灰藍。她的神情空虛猶如死寂冬季的北海岸；貼在身側的手臂僵硬得像木偶。

那不是挫敗的模樣，挫敗意味著她近日曾經爲了某個目標而努力。這名婦人身體裡空無一物，擁有過的希望與精力已經完全耗竭。

夏洛特看慣了那些運勢不佳卻仍舊趾高氣揚的乞丐，他們以悲情和虛張聲勢吸引路人；相較之下，眼前的空殼子更讓她膽寒。

「小姐，一便士讓我晚上有飯吃？」尚未遭到生命摧折的小女孩又問了一次。

夏洛特打開手提袋，不只掏出一枚硬幣，連包在棕色薄紙裡的兩片吐司也遞了出去。「這六便士給妳。好好照顧妳媽媽，讓她也有東西吃。」

小女孩半信半疑地盯著落入掌心的硬幣，接著抬頭望向夏洛特，鬆開母親的手，抱住慷慨的恩人，然後才接過吐司。

夏洛特繼續走下去，覺得心中的絕望少了一些。

□

她站在艾特威與杜伯里藥房的櫥窗前，慶幸自己還能替更窮苦人做點事。她這輩子還沒走過這麼多路，雙腳疼痛萬分。或許她買不起治水泡的藥膏，但至少可以問問價錢。

她拍拍裙子內側的暗袋。手提袋裡只有零錢，暗袋內則藏了張一鎊鈔票。

華萊士太太的宿舍看來夠安全，夏洛特房間的門鎖也夠牢固。但如果在夏洛特出門找工作時這屋子被燒得精光，該怎麼辦？她不想失去所有金錢及其他財產。暗袋裡的鈔票算是微薄的保險。

可是鈔票不見了。隔著一層絨面呢布，她摸不到那片輕薄又眞切的寶貴紙張。一定是弄錯了，她往裙子夾縫間挖得更深。沒有。她只摸到厚重的襯裙，再往下是她自己的大腿。

那個擁抱她的小乞丐。夏洛特早該知道的──她早該意識到狀況不對。那個女孩的四肢完全不像面容那樣枯瘦，而且她身上也沒有長久未清洗的酸臭味。

不對，夏洛特在那之前就該知道。小女孩沒有離開過她母親身旁。那個母親示意她找上好下手的目標，眼罩並非爲了遮掩難看的缺陷，而是替她完好的眼睛作掩護。在大太陽下，她能透過薄薄的黑色布料分辨周遭環境。

夏洛特隱約記得自己在街上遊蕩，然後自動走回華萊士太太的寄宿屋。是不是有人向她搭話？不知道。她也不確定自己是否回應了。

她記得自己鎖上房門，掀起裙襬上的一大片蕾絲荷葉邊，檢查暗袋開口。上頭縫了兩個鈕釦，在她出門時都扣得好好的。現在一個釦子開了，足以讓靈活的小手鑽進去，抽走那張紙鈔。那幾乎占了她手邊資金的四成。

她突然發覺有人猛敲房門。「福爾摩斯小姐。福爾摩斯小姐！」

她打開門，看到華萊士太太的忠實跟班。「通納小姐？」

「福爾摩斯小姐，妳是不是有點耳背？我在樓下和妳說話，妳沒有半點反應。剛才至少敲了兩分鐘的門啦。」

「有什麼事情嗎？」

「華萊士太太想盡快和妳在客廳談談。」通納小姐裝出神祕兮兮的模樣。

華萊士太太爲什麼要找夏洛特說話呢？她繳了兩個禮拜的房錢，也沒有觸犯過住宿規定，一直都很規矩。「沒問題，我馬上下樓。」

走廊盡頭是簡單的小廚房，每天下午開放兩小時。房客在房裡頂多只能燒開水，但可以來此煎香腸或是加熱豆子罐頭配茶。今天有人炒了蛋，濃郁的香氣令夏洛特的胃袋企盼地顫抖。她錯過了午餐和下午茶，這是她人生中空前的重大事件。

飢餓令她腦袋遲鈍。當她望向通納小姐，忽視了平時總會映入眼簾的細節，只注意到這名大她十五歲的婦人蹦蹦跳跳地下樓梯。

她腦中警鈴大作。如此崇拜權威、繞著權力中心打轉的女性會變得這麼興奮，八成是因爲那些權威和權力即將大顯身手——有人要遭殃了。

夏洛特要遭殃了。

□

一樓隔出專屬華萊士太太的區域，裡頭有客廳、臥室，說不定還有私人浴室。這個大房間以一條走道與交誼室相連，一扇門將公私領域隔開。門板旁的牆面掛著拉鈴和標示，上頭寫著：晚間八點後若非緊急事故，切勿拉鈴。

門沒有關牢，通納小姐領著夏洛特穿過另一扇通往客廳的門。

夏洛特曾進過這間客廳，那是她與華萊士太太的第一次面談。當時她儀態優雅，華萊士太太宣稱她很樂意讓福爾摩斯小姐入住空房。

但這回華萊士太太看起來對福爾摩斯小姐毫無好感，冷峻的表情似乎令通納小姐更加興奮。

「夫人，我帶福爾摩斯小姐過來了。」她有些喘不過氣。

「謝謝妳，通納小姐。」華萊士太太停頓一會，看到通納小姐沒有離開的意思。「晚餐見。」

「沒問題，夫人。」

等她消失，華萊士太太命令道：「福爾摩斯小姐，請坐。」

夏洛特乖乖坐下——卻又立刻起身，走到門邊，拉開門板。通納小姐踉蹌踏入客廳，厚顏無恥地說道：「非常抱歉，我想詢問華萊士太太關於洗滌衣物的方針。我再挑個更合適的時刻過來。」

夏洛特送她到走廊上的門外，鎖上門，回到客廳，用力關好門。

她沒有再次坐下。「華萊士太太，有什麼問題嗎？」

華萊士太太打量她好半晌。「福爾摩斯小姐，妳欺騙了我。」

夏洛特深深吸氣。「是嗎？」

「懷布瑞小姐的表姊摩爾小姐，今天早上前來拜訪她——剛好與妳擦肩而過。摩爾小姐在攝政街的裁縫鋪工作，說她在米芮兒夫人家見過妳好幾回。」

「然而她也告訴我說妳不是來自唐橋鎮的打字員卡洛琳・福爾摩斯小姐，而是夏洛特・福爾摩斯，亨利・福爾摩斯爵士的女兒，最近被人逮到與已婚男士過從甚密。對此妳有異議嗎？」

眞是諷刺。華萊士太太位於西區的寄宿屋並非夏洛特的首選。肯辛頓還有評價更好的住所，但夏洛特沒有採納，爲的就是不想撞見認識的人。西區是相對安全、公共設施完備的區域，住了許多醫師和專業人士，社交處所在數十年前撤離此地，移往更西邊的時尚街區，因此她享有更高的隱匿性。

看來她的抉擇都是錯的。

「福爾摩斯小姐？」

「華萊士太太，看得出妳心意已決。我的否定只會導致妳更進一步為我安上不誠實的罪名。」

「如此一來，我得請妳立刻搬離。我得維持這棟寄宿屋的名譽，這裡以美德，以可敬的基督教徒著稱。福爾摩斯小姐，此地從一開始就沒有妳的容身之處。」

「很好。華萊士太太，妳再也不用為我煩惱。請歸還我支付的租金，扣掉我已經住過的部分，我會在一個小時內離開。」

「恐怕我得保留妳的租金。」華萊士太太語氣強硬。「之前說得很清楚，若是妳所言不實，行為不檢，就得沒收支付的租金。」

夏洛特雙手交握。「那麼，華萊士太太，妳所言不實的行為又該怎麼看呢？」

「這是什麼意思？」

「妳說這裡以美德，以可敬的基督教徒著稱。但妳自己卻和不是自己丈夫的男士固定往來。」

華萊士太太微微一縮。「妳從哪聽來如此惡毒的謠言？我讓妳瞧瞧——妳竟敢——」她停下來吸氣。「我會讓妳知道根本沒有這些胡言亂語！」

「我得提出反論。這裡設下了嚴格的男性止步禁令。在此寄宿的女孩儘管兄弟或父親就住在附近，仍然要在茶館和其他場所與他們會面。交誼室的椅背上並未放置阻隔馬卡髮油的椅套，可是在這裡，妳的私人客廳裡頭，除了妳自己坐的那張，每張椅子上都擺著椅套。」

「有些女性也會塗抹馬卡髮油。」華萊士太太激動地回應。

夏洛特掃了房內一眼，移向右手邊的門。門外是小小的玄關，擺了鏡子、傘架、衣帽架，當然還有擦鞋墊。

她回頭望向越來越慌張的華萊士太太。「沒錯，是有女性會用髮油。可是哪位女士會在妳私人的玄關擦鞋墊上留下男性鞋印呢？」

夏洛特橫越房間，走到華萊士太太的寫字桌旁。「此外，妳是右撇子，但我來面談時注意到桌面左側有一滴墨漬。當時妳要我寫下親人的姓名與住址，作爲緊急聯絡之用。我站在這裡，幾乎就在廢紙簍的正上方，看見一張丟棄的吸墨紙，角落印著反過來寫的『喬治・艾特威謹上』。」

「於是我問了妳的親人是否住在倫敦，或是固定來訪。妳回答說妳的雙親已經過世，唯一的妹妹與丈夫和女兒住在印度。因此艾特威先生不會是妳的父親或兄弟。除非妳是假冒男性名義寫信——此舉也是值得質疑——不然就是艾特威先生近期曾坐在這張桌子旁，離開前匆忙留下紙條。」

「因此我決定來尋找必定存在的私人出入口，發現它通往屋後巷子，也看見對面就是艾特威與杜伯里藥房的後門。」

「我造訪藥房，遇見艾特威先生。當我提到我是妳新收的房客，他對妳讚不絕口，說妳是內涵與性格極佳的女性。可惜他早已結婚。」

華萊士太太的臉一陣紅一陣白。「完全是毫無根據的控訴。」

「或許吧，不過妳其他的房客保證會對我倉促搬離感到好奇。我可以在妳規定的一小時打包空檔間散播許多毫無根據的控訴。」

「妳——妳要毀了我的名譽，如同妳毀了自己的名譽？」

「完全相反。我無意損害妳的好名聲，無論公私——妳看，我讓耳朵尖、舌頭快的通納小姐遠離我們的對話。我對艾特威先生的家庭狀態一無所知，但顯然他和妳處於相當美好的交往狀態。房間角落的棋盤才下到一半，或許你們共享過架上的帕瑪琴酒。我也發現他正在看那些威廉．克拉克．羅素的航海小說，如果妳忙於晚間的要務，我一點也不想打擾妳愉快的安排。」

「不過相對地，我希望妳給予我同樣的體貼。妳應當能推斷出我的處境艱難。我不會敲詐妳，要求妳讓我留下——妳還有寄宿屋的名聲要顧——可是歸還剩餘的租金應當是合理的請求。」

華萊士太太的嘴巴終於闔起來。下一秒，她站起來，打開寫字桌下上鎖的抽屜，取出錢箱，把錢還給夏洛特。

夏洛特小心翼翼地收好銅板。「謝謝妳，華萊士太太。我絕對不會洩露妳的祕密。還有……換作是我，下一步棋會把王翼的城堡移向b4——前提是妳想贏。若是有意讓艾特威先生贏棋，那就把妳后翼的升變兵移到a5。」

第八章

德文郡

哈里頓．薩克維先生的容貌在死後依舊俊朗。

他享年五十五歲，半黑半白的髮絲堪稱茂密，腰際毫無贅肉，肌理直逼三十歲出頭的壯年人。他渾身泛青，不過還不足以影響崔德斯探長的判斷──此人生前喜愛鍛鍊，在戶外曬出健康的膚色。

他的神情莊嚴，安祥。若他是自然死亡，在葬禮上肯定是備受景仰的遺體，引發眾人誠摯哀悼如此健康、有活力的男士竟會如此倉促離世。

驗屍官常常請求病理學家梅里威瑟醫師提供專業意見，現在他隨著崔德斯與犯罪調查部的麥唐諾警長在屍體旁緩緩兜圈。

「探長，相信您也能看出屍體上沒有掙扎跡象。喉嚨周圍或其他部位都沒有瘀青，沒有開放傷口或其他傷勢。既然死因是水合氯醛，我非常仔細地檢查過屍體全身，沒有找到任何針孔或是使用針筒的痕跡。也缺少由直腸吸收的證據。」

病理學家的語氣專業又乾脆，但崔德斯聽出了一絲焦躁──本該是毫無波折的意外用藥過度而致死案件，卻受到愛管閒事的夏洛克．福爾摩斯插手，陷入不必要的延長戰。

現在又多了蘇格蘭警場介入。

不過呢，崔德斯也感應到些許興奮。梅里威瑟醫師與一般人無異，對眞正不尋常的罪案深感好奇，特別是徵兆如此幽微，就連像他這樣學識與經驗同樣豐富的專家也難以辨識，更遑論看透眞相。

崔德斯向妻子坦承自己懷抱著同樣的興奮，但他沒有透露的是，自己心中極度期盼透過這個眾所矚目的案子——記者瘋狂轟炸犯罪調查部想知道最新發展——能讓他名滿天下。他對名聲沒有太大興趣，只是想讓得知愛麗絲嫁給警察後態度冷淡的朋友，每天抓著報紙追逐他的斬獲。他們絕對不會羨慕她，可是或許有一天他們不會如此瞧不起她選擇的伴侶。

他知道她並不後悔嫁給他，只希望她永遠不會後悔。

「死因肯定是水合氯醛嗎？」他問。

「是的。」郡警局的年輕化學分析師史密瑟先生答道。他不是梅里威瑟醫師的驗屍夥伴，所以一直待在角落，看警方和病理學家觀察屍體。現在終於輪到他發揮長才，鉅細靡遺地解釋自己用了哪些器材與程序，判定組織中驗出的不是氯仿、吐酒石，而是水合氯醛，沒有別的了。「我親自化驗，每個步驟都重複了好幾次，不可能出錯。」

「謝謝你，史密瑟先生。」崔德斯說道：「也謝謝你，梅里威瑟醫師。」

梅里威瑟醫師說的沒錯——薩克維先生身上看不出半點謀殺的跡象。崔德斯也無從懷疑滿懷熱情的史密瑟先生不夠仔細。看到屍體之前，他以爲可以輕易地發現各種遭到忽略的細節，認爲只要看穿，就能得出謀殺罪行的證據。然而親眼細看後，完全推翻了他的預想。老實說，薩克維先生之死越看越符合眾人原本的推斷——簡單的用藥過量意外。

他暗自嘆息——好個名滿天下的美夢。

好吧，輪到死者住處了。

□

依照崔德斯要求，郡警局在蘇格蘭警場人員抵達前，派出能幹警員到柯里之屋——以及鄰近村莊——收集大致情報。崔德斯才剛踏進德文郡警局，報告已經放在桌上了，還附上官方的審訊記錄。

柯里之屋的所有人不是薩克維先生，而是一位寡婦柯里太太，她再婚成爲史翠瑟太太，搬到諾里奇與丈夫同住，把屋子租出去。

薩克維先生在七年前租下柯里之屋，但附近的地主與他僅是點頭之交——薩克維先生總是深居簡出。這麼說好了，他在本地擁有上流紳士的好名聲，或許他不費神與人密切來往，不過從不吝於和散步時擦肩而過的村民打招呼，無論對方是郊區牧師或是普通的農婦。

儘管從未參加村裡的公共事務，但他稱得上慷慨熱心，從老諾曼教堂的新祭壇、村中學校的煤炭和窗戶，到巡迴圖書館的購書資金，全都有他一份。

換句話說，他雖非深受喜愛，卻廣受敬重仰慕。沒有人覺得他與世隔絕的生活方式特別古怪；大家都知道地方望族的孩子一個比一個怪。

村民不清楚薩克維先生的來頭——沒有人手邊放著《德貝里貴族年鑑》可以查閱。他們只是透過直覺猜測比起士紳，他應當是貴族之後。

柯里之屋更是加深了這份印象。

德文海岸的風景引人入勝，海邊峭壁高聳嚴峻，令人深深體會到大不列顛著實是個島國。海岸邊像半島一般往海中凸出的蒼翠田野上點綴著羊群。柯里之屋聳立在史坦威莫特村外一又四分之三哩處，中間以一條小徑相連，兩旁長滿山楂樹和田槭。

這間大宅在本世紀初落成，相對來說算是新屋，輪廓纖細精緻，漆成白色的外牆在陽光下格外耀眼，襯著無垠的藍天，看起來無比潔淨。兩名警官早已習慣倫敦的煤灰與污垢，心想在這片無瑕的白牆旁，要看到獨角獸可不容易。麥唐諾警長輕輕吹了聲口哨。

屋內同樣整潔，清爽的白色窗框、飽滿的藍牆，厚重的東方地毯增添了舒適的色彩與質地。接待他們的女性儀態實在是配不上這棟屋子。管家柯尼許太太臉色紅潤，身材粗壯。不過她的黑色連身裙燙得平整，白色頭巾上了漿。

儀態不夠優雅，但絕對足夠乾淨。

禮貌問候過他們的旅途，她詢問是否要上茶。崔德斯探長接受她的款待，但要求先檢視屋子，特別是薩克維先生嚥氣的臥室。

通風良好的裝潢延伸到二樓。薩克維先生的臥室享有整片海景——這棟屋子離海邊不到半哩，占著周遭地區中海拔最高的好位置。

「最美的景觀。」崔德斯低喃。

麥唐諾警長點點頭。「或許這是屋子建在此地的原因。」

崔德斯的注意力回到臥室。「薩克維先生死時就是鋪著這片床單嗎？」

「不，探長，床單已經換過了，不過還沒送去洗衣店。」

「我等會要去看看。房裡應該都清掃過了？」

「是的，探長。當天就已經徹底打掃了。」

倘若薩克維先生是自然死亡，他大概能讓臨終之處暫時維持原樣——頂多讓人把他用餐桌板扛出去。但面對出乎意料的死亡，這違背了管家的責任感，她自然希望讓屋裡恢復平日的秩序。儘管極度期盼臥室能保有事發當時的樣貌，但崔德斯沒有與這位盡責管理豪宅的管家爭辯。

他和麥唐諾警長檢查過窗戶，向柯尼許太太問起進出這棟屋子的各種途徑。她很篤定那天晚上薩克維先生房間的窗戶關著，因爲晚餐後下起了雷雨。漆得平滑的外牆幾乎無法攀爬。

「窗戶鎖得很牢嗎？」

「是的，探長。薩克維先生被抬出去之後，我打開窗閂，讓房裡通風。」

「他把水合氯醛收在哪裡？」

柯尼許太太拉開床邊桌的抽屜，裡頭放了個小瓶子，還剩兩顆白色藥丸。

「薩克維先生過世當天就只剩這些了嗎？」

「是的，探長，白區醫師要我檢查，我記得當時就剩這麼多。」

床邊桌上擱了幾份近期的刊物——從文學週刊到廉價小報應有盡有——薩克維先生的口味很廣。

「這些都是郵寄送來的嗎？」

「是的，探長。」

他們轉向二樓其他房間。除了薩克維先生的私人空間外，這裡還有兩間臥室、一間起居室、一間書房，以及貼身男僕的房間。「霍吉斯先生住二樓，我們女性僕役的住處都在樓下。」柯尼許太太解釋道。

崔德斯點點頭。「事發當晚，這些房間的窗戶也都鎖著嗎？」

「我在隔天打開所有的窗門，讓整棟房子通風。」

她的回應簡潔扼要。柯尼許太太並非饒舌的性子，但她下頷緊繃，手指用力勾繞，在沉著的外表之下，似乎有什麼事情忍著沒說。

與警方談話令她深感不安，然而崔德斯無法判斷究竟是因爲整起事件惹得她心煩意亂，還是另有隱情。

「屋子的門呢？」

「我每天晚上九點會檢查一輪。」

「是否可能有人在九點前溜進屋裡，沒有人察覺？」

「我想是有這個可能性。」但她的語氣暗示著絕無可能，這個想法太荒謬了。

假使薩克維先生、艾梅莉亞夫人、蕭伯里夫人之死有關，那麼必定有個外部人士——或者是好幾個——涉入此案。可是三名死者間的牽連越來越薄弱，崔德斯親自見證了這棟屋子和鄰近村莊是如此與世隔絕。在這種地方，沒有人不會注意到陌生人的行跡，或者是本地人可疑的行徑。

確實會有觀光客來來去去，沿著海岸漫步，欣賞美景。但郡警局的報告指出前一週在村裡的酒吧兼旅店只有兩組客人——旅行攝影師和他的助手，兩人只待了一夜，在薩克維先生過世前五天離開；還有教區牧師兄弟的一些朋友，他們隨那名兄弟一同來訪，沒去擠狹窄的牧師公館，而是來此投宿。

崔德斯和麥唐諾回到一樓。「柯尼許太太，可以請妳帶我們看看屋子其他部分嗎？」

鄉間大宅的廚房多半與主樓分離，降低火警風險，不過這裡的廚房位於一樓，和客廳與餐廳之間隔了兩道包裹綠色粗絨布的門板。通往廚房的走廊還設有儲藏食物、餐具的小倉庫和洗碗間。

走廊盡頭的階梯往下連接其他住宅隔間，以及僕人專用的活動空間，包括臥鋪。柯尼許太太向崔德斯展示薩克維先生的床單放置處，它們大概剛洗過，看起來猶如新品。

「我們常常更換床被。」柯尼許太太的語氣中帶著壓抑不住的自豪。

又少了一條追查的線索。但崔德斯很有耐性，總會找到新的突破點。

「探長、警長，兩位現在要喝茶了嗎？」柯尼許太太繼續道。

「好的。」崔德斯應道：「柯尼許太太，妳人眞好。」

管家稍稍猶豫。「探長、警長，兩位是訪客，應當要在樓上招待你們的。可是我覺得擅自使用客廳有點……」

「之後我們會借用客廳與關係人士詳談，不過我們很樂意在妳認爲妥當的地方喝茶，柯尼許太太。」崔德斯說。

他們在柯尼許太太的小辦公室喝茶，隔壁就是儲藏間。雖然這層樓有三分之二埋在地底下，高處的窗戶透入足夠的光線，不至於讓人感到拘束。

柯尼許太太替兩人倒茶，崔德斯趁機多問了些問題。根據郡警局的報告，他知道柯尼許太太是柯里之屋最資深的僕役，已經待了十四年，從柯里太太還住在此處時便已經是管家了。

她證實了這項情報，也確認他們掌握的全體僕役資料無誤。廚師米克太太資歷最淺，來到此處才一個多月。另外還有貼身男僕、家事女僕、廚房女僕，以及一名照顧庭院與馬匹的青年。

除了貼身男僕霍吉斯，其餘的僕役領的都是屋主發的薪水，她以完整的人力資源來換取更高的房租。薩克維先生的律師團同意將繼續支付租金——以及霍吉斯的薪水——直到客戶的死因調查結束。

崔德斯相信當律師得知法院沒有直接判定是用藥過量的意外，必定是苦惱萬分。

「可以和我們說說薩克維先生的日常作息嗎？」他向柯尼許太太提問。

柯尼許太太立刻回答。在一般的夏日，薩克維先生早上六點半會在床上喝他的可可亞。接著沐浴更衣，在七點十五分外出騎馬，等他回來，早餐通常於八點半上桌。之後他喜歡進書房待一會兒。午餐時間是一點。飯後他多半會出門散步一陣子，四點半回家喝茶，晚餐八點開席。他每個月去倫敦兩趟，午餐後出發，直到隔天下午茶時段才返家。

報告中也提到薩克維先生的倫敦之旅——德文郡警局的帕金斯警員做事很徹底。崔德斯也知道村人對薩克維先生的遠行興味盎然，有人認爲他是去訪友，有人懷疑他跑去賭博，還有人猜想他只是喜歡偶爾擺脫這裡——假如他們有旅行的資金和自由，也會這麼做。

「柯尼許太太，妳是否知道他遠行的目的？」

「一無所知，探長。」

「他返家後從未提起嗎？」

她搖搖頭。當然了，身為品行端正的僕役，她不會去詢問雇主的私人事務。

「他搭哪班火車？」

「三點零五分，從柏頓十字村出發。」

柏頓十字村是離大宅第二近的村子。崔德斯研究過本地的支線鐵路時刻表。三點零五分從柏頓十字村開出的列車要到四點才會接上主要幹線。即使薩克維先生轉搭特快車，他抵達帕丁頓站時也過了一般行號的營業時間。

如果進城的目的是見商務代理人或是律師，一般人不會選擇這班車。

「他總是在同一天出門嗎？」

「每個月的第二與第四個星期四。」

倫敦的戲劇季從九月延續到隔年七月底。然而薩克維先生規律的行程不像是要去看戲，與訪友更是打不著關係——與他階級相當的人士僅在社交季期間進駐倫敦，其餘時間在空氣清新的鄉間度過。

「柯尼許太太，妳確定他最終的下車地點是倫敦嗎？」

「霍吉斯先生是這麼說的。將薩克維先生的衣服送洗前，他翻過所有口袋，每次都會找到從帕丁頓進站的回程車票。」

柯尼許太太微微臉紅，似乎是對她和男僕聊到雇主隱私之事感到羞赧。

「了解。我也查到薩克維先生過世前幾個禮拜的倫敦行脫離了以往的規律。」

「他腸胃不舒服。」柯尼許太太答得篤定。「四月發生了兩次。一回嚴重到無法出門，另一回則是在火車上發作，他立刻下車，在鐵路旅館過夜。」

這番說詞與柏頓十字站票務員的記憶相符。

「又過了兩個禮拜，他還是去了倫敦一趟。」

「是的，但他隔天早上就回來了，比平常還早。再兩個禮拜後，他儘管身體狀況良好，但壓根沒有出門。」

「他只在四月那兩次出行期間胃痛嗎？」

「不，打從我爲他服務開始，這一直是他的老毛病。我想他之前也有一次是因爲身體不適而放棄倫敦之旅。」

七年一次的偶發事件變成一個月兩次。有意思。還不到事有蹊蹺的程度——偶發事件的本質就是無法預測——但依舊值得關注。「五月那次他是否提過早歸的原因？」

「沒有。」

「那次回到柯里之屋時，他看起來如何？」

「那天他獨自待著，不想被人打擾。」

「我聽說在回家前，他去了教堂一趟。教區牧師和幾名村民有見到他。」這個人住進柯里之屋後可是從未參加過禮拜啊。

「我也聽說了這件事。」

「兩個禮拜後的星期四，發現他沒有出門，妳是否感到驚訝？」

「我……是的，不過沒有太意外。」

「爲什麼？」

「他身上散發出無奈的氣息。」

村中謠言可沒有提到這一點。崔德斯探長微微皺眉。「怎麼說？」

柯尼許太太思考一會。「在我看來，他相當喪氣，同時也有些煩躁不安。他的作息一向規律，可是過去幾個禮拜內，他曾整天不見人影，淋成落湯雞回家——那天他出門時已經在下雨了。」

這項情報與夏洛克．福爾摩斯的推測不符。薩克維先生這陣子的行爲和艾梅莉亞夫人猝死一事兜不上關係，無法解釋他情緒低落的原因。最有可能的假說是，薩克維先生在城裡有個情婦，總是準時去與她私會。然後呢？她爲了更好的對象拋棄了他？或者是接受了另一名被她迷得神魂顛倒的男士求婚？

遭逢如此變故，心痛難耐的男士過度耽溺於能忘憂幾小時的物事，也是時有所聞。

崔德斯探長繼續進逼：「請描述薩克維先生過世前二十四小時內屋裡的動靜。」

「探長，沒什麼好說的。那天中午過後放假。我下午去參加教區婦女會，接著繞去拜德福德喝午茶，逛了幾間店，在七點半回到這裡。大家都在八點前回來——除了霍吉斯先生，他去度年假了。」

「我們在僕役的公共空間吃了晚飯，收走餐廳的碗盤——每逢休假日，廚師米克太太會替薩克維先生留一份冷盤當晚餐。晚間九點我端了茶、餅乾、傍晚寄達的郵件給他，詢問是否還有別的吩咐。他說沒有，我可以退下了。那是我最後一次看到他意識清楚。」

「可以回想一下他收到了什麼郵件嗎？」

「一、兩份雜誌，可能還有幾份手冊吧——他偶爾會訂購這些東西。」柯尼許太太答得有些勉強，似乎是覺得猜測雇主信件內容很不入流。

「他當時看起來如何？」

「有些疲憊，但不到要警戒的程度。」

又是和平時一樣的正常狀況。

「妳參加了開庭，聽見宣讀福爾摩斯先生的信件，他將薩克維先生之死與社交圈內另兩位女士的事件相互連結。對此妳有何看法？」

「我完全不知道該有什麼想法。」柯尼許太太的神情與用詞同樣謹慎。

「妳曾聽薩克維先生提及艾梅莉亞夫人或是德魯蒙太太嗎？」

「沒有，探長。」

「他是否寫過信給她們？」

「我從沒看過寫著那兩人名字的信封。」

「他都與誰書信往來？」

「多半是他的律師。」

「發現屍體的早上呢？請仔細描述。」

柯尼許太太思索片刻。「霍吉斯先生出發度假前，他將替薩克維先生送上晨間可可亞的任務交付給米克太太。但是那天早上她在廚房裡忙活，讓家事女僕貝琪．畢多幫她端上樓。」

「根據貝琪．畢多在法庭上的證詞，她放下托盤，向薩克維先生道早安。」崔德斯說道：「沒聽到他的回應，她高聲重複，還是沒得到回答。於是她推了推他的手，卻發現手掌異常冰冷。」

柯尼許太太點頭，眉頭緊鎖。「她跑去找米克太太，米克太太又跑來找我。我們三個一同進了薩克維先生的房間，當時他還有呼吸。米克太太說看起來不妙，貝琪開始發抖，我趕去馬廄找唐恩。他騎馬到醫生家，可是哈里斯醫師不在。他又騎了四哩路到柏頓十字村，把白區醫師接過來。」

「白區醫師終於抵達，他檢查過薩克維先生的狀況，向我詢問他平時是否會服用水合氯醛。我說曾在他房裡看過。他說要是剛才給了更詳細的症狀描述，他一定會帶番木鱉鹼過來。他和唐恩衝到哈里斯醫師家，掃遍他的藥櫃，帶著番木鱉鹼回來，然而已經太遲了。薩克維先生已經斷氣幾分鐘了。」

柯尼許太太的陳述末尾帶了點顫抖。

「我得提出一個很不討喜的疑問。」崔德斯說道。「妳知道有誰想對薩克維先生不利嗎？」

「不！」管家立刻回答，語氣強硬，這是她今天在兩人面前表現出最激烈的反應。「沒有人。這一帶絕對沒有人會做這種事。」

「謝謝妳，柯尼許太太，目前沒有其他問題了。」崔德斯說。

柯尼許太太腦袋微微一歪，呼吸依舊急促。

「接下來我想見見發現薩克維先生的貝琪・畢多。」崔德斯繼續道：「然而帕金斯警員向我報告她已經不在這棟大宅裡了。柯尼許太太，可以請妳說明嗎？」

「這整件事讓那個女孩心煩意亂，那個叫福爾摩斯的傢伙的來信更是雪上加霜。出庭後，她求我將她解雇，讓她回家與雙親團聚。她還是個孩子，我沒那麼狠心，便答應放她離開。」

柯尼許太太嘴邊刻著執拗，彷彿是在威脅崔德斯探長敢質疑她的善心決策就試試看。

「妳為她著想是對的。」他溫言安撫，起身離席。「麥唐諾警長和我要換到樓上的客廳，請通知米克太太說我們現在要找她談話。」

□

崔德斯探長從沒見過像米克太太這般清瘦的廚師，同時她也是個健談的證人。

「我認為是酒吧的食物導致四月那兩次胃痛。你們也知道在我之前的廚師是歐克雷太太，她要去照顧沒了爸媽的外甥女，得在三月底離職。在我上任前，大宅的人只能靠著附近旅店的外送過活。旅店的佩格太太人很好，提供的食物分量充足，可是她的飯菜有些粗糙，你們應該懂我的意思。」

「可是呢，我來此之前受雇於伍德隆太太，在佩恩頓的療養院工作。十年來我只爲全國消化最差的女士們煮菜。我能拍著胸脯說伍德隆太太很不情願讓我離開——我替她的療養院博得良好名聲。」

「妳做的菜合薩克維先生的胃口嗎？」崔德斯順著米克太太的話頭問下去。

「我沒聽到抱怨。不過我要再次聲明，我還沒有替他工作太久。」

「我相信妳的手藝毫無缺陷。現在想請妳描述薩克維先生被人發現昏迷不醒前二十四小時內的動靜，以及妳對於事發當天早上的看法。」

米克太太喝了一大口茶。「沒問題。前一天是半休日。我上午幾乎都在廚房裡忙，要準備中午的大餐及每個人晚上的冷盤，此外，那天我們還做了果醬——湯米．唐恩是園藝高手，在廚房後院種出了滿滿一箱草莓和醋栗。等到午餐的碗盤洗好，果醬也大功告成，我陪洗碗女僕珍妮．普萊斯走去她家。普萊斯家眞是溫馨，我陪普萊斯太太聊天喝茶。到了晚間，我們搭輕便馬車回大宅。」

「那天晚餐後，我確認完廚房各處乾淨整齊，這才上床睡覺。隔天早上六點我和往常一樣進廚房。霍吉斯先生出遠門了，於是我泡好薩克維先生的可可亞，要貝琪．畢多端去給他。」

「幾分鐘後，她回到廚房，激動極了。『米克太太，我覺得薩克維先生不對勁。他身體好冷。』我的心臟一擰。『妳是說他死了嗎？』我問。『沒有，他還在呼吸，可是全身冰冷。妳自己來看，拜託。』」

「我準備要和她一起跑上樓，但想到應當要通知柯尼許太太。所以我跑到她房間。她還穿著睡袍，聽到我轉告貝琪的發現，她倒抽一口氣。我們三個一起上樓。薩克維先生正如貝琪敘述，還在呼吸，身體卻冷得像是擱在地窖的一桶水。」

「我們拉開窗簾，想看個清楚。我對柯尼許太太說無論是什麼病症，我都不認爲薩克維先生撐得過去。貝琪開始啜泣打顫。柯尼許太太要我看著她，她自己跑去求助。」

「我拍打薩克維先生的臉頰兩、三次，抓住他的肩膀搖晃，但他連抖都不抖一下。貝琪哭出聲來。我想到廚房裡只剩珍妮·普萊斯，要是不盯著她，她會吃掉我已經煮好的菜餚，或是往鍋裡添加莫名其妙的食材。因此我要貝琪隨我到廚房，但她說她不想放薩克維先生一個人。」

「我自己下樓，聽到柯尼許太太回到屋內，一路跑上樓。過了一會，她下樓和我說湯米·唐恩去找哈里斯醫師，她認爲現在我們除了等待，也沒別的辦法。我還得煮大家的午餐，手腳停不下來，或者說我努力這麼做。每隔幾分鐘我就往外探頭，看能不能聽見有人進門。」

「終於有人來了，但不是哈里斯醫師，而是另一位醫生。他診斷是水合氯醛搞的鬼，馬上大聲叫我們拿幾個熱水瓶放到薩克維先生身旁，不讓他的體溫繼續下降。我們忙翻了，貝琪那個傻孩子在鍋裡裝了太多水，發現水熱得太慢，又哭了起來。珍妮·普萊斯以爲我們在玩，差點燙傷了。柯尼許太太只得把她拎出廚房，鎖在她自己的房間裡。」

這段陳述的細節與戲劇性都豐富許多。儘管早已知道結局，但崔德斯探長發覺自己仍不由得湊上前去。

「我們在薩克維先生身旁塞了幾個熱水瓶。柯尼許太太探了探他的脈搏，說：『我什麼都摸不到。』這時白區醫師和唐恩咚咚地衝上樓，手中拿著番木鱉鹼。『我摸不到脈搏。』柯尼許太太對醫師說。」

「白區醫師衝到薩克維先生身旁。又探脈搏又聽心跳，還將名片匣擱在薩克維先生鼻頭。最後他咕噥了好大一聲。『要是早點知道他的症狀，我應當能保住他的性命。』」

「他寫下死亡時間。柯尼許太太端茶給他，要我們回工作崗位。我想這就是事發後我們努力的目標——繼續打理家務。」

「聽到艾梅莉亞．德魯蒙夫人和蕭伯里夫人之死可能與此事相關，妳有何想法？」

「我很驚訝。這三件事不過是巧合對吧？」

「這正是我們來此調查的原因。」崔德斯的語氣中帶了一絲歉意。他很同情這些生活遭到警方打擾的人——特別是這一樁結果可能毫無改變的案子。「妳聽說過那兩位女士的名字嗎？」

「完全沒有。我還沒見過薩克維先生幾次呢，也碰不到往來的信件。柯尼許太太和霍吉斯先生知道的一定比我多。」

「妳是否想得到有誰對薩克維先生懷抱惡意，想對他不利？」

米克太太打了個哆嗦。「不，完全想不到。你這就問錯人了——我來這裡不過一個月，幾乎沒踏出廚房過。」

「謝謝妳，米克太太，妳眞的是幫了大忙。麻煩幫我們找唐恩先生來這裡一會，非常感激。」

「當然了，探長。」米克太太起身離開，卻在門口回過身。「探長，你眞認爲這件事另有隱情嗎？」

她的語氣染上焦慮——以及比焦慮還濃的驚慌。她怕純眞無邪的生活粉碎，怕自己捲入冷血謀殺案件。

「我們來此是因爲有人提出不尋常跡象，唯一的目標是判斷是否有充分理由進行深入調查。」

「希望你們會發現這些都只是偶然，那個寫信的福爾摩斯先生只是愛惹事生非，沒別的事情好做，整天掀起毫無實據的猜疑，害無辜老百姓疲於奔命。」

她的態度異常激動，等她離席後，崔德斯探長和麥唐諾警長互看一眼。

「長官，你想她說的有道理嗎？」麥唐諾警長輕吹筆記本紙頁，讓墨水乾得快一點。「根據你的說法，那個福爾摩斯先生相當不尋常。但你也知道那些不尋常的人是什麼樣子，他們的腦袋有時候怪怪的。」

福爾摩斯現在確實不太對勁。崔德斯希望眞正的天才不會輕易遭到埋沒，然而英古蘭爵爺對福爾摩斯目前的狀況守口如瓶，他只能依靠長期累積的信任，認定這個朋友沒害他浪費時間徒勞地調查。

「我們要有耐心。」他說。「還沒和所有目擊證人談過呢。」

□

米克太太多嘴長舌，湯米．唐恩則是寡言到幾乎不說話的程度。

他在這棟大宅服務了三年半，與薩克維先生和其他僕役從沒鬧過不愉快。在半休日當天，他出門散步，直到僕役的晚餐時間爲止，都坐在附近一處岩洞的石塊上看海。

「唐恩先生，你的家人不住在這一帶嗎？」崔德斯問。

「探長，我是個孤兒。」

「原來如此，繼續說吧。」

「晚餐後我上床睡覺，隔天早上柯尼許太太跑來馬廄，要我趕快出門。我騎馬到哈里斯醫師家，但他不在。又騎到白區醫師家。他需要番木鱉鹼，所以我們騎回哈里斯醫師那裡。我們回來時已經太遲，薩克維先生已經死了。」

經過崔德斯進一步探問，唐恩補充說他對艾梅莉亞．德魯蒙夫人和蕭伯里夫人一無所知，也想不到會有誰要傷害薩克維先生。不過他注意到薩克維先生過世前幾個禮拜心情低落。

「他的心思跑到別處了。有一次我替他最愛的母馬上鞍，他握著韁繩站在原處好一會，接著自己走開。」唐恩雙手緊握。「就算不太禮貌，我當時應該要問的。我們住在他的屋子裡。我們靠他的錢過活。我們知道他沒有別的親友，可是都沒問起他是不是哪裡不對勁。」

崔德斯首度遇到有人對薩克維先生之死產生情緒反應。他讓眼前的年輕人靜一靜，平復心情，接著才柔聲問道：「所以他是個好主人囉？」

「最好的主人。」唐恩說。「在我來這裡的第一個聖誕節，他把自己的一只錶送給我——上頭還刻著我的名字縮寫。」

「可以讓我看看嗎？」崔德斯問。

湯米．唐恩出示的懷錶相當高級，幾乎能與崔德斯從可敬的岳父莫頓．考辛先生手上收到的禮物媲美。懷錶的外殼左側刻著大大的D和較小的T，右側刻著小小的E字。

「確實是相當貴重的禮物。」

「他去年聖誕節又送我新的錶鏈，不過款式太新潮了，我只在上教堂的時候戴上。」

「大宅裡其他的僕役也收到高價的禮物嗎？」

「柯尼許太太收到幾個漂亮的花瓶跟相框，霍吉斯收到銀製袖釦，珍妮．普萊斯收到好大的布丁和蛋糕，不用與其他人共享。」

「米克太太和那個年輕的小女僕貝琪．畢多呢？」

「她們在這裡待得不夠久。貝琪春天到任，米克太太比她還晚。」

他們向他道謝，要他找霍吉斯過來。

崔德斯以為會見到門面整潔俐落的男子，和他岳父生前的貼身男僕類似。沒想到霍吉斯是個肩膀寬闊的壯漢——年輕時鼻梁一定斷過好幾次。不過他一開口就破除了粗魯的印象，談吐比歪折的鼻子還要高雅許多。

事發當時他在懷特島郡度假，無法協助警方釐清雇主死前幾天和幾個小時的動向。但他證實了薩克維先生的腸胃有問題已經好幾年了——「我相信是從讀書時就有的老毛病。」他也稱讚米克太太是一位高明又體貼的廚師——「她不斷和我討論他的狀況，試著找出該避開的食材。」他篤定宣稱在他為薩克維先生服務的五年間，從沒聽過雇主對他說過半句難聽話——也想不出究竟會有誰想傷害這名與世無爭的紳士。

崔德斯向他道謝，請他傳話給珍妮．普萊斯，要她過來答話。

霍吉斯瞪大雙眼。「可是珍妮．普萊斯是個白痴啊。」

「即便如此，我們還是要跟她談談。」

珍妮．普萊斯不是崔德斯想像中的年輕女孩，她三十五歲上下，身形笨重。帶她進客廳的米克太太離開時，她一臉著急，不過看到兩位來自倫敦的訪客帶來的一盤盤餅乾、蛋糕、三明治，她的眼中亮起喜悅的光芒。

她的速度快得驚人——崔德斯還沒回過神來，她已經掃掉好幾片餅乾了。

「呃，普萊斯小姐，我們要問妳幾個問題。」

她茫然看著他，嘴裡咬著種籽蛋糕。

崔德斯再次嘗試。「妳是珍妮，對吧？」

她點點頭。

「可以和我們說說薩克維先生過世那天的事情嗎？」

「他們帶走他。」

「妳還記得其他事情嗎？」

她搖搖頭。

「完全不記得？」

珍妮．普萊斯嘴裡塞滿鯷魚三明治，沒空回答。崔德斯又問起薩克維先生、柯里之屋的生活、她在廚房的工作，得到的答案都是悶悶的咀嚼聲——珍妮．普萊斯沒什麼好說的。

崔德斯和麥唐諾敗下陣來，送她回廚房。柯尼許太太剛好來找米克太太談話。崔德斯請管家帶他看看樓下其他房間，確認沒有方便外人進出的管道。

柯尼許太太答應了，但是不甘願的心情溢於言表。崔德斯抱歉似地點點頭——他也不想讓警察進自家搜查。可是可疑的死亡案件總是罔顧生者的意向。

管家的私人套房包括一間小客廳和更加狹小的臥室。客廳壁爐上方掛著裱框的僕役合照——是米克太太和貝琪．畢多來此前的老班底。另一張照片裡，一名開朗漂亮的年輕女子坐在柯尼許太太的床頭小几上。

崔德斯差點就要脫口詢問這名女子是不是柯尼許太太的外甥女，幸好他及時發現那是柯尼許太太本人，大約年輕了一半的歲數。他這才發覺大宅管家年紀其實不大——說不定比珍妮．普萊斯還小。

「柯尼許太太，冒昧請問妳爲何要讓珍妮．普萊斯待在這裡呢？」

「喔，探長，不是我。是史翠瑟太太——也就是柯里太太——她大約在十年前把珍妮帶來這裡。」

「史翠瑟太太又爲什麼會這麼做呢？」

「普萊斯家是普通的農戶，有許多男人在他們家中走動，特別是在播種和收穫的季節。探長，我相信你不會這麼做，但有些男人會占像她這樣的女孩便宜。她的雙親試過把她鎖在房裡，可是一直關著又會害她狀況更糟。」

柯尼許太太打開女僕房間的門。兩張鋪得整整齊齊的鐵架床排成L形。應當是屬於珍妮．普萊斯的床下放了一雙便鞋。崔德斯探長注意到窗框的鐵桿和門上的大鎖。

「史翠瑟太太提議讓珍妮來這裡工作。」柯尼許太太繼續說明。「當時她尚未再婚，除了照顧馬匹和庭院的男僕外，她的土地上沒有其他男性——那人住在馬廄裡，不會踏進主屋。珍妮只能做簡單的工作，但非常勤勞，而且不用支薪。直到現在，普萊斯家依舊為我們的廚房提供大量食材。」

「可是薩克維先生入住後，屋裡就有男人了。」

「起先只有薩克維先生一個人——霍吉斯先生是後來才來的。當我們知道新的屋主是男士，我在女僕門上裝了鎖，窗外架設鐵桿。我不怎麼擔心會有人闖進珍妮房間，也不怕她被人引誘出去。不過我根本不用擔心，薩克維先生不是那種人——霍吉斯先生也一樣。」

接著是米克太太的房間，桌上放著她年輕時的照片。她沒有年輕的柯尼許太太那樣好看，不過全身散發自信的光彩。

「柯尼許太太，我還沒問過妳這個問題。妳個人對薩克維先生有什麼看法？」

柯尼許太太一愣。「他是位紳士。」

「許多男人生來擁有紳士頭銜，但並不是每個人都值得如此稱呼。」

「喔，他是真正的紳士，總是對每一個人彬彬有禮。而且體貼極了。我們以前都在屋裡清洗床單衣物，當薩克維先生看到這份工作有多繁重，便要我找外頭的洗衣房——費用算在他帳上。」她的嗓音有點啞。「那可是貨眞價實的善意啊。」

麥唐諾警長對她分享的往事印象深刻。兩人向柯尼許太太道別，在離開大宅路上，他說：「可惜薩克維先生死了，看來他是位眞正的紳士。」

「表面上是這樣沒錯。不過根據我的經驗，認識死者的人很少在對方過世後沒多久說他壞話，特別是在警察面前。」

兩人從柯里之屋走向村子，準備拜訪哈里斯醫師，這時崔德斯叫了一聲，轉身跑回去拉門鈴。柯尼許太太前來開門。「探長，你忘了什麼嗎？」

「是的，柯尼許太太。我忘記問畢多家在哪裡了。」他和麥唐諾可以趁留在這個區域的期間去見貝琪．畢多一面。

「他們家在約克郡。」

「約克郡？」年輕女僕多半會在自家附近找工作，或是透過親人朋友介紹前往大城市。貝琪．畢多從約克郡跋涉三百哩，來到這座差點從地圖上消失的南方小鎮，不管怎麼說都太反常了。

「幾年前我在約克郡工作，結識了畢多一家。等到貝琪年紀夠大，可以離家工作時，他們問我是否能幫她找個地方待。他們說讓信任的人盯著她，就不會太過擔憂。」

「原來如此。妳是否已經通知貝琪說警方想找她談談？」

「得知消息後，我馬上寫信給她雙親，只是我不認爲明天之前能得到回覆。」

「了解。」

崔德斯記下柯尼許太太提供的畢多家住址，暗自決定要請該地郡警局派人找貝琪談話。

希望夏洛克．福爾摩斯對於這一連串死亡──或者至少對於薩克維先生之死──能做出高明神妙的推理。不然夏洛克．福爾摩斯和崔德斯會淪落爲讓人看笑話的丑角。蠢到天邊的丑角。

□

在哈里斯醫師家，崔德斯和麥唐諾驚喜地發現不只是哈里斯醫師，連治療垂死薩克維先生的白區醫師也在場。

「白區醫師及白區小姐常常和我們夫婦一起打牌。」哈里斯醫師說：「因此我們想說乾脆把人都找來，省得你們還要跑一趟柏頓十字村。」

「非常感激你的體貼。」崔德斯探長說道。

「我想你們會希望先和白區醫師談，畢竟他與這個案子的關聯更加密切。」

「正合我們的意思。」

他們被帶進哈里斯醫師的書房。白區醫師看起來生性活潑，雙眼炯炯有神。他以簡潔扼要的答案回應崔德斯的疑問。是的，他在七點初頭應門，匆忙寫了張紙條給村中旅店的老闆，原本今天要去那裡看診，治療疼痛萬分、需要嗎啡的年老旅人。既然小馬車已經準備好，他立刻上車，跟著湯米．唐恩趕到柯里之屋。

「可惜唐恩小伙子沒有提供任何薩克維先生的病況，只說他無法清醒，看起來很糟。不然我會準備得更齊全。」

「要是知道狀況，你會帶上番木鱉鹼？」

「很有可能，只要我懷疑是水合氯醛服用過量。要是事先得知薩克維先生的體溫，我心裡就會有底了，那可是水合氯醛中毒的警訊。」

「番木鱉鹼不也是致命毒藥嗎？」

「毒性相當強。要是注射到健康的人身上，會導致致命的肌肉痙攣。但這項性質讓它成了水合氯醛的強力解毒劑，刺激心臟功能，阻止體溫下滑。」

「醫師，你認爲薩克維先生是自行服用他的水合氯醛？」

「哈里斯醫師和我討論過了，我們想不出其他可能性。」白區醫師答得篤定。「哈里斯醫師開給薩克維先生的水合氯醛是口服藥丸。很難強迫大男人吃下他不想吃的東西，現場也沒有暴力跡象。唯一合理的解釋就是薩克維先生算錯藥量，爲自己的錯誤付出了代價。」

□

哈里斯醫師戴著眼鏡，他的應對比白區醫師還要謹慎，不過毫無猶豫地證實薩克維先生的腸胃問題存在已久，並非偶發病症。他確實爲薩克維先生的失眠症狀開出水合氯醛。

「你最後一次爲薩克維先生看診是在什麼時候？」崔德斯問道。

「六個禮拜前。他咳個不停，擔心會惡化成肺炎。」

「結果並非如此？」

「是的。等到天氣回暖，咳嗽也就好轉了。」

「他沒有爲了胃痛向你求診？」

「他常把這個老毛病掛在嘴邊，但是已經放棄治療。他從年輕時便深受胃痛所苦，認定這項病痛會糾纏他一輩子。」

「原來如此。」崔德斯探長說。

他正準備提出下一個問題，哈里斯醫師搶先一步開口：「他新來的廚師比他還要重視他的消化問題。她曾趁著半休日來找我諮詢過，很有意思的女性。她想調整他的飲食，排除有可能引發腸胃不適的食材，治好薩克維先生的『肚子痛』。」

「她的計畫是從已知的對他有益的單項食材開始，接著逐步加入其他材料，每次間隔至少四十八小時，看是否能找出與他腸胃不合的食材，馬上刪除——非常安全的方法。然而薩克維先生對她的提議嗤之以鼻。或許他偶爾會鬧一次肚子，但仍舊想好好吃一頓大餐，每餐飯後都要有布丁。長時間限制飲食對他來說是不可能的。」

「於是米克太太想借重你的專業，說服薩克維先生改變心意。」

「正是如此。我很讚賞她的敬業及行動力——但願我家廚師對我的消化狀況能有她的一半熱心。但是多年以來與病患周旋的經驗告訴我，改變成年人的習慣幾乎不可能。我和她說下回見到薩克維先生，會向他進言幾句——但我再也沒有見到他。」

「眞是可惜。」崔德斯說：「請容我提出剛才也問過白區醫師的問題。你認定薩克維先生的死因是搞錯水合氯醛的用量？」

哈里斯醫師摘下眼鏡，抽出手帕擦拭鏡片。「探長，讓我說個祕密吧。白區醫師打牌的技術糟透了——若不是有他妹妹在，他根本毫無希望。白區小姐在牌桌上可說是無往不利。不過身爲醫師呢，他觀察入微，醫術不落人後，假如不是因爲厭惡都市生活，他保證能在大城市裡闖出一番名聲。所以，要是他說找不到薩克維先生被迫或被騙服下水合氯醛的證據，我很樂意站在他那邊。」

崔德斯暗自嘆息。每約談過一名關係者，福爾摩斯首度亮相的成功機率就少了一分。果然不能奢望靠著他的睿智帶給自己好名聲，更遑論鞏固愛麗絲的社交地位了。

「從另一個角度來看，」哈里斯醫師繼續道：「儘管最明顯的解釋似乎最符合邏輯，我還是不太能接受誤算水合氯醛用量的說法。」

崔德斯打直背脊。「喔？」

「幾年前，我還在醫學院讀書，有個好朋友服用水合氯醛自殺。他的死在我心中留下深刻的印象。」醫師再次戴上眼鏡，意味深長地凝視崔德斯。「因此從我執業以來，從沒一次開過八顆以上的水合氯醛。」

崔德斯指尖一麻——他記得薩克維先生床邊桌抽屜裡的藥瓶，裡頭還剩兩顆水合氯醛。「所以說八顆還不足以致人於死囉？」

「沒錯。薩克維先生的失眠僅是偶發症狀，而非常態。他一年派人來找我拿兩、三次藥。假設他吃完一瓶才向我拿藥，那麼柯里之屋內的水合氯醛絕對傷不了他。」

一直低頭寫筆記的麥唐諾警長瞄向崔德斯，眼中滿是訝異與興奮。崔德斯也感受到同樣的焦躁在腹中撲騰。「可以合理假設他只在吃完藥後才要求開藥嗎？」

「這很合理，我把新的藥瓶送過去只要幾分鐘。」

「可是結果卻顯示柯里之屋裡頭藏著超出必要的水合氯醛藥丸。」崔德斯努力維持語氣平穩。

哈里斯醫師雙手按著辦公桌邊緣，湊向前去。「我設想了兩個可能性。第一，他刻意累積水合氯醛。不過要顧慮到一點，上回他向我拿藥是在六個禮拜前為他看診之後沒多久。要是他計畫自殺，隔了六個禮拜才下手不是很怪嗎？更何況他在我眼中一向不是個有意自絕性命的人。」

崔德斯又和麥唐諾警長互看一眼。「另一個可能性呢？」

哈里斯醫師吐了口氣，雙手交握。「可以說我對於倫敦的夏洛克·福爾摩斯先生費心寫信給驗屍官一事感到其來有自。」

崔德斯呼吸加速。他提醒自己不能被人牽著鼻子走——還不行。「醫師，你沒在法庭上提到對驗屍結果的疑慮。」

「除了我是否開過水合氯醛給薩克維先生，沒有人問過別的問題。」

「根據你的疑慮，哈里斯醫師，你認爲薩克維先生在你外出當天過世純屬意外嗎？」

「我確實思考過這一點。」哈里斯醫師垂眼盯著自己的雙手好一會。「我還沒向別人提過這件事，要不是有福爾摩斯先生那封信，我在法庭上一定會提出我的懷疑，儘管我一點也不想這麼做。」

「這是當然的。我懂你的顧忌——在小村莊裡，公眾的視線馬上就會落到離薩克維先生最近的人士身上。」

哈里斯醫師點頭。「福爾摩斯先生將薩克維先生之死與遠處的兩起事件連結時，我滿心困惑，卻又鬆了一口氣——這樣就能排除他家中僕役的嫌疑了。」

「有沒有村民以外的人士知道你那天不在家？」

哈里斯醫師眨眨眼。「我無法確定。」

「可是村裡的人都知道？」

「他們知道我每個月會去倫敦一趟，見見醫學院的老朋友，一起吃晚餐，聊最近經手的特殊病例——他們能說的比我還多。散會後通常已經很晚了，我就在倫敦過夜，隔天清早回家。」

「日期通常是固定的嗎？」

「一般來說我會挑選月中出行，事先在教堂的公布欄上張貼告示。那兩天內由白區醫師照顧我的病患，若他有事外出，我也會幫他代班。不過在這種地方，不太會有人半夜瘋狂敲門。老實說，薩克維先生碰上的不幸事故是白區醫師爲我代診期間的頭一遭。」

他們向醫師道謝，離開他家。

「探長，看來你心裡有底了。」麥唐諾瞄了崔德斯一眼，開口道。

「警長，希望你的筆管裡還有墨水。」崔德斯應道：「我們要回柯里之屋一趟。」

□

柯尼許太太第三次為崔德斯探長和麥唐諾警長開門時，眉毛高高聳起。

「探長，警長，兩位又忘了什麼東西嗎？」

「沒有，柯尼許太太。我們和白區醫師及哈里斯醫師談過之後，又多了幾個疑問。我可以借用湯米．唐恩——以及妳的幾分鐘時間嗎？」

「當然了。我想湯米人在院子，要叫他進來嗎？」

「不了，我們希望能在他熟悉的環境和他談話。」

柯尼許太太替兩名警官指點廚房的後院要怎麼走。湯米．唐恩在圍牆環繞的院子角落挖土，看到兩人出現，神情訝異但不顯慌亂。「探長，你需要什麼嗎？」

「是的，唐恩先生。你記得柯尼許太太跑來要你去找哈里斯醫師時，說了什麼話嗎？」

湯米．唐恩想了會兒。「她說：『快，騎馬去找哈里斯醫師。薩克維先生狀況很不好。我們沒辦法叫醒他，我想時間不多了。』」

「還有別的嗎？」

「沒有。」

「她有沒有提到薩克維先生的體溫？」

「沒有，她穿著睡袍跑過來，喘不過氣。所以我知道一定出了什麼事。要是她說他身體冰冷，我應該會記住的。我不會忘記。」

「你有沒有想過哈里斯醫師當時不在家？就我所知，他會在教堂公布欄上張貼他要去倫敦的日期。」

「我不常看教堂公布欄，上頭都是插花裝飾祭壇的太太們哪天要見面之類的事。」

他們謝過唐恩，回到屋裡，和柯尼許太太鑽進她的辦公室。經過廚房門口時，米克太太探頭出來，一臉擔憂。「沒事吧？」

「崔德斯探長只是要多問幾個問題。」柯尼許太太的神色似乎有些緊繃。

等到她讓崔德斯和麥唐諾坐下喝茶時，她看起來沒有那麼緊張煩躁了——或許剛才她只是沒想到這起事件嚴重到需要兩人反覆訪查。

「柯尼許太太，」崔德斯開口道：「可以麻煩妳回想要湯米·唐恩去找哈里斯醫師時，妳說了什麼話嗎？」

管家皺眉，看不出是因為訝異還是專注。「我無法保證記得自己說過什麼，不過大致上應該是：『快！騎馬去找哈里斯醫師。薩克維先生狀況很不好，我們沒辦法叫醒他，他身體越來越冷，我想時間不多了。』」

「妳確定有提到他的體溫？」

「是的。」

崔德斯感受到麥唐諾的視線。「白區醫師特別感到遺憾的是他不知道這件事，因此沒有好好準備應付水合氯醛服用過量的對策。」

柯尼許太太的眉頭皺得更緊了。「那一定是湯米．唐恩漏掉了。」

「妳覺得是如此嗎？」

「他年紀輕輕，不習慣處理緊急事故。如果他聽到薩克維先生不對勁之後腦袋一片空白，我也不會訝異——他把薩克維先生當成世界中心。」

「原來如此。再來，妳沒有想到哈里斯醫師那天不在家嗎？我相信他出門的日期和時間都貼在教堂公布欄上。」

柯尼許太太嘆了口氣。「那是另一件害我心煩意亂至今的事情。我想到的時候，湯米．唐恩已經離開至少五分鐘了。重點是哈里斯醫師並沒有照著以往的習慣在月中出門，這回他至少提早了一個禮拜。我想到前往火車站途中曾看到公布欄上張貼了更改日期的通知，但那時候湯米．唐恩已經衝到聽不見我叫嚷的遠方。」

「妳知道改期公告是在什麼時候貼出的嗎？」

「一定是在星期日之後，不然牧師講道時絕對會提起。」

「謝謝，柯尼許太太。」崔德斯起身，歪歪腦袋。「這回我們眞的要離開了，我可以承諾。」

□

「所以其中一人撒了謊嗎？」麥唐諾警長在回史坦威莫特村途中問道。

他們騎著從倫敦帶來的腳踏車，如此一來郡警局就不須要提供交通工具了，而且更重要的是崔德斯熱愛騎車，但在倫敦實在是難以大展身手。現在來到鄉間，微風帶著草香，陽光和煦，沒有一群群行人和高速馬車爭道。

不過還是要忙著躲開零星的泥窪，崔德斯繞過一灘泥水，這才開口回答：「我不認為那兩人有誰說謊。正如柯尼許太太所說，不習慣面對緊急事故的年輕小伙子很可能漏聽一兩句指示。我母親常說派我去店裡買五樣東西，我能帶回三樣就已經是萬幸。」

麥唐諾伸手撫過樹籬翠綠色的葉片。「經過一個下午的訪查，我們只得到哈里斯醫師的懷疑。」

「那是很合理的懷疑。」

麥唐諾還是不服氣。「這樣就能說服陪審團撤回意外用藥過量的裁決嗎？」

顯然不夠。

「好吧，我們還有幾天時間。」他們已經騎到村子附近了。樹籬消失，景觀變成開闊的田野和閃耀的大海，村中教堂的高塔伸向無瑕的藍天。「就算調查失敗，至少我們還賺到幾天德文海岸假期。」

第九章

夏洛特：

妳這該死的白痴。

（希望媽媽不會看到這封信，不然她會爲了這句粗話砍了我的頭——光是背著她寫信給妳就夠慘了。可是我眞的要說，妳這該死的白痴！）

今天早上媽媽還在睡，爸爸出門了。我溜出家門，跑到華萊士太太的寄宿屋，希望能碰巧遇見妳，親眼確認妳還處於尚可容忍的狀況。不用多說，在那個女人的客廳裡，我所有的惡夢都成眞了。

我回到家，收到莫特幫我偷渡進來的信——現在我被盯得很緊，所以他幫我去查令十字街郵局收信。從郵戳一眼就看出這封信是在妳被趕出去之後寄出的，但妳完全沒有提到這件事，信裡還寫滿了妳在華萊士太太那邊愉快的生活瑣事！

我嚇壞了。整個人浸泡在恐懼中，全身上下都吸飽慌亂。拜託妳行行好，告訴我到底發生了什麼事。實話不可能比我腦中閃過的恐怖情景還要糟糕。

或者至少告訴我妳不是躺在陰溝裡等死，雖然在聽了那麼多謊話之後，我已經不知道該如何相信妳了。

附註：回家吧，夏洛特。快回家。

莉薇亞

□

夏洛克·福爾摩斯的信引發騷動。各家報社樂意給予這則新聞極大的篇幅——或者該說是社會大眾希望看到這方面的報導——討論蕭伯里太太之死是否有可能屬於某個大規模陰謀的一環。莉薇亞應該可以輕鬆一點，她與艾梅莉亞夫人毫無交集，也從未見過薩克維先生。

或許莉薇亞的處境真的沒有那麼艱困了，不然她可無法溜出家門——拆穿夏洛特現下的慘況。

我最親愛的莉薇亞：

抱歉先前沒有完全對妳坦誠。我並沒有躺在某條陰溝裡，目前事態還不到毫無希望。

夏洛特

□

被逐出華萊士太太的寄宿屋在她心頭留下陰影。

夏洛特覺得自己被做了記號。就算處境能瞬間逆轉，她的身分依舊隨時會遭到拆穿，偽裝一層層脫落，不光彩的過去翻上檯面，狠狠譴責她。

遭到容身之處唾棄已經夠慘烈了，但比不上她可能在職場遇到同樣困境。

前提是她有辦法找到雇主。

奧斯華小姐的雇傭介紹所內飄著墨水和泡過頭的紅茶氣味。夏洛特在兩份提供就業情報的刊物上看過此處，但不到盛讚推薦的程度，只說這裡勉強合法。

夏洛特能體會編輯部的不屑，光從奧斯華小姐的目標就看得出來——比起幫助其他女性，她求的是有錢賺。夏洛特對這個目標毫無異議。她更期待奧斯華小姐能夠看出自己寶貴的工作能力，同時比那些慈善機構還有效率，重視收益而非工作量。

奧斯華小姐戴著厚重的眼鏡，瞇眼細讀夏洛特帶來的介紹信。她背後是一扇開在高處的小窗戶，框出一方在倫敦算是清澈的藍天。

莉薇亞在這種日子裡心情最好。陽光不只帶來暖意，還帶著毯子般的柔軟觸感。她坐在屋外，冒著曬成不合時尚的黑炭的風險，沉浸在溫暖和亮光裡頭。

夏洛特從沒說過她計畫總有一天要帶莉薇亞到南法。在那裡住上幾天，甚至是一整個冬季，每天泡在檸檬色的陽光中。

「妳曾經在……唐橋鎮的布洛班與盧卡斯父子公司擔任打字員。」奧斯華小姐放下推薦信，嗓音中帶了一絲不信。

「是的，女士。」

夏洛特假造的信中毫無瑕疵，手法無比講究——她向優秀的文具行訂購信箋，也敢說最後的簽名達到爐火純青的程度。

可惜想到是否要買新衣來搭配目前的形象，她忍不住猶豫再三。衣物其實花不了多少錢，卻能讓她看起來像是自立自強的年輕女性。然而掏出身上殘存的少量現金，相比下每一件衣服都無比昂貴。

於是她穿著本來的衣服來參加面試——短外套、襯衫、長裙——雖然不到奢華的地步，用料與作工依舊超越了一介打字員的薪水。

要是讓她打量自己，一定會得出再明顯不過的結論——她渾身上下散發出不協調的氣氛，不太符合自己扮演的卑下求職者角色。既然如此，奧斯華小姐的評價會有什麼差異嗎？她可是靠著準確判斷申請人是否值得信賴過活。

「妳為什麼要搬來倫敦？」

「我雙親已經不在了，阿姨要我來和她住。」

「妳阿姨住在哪裡？」

「蘭貝斯區，女士。」

被小乞丐扒走一鎊紙鈔後，夏洛特只能勉強負擔蘭貝斯的一間簡陋寄宿屋。那裡是灰沉沉的工業區，隨時都有淹水的危險，不過白天還算安全——讓打字員的阿姨住那邊也說得過去。

唯一的問題是夏洛特穿得一點都不像打字員。這套衣服比較適合穿去大英圖書館的閱覽室——在那裡，每一個人都把她當成上流社會的淑女對待。

奧斯華小姐嘟起嘴唇。「莫里森小姐，妳打字多快？」

「一分鐘四十五字，我也熟悉皮特曼速記法。」這是眞話。過去她要打發漫長的時光，學習速記是很好的消遣。「如果有雇主願意聘請女性祕書，我相信我可以應付這個職位的需求。」

「確實。」奧斯華小姐語氣冷淡。「若妳無法勝任，我倒是要大吃一驚呢。不過首先我得聯絡布洛班與盧卡斯父子公司。」

夏洛特輕聲倒抽一口氣。她仿造律師事務所信箋的理由正是沒有人會懷疑這個招牌。

「我們得到風聲，聽說有個女記者僞裝成求職者。」奧斯華小姐繼續說明：「想要挖出這個幫優秀女性與可靠雇主配對的業界的骯髒消息。我並不是說妳就是她——當然不是——但妳得了解我也不想助長歪風的苦衷。」

「這是當然的。」

「我要花十天左右完成確認，審閱能夠開給妳的職缺。妳可以在下禮拜五回來看看我是否找到與妳的背景和能力相應的工作。」

假如奧斯華小姐是從同行口中聽說有這麼一個女記者，那麼她當然也會散播消息，說她遇到一名穿得太好的女士，拿布洛班與盧卡斯父子公司的推薦信前來申請。

夏洛特冒部一擰，起身道謝，離開辦公室。

□

崔德斯探長回到他在蘇格蘭警場的位置，瀏覽報紙上針對薩克維一案的版面。各種臆測有如野火燎原，關於那位神祕的夏洛克．福爾摩斯，以及可能對薩克維先生、艾梅莉亞．德魯蒙夫人、蕭伯里夫人下手的卑鄙人士和動機。

死因的猜測——從危險的祕密結社到測試不留痕跡的新藥——可說是充滿想像力。至於夏洛克．福爾摩斯，各界意見嚴重分歧。有人堅持他與蕭伯里夫人死前發生過爭執的年輕女子，也就是奧莉薇亞．福爾摩斯小姐毫無瓜葛——福爾摩斯稱不上罕見的姓氏。還有人指出比起亂槍打鳥，仔細調查福爾摩斯家的族譜更有可能找到這個人——無論親緣關係有多遙遠，前來解救遭到圍攻的奧莉薇亞．福爾摩斯不是很合理嗎？

「長官，有你的信。」麥唐諾警長的聲音響起。「瓦勒探長有東西要給你。」

崔德斯探長離開德文郡前發了電報給約克郡西區警局的瓦勒探長，請他出手相助。「太好了！」他高聲歡呼，從麥唐諾手中接過那封信。「雪瑞登爵爺的祕書有進一步回應嗎？」

「還沒。」麥唐諾掏出懷錶。「不過下一批郵件會在五十五分鐘後送到。」

他慢吞吞地走遠。崔德斯對他的背影投以溫煦的眼神，想到自己也曾是個雙眼有神的年輕警長，急著學會各種辦案手法。

他甩甩腦袋，注意力放回瓦勒探長的來信。

親愛的崔德斯：

隨信附上訪談貝琪·畢多的逐字內容。與我同行的斯莫警員速記功夫一流，你可以信任文件的正確度。

這個女孩有點怪，自視甚高。她的雙親沒有異狀，是奉公守法的老實人。整件事把他們搞得暈頭轉向，不斷向我確認他們的女兒沒惹上麻煩。

總之，很高興能幫上忙。如果還有其他需求請讓我知道。

瓦勒

崔德斯翻開訪談記錄。貝琪·畢多敘述的事件細節與柯尼許太太和米克太太的證詞有些出入——這是好事，否則他會猜想是不是有人教她如何應對。這三名女性的說詞大致相符，那些少數的相異之處可以歸咎爲人類記憶力的不可捉摸之變化。

她對於事發前二十四小時的描述也和其他人差不了多少——家務事，下午去找牧師太太，她籌辦活動，讓這一帶幫傭的女孩們不會在半休日和禮拜日惹事生非。晚上回柯里之屋吃飯睡覺。她抱怨米克太太的菜色「沒什麼味道，但她人很好」。也抱怨晚上得和珍妮·普萊斯鎖在同一間房裡，「好像把我們當成雞舍裡的母雞，外頭有覓食的黃鼠狼」。她還想大肆批評柯尼許太太的嚴格手腕，不過瓦勒探長換到別的話題。

訪談結束前的一段轉折引起崔德斯的關注。

你們的薩克維先生很有可能是死於意外用藥過量，可是目前還無法確定，因此我得要多問幾句：妳知道有誰會想傷害他嗎？

——您是說有人殺了他？我就知道。在庭上聽到那封信的時候就知道了。

我並沒有暗示這樣的結果。據我們所知，他可能是自殺身亡

——不可能，薩克維先生不會這麼做。他和我說他想活到一百二十歲。

是嗎？什麼時候說的？

——不久以前。

他是在什麼情境下說出這句話？

——進柯里之屋幫傭後過了一、兩個禮拜，某個禮拜日下午，我出門散步，在岩洞上方遇到剛好也在散步的薩克維先生。我說我很抱歉，他說不用道歉。他說在這樣美麗的春日，想出門走走是很自然的事情。他說他很期待每年春天。現在年紀大了，剩餘的春天不多了，他更期待了。我和他說他會活到一百歲，他說他更想再多活二十年。

原來如此。妳能夠以聖經發誓他不會自殺。

——可以的，探長。我可以拿堆起來比我還高的聖經發誓。

那麼妳知道可能有誰和他發生過衝突嗎？

——我得說慷慨的好人總會遭人嫉恨。

有特定人選嗎？

——他哥哥。

他哥哥？

——是的。

妳見過他哥哥嗎？

——沒有，薩克維先生的哥哥是高不可攀的爵爺。

那妳怎麼知道？

——當然是薩克維先生告訴我的，他說他哥恨不得他死了。

□

打從崔德斯接手本案開始，他不斷安排邀約雪瑞登爵爺，還有艾梅莉亞．德魯蒙夫人與蕭伯里夫人的家屬面談。

這兩位夫人的親屬斷然拒絕與警方有任何牽扯。蕭伯里夫人的長子蕭伯里男爵稱呼夏洛克．福爾摩斯是「殘忍墮落的謠言販子」，批評崔德斯的專業手法是「無恥地踐踏悲傷的家族私事」。不過和雪瑞登的祕書對招幾回之後，崔德斯終於獲得與對方雇主面談的機會。

崔德斯還以爲自己看錯了，沒想到雖然不在同一條街上，但雪瑞登家的住址與英古蘭爵爺家很近。崔德斯還沒見過英古蘭爵爺在城裡的住宅，心裡很是好奇。

還是先辦公事吧。

雪瑞登公館是整排連棟建築中的第三間，外牆砌的石頭、漆的灰泥都是白色的，架設鑄鐵欄杆，正門兩側豎立著柱子，撐起一小片屋簷。板著臉的僕人幫兩人開門，領他們進書房。

看到滿牆的書總是令人滿心喜悅。至於房裡其他擺設——崔德斯不是家具裝潢的專家，但就連他這個小老百姓也看得出這間書房……破舊不堪。好幾個地方的布料已經磨到綻線。正對著門的牆邊那兩張塞了襯墊的椅子，早在幾年前就該更換面料了。窗簾看起來也是寒酸極了。曾花大錢鋪設的地毯在最常有人走動的區塊被磨得只剩手帕般厚薄。

僕人離房去找他的主人。

麥唐諾迅速湊向崔德斯。「我原本還不太敢踏進爵爺住宅，不過現在我怕的是把椅子坐壞。」

崔德斯一樣壓低嗓音回應：「是農產品的價格。已經跌了好一陣子了，所以說這些靠土地過活的家族收入也跌得很慘。」

「那爵爺怎麼不賣了這棟屋子，住到更小、更便宜的地方，這樣至少可以買新椅子？」

「沒這麼簡單。這屋子可能是他繼承來的，因此除非先向議會提出請願書之類麻煩的手續，就算想賣也沒辦法。」

「哈，誰想得到呢？不過現在過世的弟弟遺產入手，他有好日子過了。」

昨天麥唐諾警長拜訪了薩克維先生的律師，他們證實薩克維先生雖然每月進城，卻很少造訪他的產業代理人。麥唐諾也取得薩克維先生的遺囑——其中包含許多瑣碎的遺贈項目，但大部分的財產都由雪瑞登爵爺繼承。

也就是說比起死者周遭捲入此案的人士，雪瑞登爵爺的動機遠遠凌駕其上。他需要大筆資金，除去這個弟弟，他必定能獲得優渥的財產。

這算是很明顯的殺人動機。

書房的門再次打開，他們的頭號嫌犯走了進來。雪瑞登爵爺年約七十，身材矮小，頂著一顆光頭，眼神銳利，行動敏捷。他向兩名警官問好，要他們坐到辦公桌前。

「我的祕書說你們要針對舍弟的死亡問一些問題。」

「爵爺，希望您能爲薩克維先生之死的疑點指點一二。您已經聽說了有人猜測他和艾梅莉亞夫人與蕭伯里夫人的死因有所牽連？」

「這是近日最熱門的話題。」雪瑞登爵爺語帶不屑。「還有那個愛管閒事的夏洛克·福爾摩斯的身分也是。哈里頓已經遠離社交圈好幾十年了，年輕一輩甚至不知道他是誰。現在各式各樣的無稽之談四處流竄，加油添醋。」

「可是呢，我實在是幫不上忙。舍弟和我好幾年沒說過話了，我完全不清楚他後來習慣和喜好的轉變。」

「可以透露他爲什麼會退出社交圈嗎？」

「沒辦法。」

是不知道，還是不想說？雪瑞登爵爺不耐的態度出乎意料地難以捉摸。「這和你們兄弟疏離的原因有關嗎？」

「探長，你的結論下太快了。舍弟和我原本就不甚親近，但我絕不會說我們關係疏遠。」

崔德斯找到了等待已久的突破口。「爵爺，恕我無禮，我或許受到薩克維先生手下某個僕役的證詞影響，對方說您恨不得他死了。」

雪瑞登爵爺的表情不變。「建議你別相信那樣的證詞，探長。哈里頓的過世不是可喜的事情。我比他年長許多——還曾擔任過他的監護人——亦父亦兄。我看著長大的親人死了，實在是高興不起來。如果你們沒有其他問題……」

他的語氣頗為強硬。崔德斯繼續進逼。「我剛好還有另一個問題。爵爺，若是這個疑問太過鄙俗，還請見諒。如果我想的沒錯，在你們這樣的家族裡，長子繼承所有的財產。然而根據我的印象，薩克維先生似乎掌握更多財富。」

「你的印象沒錯。哈里頓是我的異母弟弟。他母親帶著大筆資產嫁進來，但她嫁妝裡的幾萬英鎊被拿來支撐家中產業，於是她死前將剩餘的財產幾乎都留給獨子哈里頓。是的，他比我富有，而且他的財富永遠不會被無用的祖傳產業瓜分。」

比起方才聲明弟弟的死毫無可喜之處，這段敘述稍微……流暢了一些。崔德斯要如何解讀他的觀察呢？因為雪瑞登爵爺還不是出神入化的騙子——或者是失去這個弟弟和兒子，他眞的深感傷痛？

「爵爺，您是否知道從薩克維先生的遺囑中獲利最多的人是誰？」

「他的律師已經告知由我繼承他的財產。」

「在他死前您知道這件事嗎？」

雪瑞登爵爺板起臉來，他很快——或許有點太快了？——就察覺到這個問題的意圖。「當然不知道。兩位紳士，我們已經談完了。相信你們知道離開的路。」

□

「探長，他一點都不擔心執法機關會想到他嗎？」兩人走出雪瑞登公館時，麥唐諾問道。

「他是貴族，只能在上議院受審，也享有不受逮捕的特權。換作是我，也不會太煩惱兩個低階警官對我的證詞有什麼看法。」

麥唐諾抓抓有些蓬亂的紅鬍鬚。「所以你覺得關於他恨不得自家弟弟死掉的說法，究竟是誰撒謊？是爵爺，還是死者？」

「還不知道他們漸行漸遠的原因，實在很難說。但前提是那個女孩沒有憑空捏造。」

崔德斯眞希望能親自訊問貝琪．畢多。親眼觀察可以看出太多訊息。語氣的細微起伏、表情的變化，再加上身體姿勢便能構成豐富的情報來源，冷淡單薄的打字內容絕對無法相比。

出乎麥唐諾警探的預料，崔德斯沒有帶他直接離開雪瑞登公館，而是繞到僕役專用的後門，敲了敲門板。雖說行動還算成功——他順利和僕役長及貼身男僕說上了話——但這次突襲沒有得到任何有用的情報。

除了一些對現況沒有幫助的證詞：爵爺大人在崔德斯提出的重點期間並沒有離開過倫敦；在他弟弟過世前二十四小時，他去參加婚禮，與朋友吃晚餐，最後在自家床鋪上睡著又醒來。

這次他們眞的離開雪瑞登公館，轉到英古蘭爵爺住的那條街。街景看起來和雪瑞登爵爺住處附近差不多，一整排優雅的屋舍，風格和建築工法相同。幾棟屋子面對一處小公園，綠地四周種植樹籬，園內裝設鞦韆與鴨子池塘。

接近英古蘭爵爺家門口時，一輛光鮮亮麗的有蓋馬車停到人行道旁，從車內走出一名打扮時髦的美女。同時英古蘭爵爺踏出門外。兩人冷淡地點頭打招呼，崔德斯還以爲女子不過是和爵爺沒什麼往來的鄰居，直到爵爺大人對馬車夫說：「今晚七點我要用馬車。」

這名女子竟是英古蘭夫人。

崔德斯沒有接觸過英古蘭爵爺的家庭和社交圈。雖然父親是有錢的實業家，但愛麗絲也沒有。沒見過英古蘭夫人陪著她丈夫參加考古挖掘，或是到柏林頓府旁聽他的演講，崔德斯從未感到哪裡不對勁——他只是猜測社交界的頂端人士就是不一樣，她一定也有自己的事務要忙。

然而這對夫婦相互問候的態度極度疏離。崔德斯目睹的並不是上流社會人士壓抑親熱表現的模樣，而是全然缺乏愛意。

英古蘭爵爺和夫人活像是兩個碰巧住在同一個屋簷下的陌生人。

對於認識這對夫婦的人來說或許不是新鮮事，但崔德斯仍舊覺得他看到了不該看的一幕——看穿了英古蘭爵爺選擇不與他分享的婚姻景況。他驚覺自己和麥唐諾離得太近，來不及轉身溜走，可能會害英古蘭爵爺不得不向他高雅的妻子介紹這兩名小警官，湧上心頭的尷尬更加膨脹了。

英古蘭爵爺瞥見他的身影。「探長，眞是意想不到的驚喜。」

兩人握了手。崔德斯默默祈禱自己的臉沒有想像中那麼紅，向爵爺大人介紹麥唐諾警長，接著爵爺轉向他的妻子。「英古蘭夫人，容我向妳介紹犯罪調查部的兩位頂尖高手，崔德斯探長，以及麥唐諾警長。」

「眞是榮幸。」英古蘭夫人僵硬地笑了笑。「我先走一步，三位紳士請繼續討論要事。探長，警長，祝兩位一切安好。」

崔德斯和麥唐諾鞠躬行禮。英古蘭點頭致意。等到英古蘭夫人消失在門內，英古蘭爵爺問道：「兩位是因爲公事經過此地嗎？」

「是的，不過訪談已經結束了——暫時是如此。」

「很好。如果能占用一點時間，我想讓孩子們和兩位見個面。他們在公園裡。」

爵爺的兩個孩子，古靈精怪的五歲女孩和大約小她一歲的結實男孩在保母的監視下，正忙著拿樹枝搭建像是迷你帳篷的東西。看到父親，兩人衝向他，興奮地介紹他們的城堡。

英古蘭爵爺負責替雙方介紹，兩名警官和兩個艾許波頓家的小孩彼此握手，雙方都很熱情，孩子們個性友善、好奇，活力充沛。

爵爺向孩子承諾晚點會回來幫他們蓋城堡，接著帶兩名警官走出公園。

「探長，調查有頭緒了嗎？」

崔德斯搖搖頭。「恐怕是沒有。出現一些吊人胃口的零星線索，可是都說不上是穩固的證據，無法說服任何一個陪審員。」

英古蘭爵爺一臉失望，卻也不怎麼意外。「這個案子本來就不簡單。探長，你願意接下就值得我深深致謝了。」

「這是我唯一能替夏洛克·福爾摩斯盡的心意。」英古蘭爵爺的謝意令崔德斯全身暖烘烘的，心裡有了支柱。

「如果需要我的協助，請千萬不要客氣。」

「老實說還眞的需要。」就算沒有巧遇英古蘭爵爺，崔德斯也打算盡快送信聯絡他。「希望能請您悄悄調查雪瑞登爵爺和薩克維先生關係疏遠的原因。那兩位已逝夫人的家屬斷然拒絕配合，因此薩克維先生是我們唯一能下手的目標。」

英古蘭爵爺想了想。「我可以找人幫忙。」

「謝謝您，爵爺大人。」崔德斯深信英古蘭爵爺能立刻處理好這件事。「對了，您是否有任何福爾摩斯的消息？」

在德文郡期間，崔德斯要求郡警局讓他看看那封寄給驗屍官的信。信件本身沒有押日期，郵戳說明了那封信是在福爾摩斯出事後兩天寄出。很有可能是他身邊的人事後找到那封信，幫他寄到上頭標注的收件人手上。不過崔德斯依舊期盼福爾摩斯的狀況正漸漸好轉。

「不，我沒有福爾摩斯傳來的消息。」英古蘭爵爺說道，接著他提出了兩人結識後的第一個問題：「你呢？探長，你有沒有福爾摩斯的消息？」

崔德斯搖搖頭。他接手本案的調查後，曾寄信給福爾摩斯——照著英古蘭爵爺提到的方法寄到郵政總局。那封信就像落入泰晤士河一般沒有下文。「但我打算繼續調查，盡量多做一點。」好好把握所剩不多的時間。

「萬分感謝。」英古蘭爵爺握了握崔德斯的手。「倘若福爾摩斯知道，福爾摩斯也會感謝你的。」

第十章

夏洛特其實知道崔德斯探長參與此案的調查——她收到他的信了——但有時候感激並不足以帶給人幹勁。

她離家時忘記打包雨傘。這是當然了。洋傘是淑女的標準配備，雨傘可就差得遠了。先前手邊還有點錢的時候天氣好得很，現在暴雨一場接著一場，她卻負擔不起任何雨具。

或者這是給自己的藉口，她只是不想出門，迎上又一次的失望。

她已經失去擇優的立場。就算耗費精力與決心走遍整座城市，除了痠痛的雙腳以外，她什麼都換不到。學校拒她於門外，專業職位拒她於門外，就連任何差強人意的工作機會也都拒她於門外。

她可以做家務幫傭，可是年紀相當不利。家事女傭通常從十一、二歲開始投入職場，到了她這個年紀，已經一路爬到夫人、小姐的貼身女僕或是管家副手。她不介意和其他女僕一起刷洗鍋盤，但這不代表她的雇主、管家、廚師也不介意。

也就是說她得撒謊，假裝擁有豐富經驗及推薦函。她把比頓夫人的《持家寶典》從頭到尾讀得透徹，知道松節油可以去除布料上的污漬，酒精則是適合清潔撥火鉗。

但是家務幫傭也有缺點。在小屋子裡，她可能會遭到雇主或其他僕役欺負。到了大宅，作息規矩都像軍隊一般精準，她可以免受不必要的注意——說不定一年只會在僕役的慰勞宴會上見到主人一次。只是她得要面臨旁人認出她身分的風險，導致被雇主開除——或是收到黑函恐嚇。

她大半天盯著房間天花板看有錯嗎？幹嘛浪費精力、磨掉靴跟，就爲了換得好幾年跪在地上清理爐架的生活，還得時時提心吊膽，生怕屋主兒子或哪個眼尖的僕役曾見過鬧出醜聞前的她？

還是按兵不動吧，至少不會那麼餓。

等到雨停，她又照著每天的習慣走到郵政總局，希望還能收到莉薇亞或崔德斯探長的信——打從他開始調查之後，她一直沒有他的進一步消息。

氣溫降了。夏洛特和莉薇亞不同，她喜歡灰沉沉的天空和整天不停的細雨，最好再加上吹動屋瓦的刺骨寒風，最後幾片枯葉在光禿禿的枝頭顫抖。

然而只有負擔得起的人才能享受冬日。他們可以坐在炫目的爐火旁，捧著冒煙的香料蘋果酒，欣賞風雨衝撞窗框，一點一點捏起還沒冷掉的水果蛋糕。

對於連件大衣都沒有的女人來說，冬季完全不值得開心。她只剩下能在城裡住兩個禮拜的錢，前提是沒有發生任何不測。

過了這兩個禮拜，要是沒有突如其來的好運降臨，她就得吞下自尊心，去找某個男人。

除了她父親，她還能向兩名男性求助。她不想拜訪其中一人，因爲不確定對方是否願意幫忙。另一人肯定會伸出援手，反而令她猶豫再三——如果能避免，她情願不接受他的好意。

無論哪邊都是下下之選，但她還能期待什麼呢？早在離家之前，她便已經走到了怎麼選都無法稱心如意，每一次抉擇都要付出極高代價的位置。

這個夏日結束後，可能得度過漫長的冬季才能迎來下個夏日。

彷彿是想強調她究竟有多悽慘，大雨再次傾瀉而下，逼得她躲到一間印刷店的遮陽篷下，不讓雨水毀了她的帽子或裙襬。

她就站在那裡度過漫長的一刻鐘，凝視未知的未來，一切都清晰到殘酷。

雨漸漸小了，只比霧氣濃重一些。夏洛特再次啓程，最近她每天從不同方向前來，走不同的路線，繞過那對僞裝成乞丐的扒手母女地盤。不過只要接近那個街口，她總會格外留神，並不是害怕又被扒一次，而是怕再見到她們的話，心裡不知道會有多懊惱。

沒看到那對乞丐，不過剛才在對街躲雨的男子現在移到她背後二十呎外。

她被跟蹤了嗎？

她從未擔心過光天化日之下自己會遇上什麼危險，但現在引人反感的各種可能性在她腦中炸開。

過了一分鐘，她又瞄了一眼，那人已經不見了。

是她太疑神疑鬼了嗎？那人只是恰好路過而已？

她轉進聖馬丁教區，鑽到郵局正門側邊的柱子後方。要是那名男子眞的在跟蹤自己，應該很快就會趕上來，被她看個一清二楚。

沒看到與那人相似的男子，不過前天那位身上佩戴過多飾品的婦人走過她身旁，低頭盯著手中的整疊郵件。每走一步路，她就把頂端的信件移到最下面，漂亮的眉毛緊緊皺起。

一群男子繞過街角，遮住夏洛特的視線。她迅速打量那群人——沒有一個像是跟蹤她的嫌犯。

等到他們走遠，她看到一封信落在郵局入口與人行道相接處。沒有人趕回來尋找，於是她撿起那封信。

信封上的字跡不甚工整，收件人是一位潔比達太太。本人已經走遠了，夏洛特對著她叫喚幾聲，她沒有回頭，逕自走進一間茶館。

有時夏洛特會納悶在茶館問世前，無法單獨在公共場合用餐的女性該怎麼辦。她只能謝天謝地，幸好自己不會遇上這種問題。

茶館裡人聲鼎沸，大多是郵局或其他鄰近行號的雇員，回家前先吃些小點心。在這群打扮樸素沉悶的男女之間，夏洛特一眼就看到潔比達太太，她就像鴿子群裡的鸚鵡一般顯眼。

身穿黑色連身裙和白色長圍裙的女侍快步走過，端著托盤走向一桌書記員。搭配大量高級奶油炒出的散蛋香氣四溢，狠狠襲擊夏洛特的嗅覺。

抱怨目前的寄宿屋實在是有點缺德。屋主努力維持良好聲譽──雖然有點勉強──以及表面上的清潔。根據她支付的房租，還能供餐已經是奇蹟了。每天晚餐她都滿懷感激地享用，只是離果腹還有一段差距。她得靠著街上烘焙坊放了兩天的特價麵包填飽肚子。

她沒有餓死──還沒。但她幾乎到了願意爬過滿地碎玻璃，一臉栽進那盤炒蛋的地步。

她又凝視托盤好一會，這才走向她的目標，對方訝異地抬起頭。

「潔比達太太？」

「怎、怎麼了？」

「抱歉打擾了，女士，我想妳在郵局外掉了這封信。」

潔比達太太起身。「喔，沒錯。謝謝妳……要怎麼稱呼呢？」

夏洛特猶豫了——她這輩子很少遇到沒有可靠第三方介紹的狀況。「福爾摩斯。」

「福爾摩斯小姐，很高興認識妳。」潔比達太太微微一笑，指著空椅子。「請坐吧？」

夏洛特瞪大雙眼。「謝謝妳，可是不用了，這樣太打擾妳了。」

「喔，這是什麼話啊，福爾摩斯小姐。」潔比達太太柔聲叫嚷。「妳一定看得出來，我不過是個想找人陪的老太太。如果妳另有要事，或是其他更有意思的朋友等著妳垂青——或者是妳看到硬要打扮成孔雀的老太婆就想逃——請告訴我，我們就此道別。如果妳只是怕打擾我，那就把無謂的社交禮儀放到一邊去，來這裡坐下吧。」

對方大膽的邀約在夏洛特腦中迴盪。她感覺遇到了自己的母親——眞正的母親。

但她仍舊躊躇不前。

一名女侍經過桌邊，放下一盤炒蛋，正是方才百般引誘夏洛特的菜餚。還有一個火腿派，以及鐵鍋燉雞。最後是至高無上的奢侈甜點，紅橙橙的熟透草莓搭配一小壺新鮮濃郁的奶油。

夏洛特的肚子帶著她坐下。「那麼我就不客氣了。」

「太好了！給這位小姐上茶和餐具。」潔比達太太向女侍下令。

「馬上來。」

「福爾摩斯小姐，妳看我點太多啦。我只要肚子一餓，就會什麼都想吃，永遠記不得我吃兩口就撐了。等到好菜上桌，我又是不斷自責——我眞不想浪費半點食物。可以請妳解救我痛苦的良心嗎？」

夏洛特再次打量面前的豪華菜色。「夫人，我隨時願意爲女王和國家效勞。以及妳的良心。」

潔比達太太咧嘴而笑。「福爾摩斯小姐，我欠妳一份人情。」

女侍替夏洛特送上杯盤、刀叉。潔比達太太幫她倒茶。「加奶？加糖？」

「嗯，兩個都加。」夏洛特從沒想過區區一杯茶就能惹得她垂涎三尺。「但願我能像妳一樣吃幾口就飽。我完全相反，要把肚子完全塞滿才會記得自己曾吃過東西。」

潔比達太太一愣。「喔，天啊。」

夏洛特察覺她這番話會帶來多大的誤解。「請別以爲我生活有什麼困難。」至少在這個禮拜前還不是。「都是爲了時尚打扮。我可以把下巴的厚度維持在正常範圍的一點五到一點六倍之間，如果超過這個尺寸，我會醜到慘絕人寰。」

潔比達太太有些訝異，笑出聲來。「親愛的，妳說得太誇張啦。」

「眞的是如此。根據科學實驗，我計算出會讓臉型變到有礙觀瞻的體重，精準到最小的單位。」

潔比達太太又笑了。「天啊，福爾摩斯小姐，和妳說話眞是太愉快了。我相信目前妳離那個可怕的數值少說還有十四磅的空間。我們可以開動了吧？」

注意到招待她這頓飯的婦人不是以小鳥啄食的方式用餐，而是穩定地一口一口吃著，夏洛特鬆了一口氣——不然她把眼前所有食物掃進嘴裡的舉動會顯得太過放肆。

舀到塗滿奶油吐司上的燉雞，絕對是她這輩子吃過最美味的食物。不過等她又起草莓沾奶油後，這道甜點成爲全宇宙史上最美味的食物。

桌上只剩三顆草莓，潔比達太太開口問道：「福爾摩斯小姐，請告訴我妳平時都是如何運用這顆擅長計算的腦袋？妳一定不是花費每分每秒測驗下巴和進食量吧？」

「雖然不到這個程度，但也差不多了。不過目前我想要找到打字員的工作。」

「眞是太浪費了！爲什麼不去找個能讓妳發揮長才的職位呢？我眞不想看到妳塡飽肚子，腦袋卻只能徒然空轉，這是犯罪啊。」

「大部分適合女性運用腦袋，而非勞力的職位都需要教育與訓練，我沒有這方面的資歷，完全不在雇主考慮範圍內。至於其他工作呢，嗯，仔細想想，我覺得能成爲打字員已經很幸運了。」

「福爾摩斯小姐，妳絕對不能抱持著失敗主義的思維啊。」

「可是我對接到打字工作一直都很樂觀。好工作不多，要自給自足的年輕女性卻是多不勝數。」

「啊，女性問題。不過呢，福爾摩斯小姐，請說說妳覺得自己最適合什麼樣的事業。」

夏洛特震驚地眨眨眼——沒有人問過她這個問題。「女士，我可以向妳說個祕密嗎？」

「當然，我最愛祕密了。」

「我總是對家姊和父母說我想當女校校長。但這只是因爲我很貪心，校長年薪高達五百鎊，甚至能到七百鎊。事實上我根本想不到要如何運用自己的特殊才能。」

潔比達太太湊上前。「妳的特殊才能又是什麼呢？」

「我不知道該如何描述，甚至搞不清楚這該算是才能還是害處。說眞的，我小時候就學會別公然這樣做，就連私底下也不行——這容易讓我熟識的親友驚慌失措。」

「福爾摩斯小姐，做什麼事情？」

「或許該稱爲洞察力。」夏洛特深深吸氣。「比如說我可以講出關於妳的事情，遠遠超出妳希望我知道的限度。」

潔比達太太一挑眉。「我想憑著這身打扮，已經能讓見到我的每一個人好好認識我了。」

「我不相信妳眞的以爲這身打扮能讓大家知道妳依舊深深哀悼過世的丈夫。」

潔比達太太渾身僵硬，緊盯著夏洛特。

「對不起，我不該——」

「喔，不，別這麼說。我只是沒有做好準備。福爾摩斯小姐，我想聽聽妳是如何觀察出這一點的？」

這不是請求，而是命令。夏洛特乖乖聽話。「妳帽子和手提袋上的黑紗——我前天注意到的。今天下午妳換了帽子和手提袋，但兩樣東西上仍都縫了一吋見方的黑紗。女王身上那套黑色喪服是穿給大家看的，而妳佩戴少許黑紗則是爲了自己。」

潔比達太太緩緩搖頭，一次，兩次。「還有呢？妳還知道我的哪些事情？」

「妳曾經登台演出，而且小有名氣。」

「妳怎麼會知道？舞台表演者可沒有黑紗之類的明顯特徵啊。」

「妳的打扮。我想可以解讀成暴發戶的穿著，但其實沒有那麼浮誇，更像是演給人看的刻意裝扮，於是我聯想到風塵女子。我母親不斷灌輸我所有風塵女子都是孤苦慘死的妓女。不過根據我的了解，風塵女子的範圍更廣——有些人過著放浪形骸的生活，卻又不用靠著淫行來餬口。」

「根據妳嘴唇和臉頰的胭脂，我一開始以爲妳曾是高級妓女。妳的皮膚還帶著美麗的偏光，看起來光滑無瑕。或許是精米磨製的細粉？」

「是葛根粉。」

「原來如此。」夏洛特在心裡記下這點。她不懂爲什麼大眾認爲只有墮落女子才會抹胭脂，而上流淑女得猛捏自己臉頰，營造更紅潤的氣色。「是的，因此我猜測妳是高級妓女——或者曾經是。」

「可是妳的衣著改變了我的想法。顯然妳是要讓大家認定妳是風塵女子，不過妳的態度值得玩味——妳傳遞信號的對象不是男人，而是女性。假如妳的目標是引起男士注意，裙襬拉高一些，再穿上俏麗的鏤空短靴效果更好。他們大多看不出妳這身打扮的意圖，只覺得雖然好看，但有點太過頭了。只有打從幼兒時期便接受這方面教育的女士才懂——妳要讓她們知道不要和妳有半點牽扯，否則會在自己的社交圈裡引發強烈反彈。」

「如果妳不是高級妓女，那很有可能是表演者。妳的聲音和動作全都受過訓練，控制得很好。同樣地，妳的姿態傳達出對自己成就的傲氣，也就是說妳事業有成。但不到大紅大紫——或者是名氣累積到一個程度——不然我會在什麼地方看過妳的照片。」

潔比達太太露出深思的表情，掀起茶壺蓋子往內瞄了一眼，又放了回去。「妳還知道些什麼？」

心消散。

「妳的丈夫英年早逝。」

婦人幾乎從椅子上彈起來。「妳怎能推測出這件事？」

隔壁幾桌的客人轉頭望向她們。潔比達太太坐回原處，喝了一小口茶。兩人默默等待鄰人的好奇心消散。

「福爾摩斯小姐？」

夏洛特稍稍傾斜茶杯。「顧慮世人眼光、又受到婚姻束縛的壯年男士，往往只會找演員當情婦。年輕人或老人才有膽子與拋頭露面、娛樂大眾的女子締結婚姻。」

「老人過世時，無論妳有多愛他，總是比較能接受這個事實——死亡已經在窗外盤旋好一陣子了。然而換作是意外死亡的年輕人，深愛他的妻子原本以爲還可以和他過上許多幸福時光，突然間變成孤家寡人，陷入龐大的悲傷，經過多年也無法忘卻。」

潔比達太太的喉嚨微微抽動。

「眞的很抱歉。」夏洛特低聲說：「有人說過我只要開了頭，就不知道該在哪裡結束。」

潔比達太太吐了口氣。「我能理解妳爲何阻止自己實行這項卓越的才能。請繼續吧。」

「夫人，妳確定嗎？」

「是的。」

「還有一件事，除此之外我實在是看不出更多細節，只知道妳曾在印度待過一陣子。」

「這已經夠細了。妳說的一件事是什麼？」

「妳的姓氏不是潔比達，至少這不是妳唯一的名字。」

潔比達太太咯咯輕笑。「怎麼會被妳看穿呢？」

「妳掉的那封信。投遞郵局不是總局，而是查令十字街的分局。我了解倫敦居民偏好讓信件寄到郵局，而非私人住家。可是到兩間不同的郵局收信？潔比達太太，我只能猜測妳暗地裡有什麼計畫，當然與犯罪無關，但絕對別有企圖。」

「福爾摩斯小姐，妳都說到這一步了，我很訝異妳怎麼還沒說出我的計畫內容。」

「我相信與報紙廣告有關，妳請有意者寫信給妳。更深入的細節我就不清楚了。」

「老天爺啊。」潔比達太太低喃。「我們都還沒說過話，妳就已經把我看穿了，想必炒蛋的誘惑無以倫比。」

「我相信是草莓和奶油讓我中招。」夏洛特瞄了剩餘的草莓一眼，又望向潔比達太太。「請不要覺得妳該向我解釋什麼，妳的善心已經足夠了。」

潔比達太太沉默半晌。夏洛特開始思考她是否該離席了，這時潔比達太太將不存在的亂髮撥到耳後，說道：「妳願意聽我解釋嗎？」

「當然。」

「正如妳的推測，我已經寡居多年。更痛苦的是我的丈夫不只年輕，還整整比我小了十一歲——這是我不斷拒絕他求婚的原因之一。當年我比現在年輕，可是深怕有一天他依舊年輕力盛，而我早已人老珠黃。」

「等到我終於拋開這層顧慮，自嘲總有一天別人會把我當成他母親，甚至是他親愛的老阿姨。可是我想不到……想不到上帝會先帶走他。對於每一條皺紋、每一根白髮的恐懼轉化為深切的渴望，我眞希望他能見證我無法避免的衰老。」

夏洛特覺得喉嚨堵堵的，又吃了一顆草莓。

「他過世後的六年間，我忙著照顧外甥女，她一直住在我家裡。可是去年她搬去巴黎學醫。儘管我深深以她為榮，卻還是得自己一個人住在大房子裡，不知道該做什麼事。」

「也不是沒事做，但我不想全部自己動手。當然了，我也不打算叫外甥女回來——她該趁機展翅高飛了。於是我想到可以找個人作伴。」

「我寫信給幾間介紹所，來了幾個應徵者。她們一看到我以前穿著長統襪與馬褲的舞台照，竟然連茶都不喝，以最快的速度告辭。她們可不能被豐富的想像力影響對人的敬意啊。然後她們氣沖沖地回去找介紹所，狠狠斥責我竟是如此聲名狼藉。」

她說得雲淡風輕，但夏洛特無法想像她能夠輕易吞下那些拒絕。

「之後，我只能在報紙上登廣告。」

「妳怎麼能確定來應徵的人符合妳的條件呢？」

福爾摩斯夫人老是懷疑家中僕人又懶又愛偷東西。莉薇亞是全世界最厲害的悲觀主義者，認定僕役們就和世界上每一個人一樣，一見到她就心生鄙夷，絕對會占她便宜。夏洛特與她們看法不同，不過她覺得透過報紙恐怕很難找到適合淑女的女伴。就算她也是應徵者，看到這種廣告會再三懷疑，心想這名雇主爲何不請朋友推薦，或是找介紹所幫忙，納悶這會不會是場騙局。

「喔，我刊登了另一則廣告，內容是尋找失散多年的女兒，要報社幫我排在鄰近的位置——同一個版面的不同列。」不是潔比達太太的潔比達太太解釋道。「當然了，兩則廣告要求應徵者寫信給兩個不同的女人，寄到兩間不同的郵局。」

夏洛特雙手一拍。「啊哈！在我之前待過的寄宿屋，一名女士大聲唸出妳的尋女啓事。我懂了，要是應徵者同時回應了兩則廣告，那她顯然不值得信任。」

「正是如此。」

「這個妙計是否幫妳篩選掉幾個應徵者？」

「沒有人通過測驗，只除了一個人。那名女士並不是來應徵女伴的職位，似乎很誠摯地要找她母親，讓我覺得良心不安，竟然給了她其實並不存在的希望。」潔比達太太微微一笑。「福爾摩斯小姐，妳說得對。我是別有用心，但這個計畫不太成功。至少在我身上不管用。」

一輛高級馬車停到茶館門口。「喔，是我的車。」她說：「我想到還有一個約要赴。」

她隨即起身。夏洛特臉上一定掃過一絲驚慌，於是她補上幾句：「已經買單了。親愛的，我作夢都不會想到要妳付錢。」

夏洛特臉頰一熱。她不認爲潔比達太太會耍那種騙術，然而先前她也錯看了那對母女扒手。「我壓根沒這麼想。夫人，萬分感激妳招待我這頓午茶。」

「福爾摩斯小姐，相信我們還會在郵局巧遇。」

潔比達太太快步走出店外，上了馬車，吸引了茶館裡每一個人和半條街上行人的目光。夏洛特吃得很飽——真是美妙的感覺——但她留在位置上，不急不徐地清空最後一小團炒蛋、火腿派的碎屑，以及最後兩顆閃耀著聖光的草莓。可惜燉雞已經沒了，鐵鍋和夏洛特的行事曆一樣空虛。

等到她終於起身，她才看到潔比達太太的手提包落在椅子後方。

第十一章

姓氏不是潔比達的婦人站在她的結婚紀念照前，凝視容光煥發、青春永駐的新郎。她舉起微微顫抖的手，將滿杯的雪利酒湊近唇邊。

她忠實的僕役長麥斯走進房裡。「夫人，有名年輕女士想見您。她說——」

「帶她進來吧。」

說不定今晚還沒結束，她就會後悔，但是不姓潔比達的婦人做出了決定。重要的決定。

她放下酒杯，坐進她最喜歡的椅子。腳步聲往樓上移動。然而跟在麥斯背後進門的年輕女士並非福爾摩斯小姐，是徹頭徹尾的陌生人。

「這位是哈特福小姐。」麥斯報告之後退出房間。

哈特福小姐和福爾摩斯小姐年紀相當，但僅只於此。她身材消瘦，駝著背，以這麼年輕的女性來說，她的打扮相當邋塌：不合身的連身裙、軟軟垂弱的罩帽、執意從她鼻梁滑落的眼鏡。

「潔比達太太？」她小心翼翼地開口。

不姓潔比達的婦人眨眨眼。她只在虛構的尋女啓事上留這個名字，也從未提供私人住址，連報社都不知道。

「潔比達太太，我名叫愛莉．哈特福。非常抱歉這麼晚還來打擾您，但我是臨水路狗鴨酒吧的廚師助手，店家不讓我提早離開。」

「喔。」

「幾天前，吧台的女侍讓我看了報紙。『小愛莉，妳不是一直說自己是被人丟在西敏寺門口嗎？妳看，這裡有位女士正在找她的寶寶——』」

「哈特福小姐，妳可以不用說下去了。」另一道嗓音響起。是福爾摩斯小姐。

哈特福小姐瞥向福爾摩斯小姐，接著目光就被她吸住了，似乎是無法相信如此嚴峻的命令是來自這個從情人節卡片走出來的大眼金鬈髮女孩。

「妳憑什麼叫我閉嘴？西敏寺門口沒有其他寶寶，沒有——」

「對於酒吧的廚師助手來說，妳搭的馬車實在是太高檔了，那輛車正在街角等妳，車上還坐著一位打扮得體的紳士。」

哈特福小姐朝福爾摩斯小姐靠近一步。「騙人。妳只是要不擇手段地認潔比達太太爲母，對吧？」

「當然不是。我很清楚我母親是誰，要是我膽敢找別人當母親，她一定會氣瘋了——前提是她還沒有氣瘋。」

「那妳來這裡幹嘛？」

「我來歸還潔比達太太的手提包，她忘在我們一起喝茶的茶館裡了。」

「喔。」哈特福小姐一時語塞。

「哈特福小姐，相信妳能夠自己離開。」福爾摩斯小姐冷冷說道。

哈特福小姐揚起下巴。「我才不要留下來任妳侮辱。」

她氣勢強硬地大步離去。不姓潔比達的婦人望向她的背影，還不確定究竟發生了什麼事。

「抱歉把妳的訪客趕走，華生太太。」福爾摩斯小姐柔聲道：「是華生太太沒錯吧？約翰・華生太太？」

華生太太這才發覺自己站了起來，緩緩坐下。「福爾摩斯小姐，妳是怎麼查出來的？」

「我喜歡流行時尚。我認出妳的帽子是來自攝政街克勞杜特夫人的店鋪。應該不會有太多顧客要求在帽子上增添一小片黑紗，於是我到那間店，敲敲店主與員工住處的門，告訴應門的女子我在火車上遇見妳，而妳把手提包忘在車上，裡面沒有住址，只能透過帽子來追查妳的身分與住址。她們很樂意幫忙。」

「謝謝妳如此大費周章。」華生太太聽出自己嗓音的顫抖，彷彿立場顛倒，她才是落難獲救的那一方。

「我才要謝謝妳如此大費周章。」

「我不知道妳這樣說是什麼意思。」

福爾摩斯小姐笑了，她有兩個酒窩。上帝費了許多工夫，才把全世界最靈巧的腦袋裝進最不會讓人起疑的身體裡。

「我可以接受陌生的好心女士招待我一頓大餐。」福爾摩斯小姐說。「可是她留下的手提包裡裝了太多錢，不像是出門逛逛該帶的金額，還是方便使用的硬幣加紙鈔，我忍不住納悶了。不知道是我運氣好——還是被妳設計了。」

僕役長端茶進房。

「謝謝你，麥斯先生。」華生太太說道。

麥斯悄悄離開。

華生太太替客人倒茶，手指緊扣茶壺把手。「福爾摩斯小姐，如果我沒記錯的話，妳要加奶又加糖？」

「是的，麻煩妳了。」

華生太太記不得曾看過有人爲了一杯茶眼神一亮。福爾摩斯小姐瞇細雙眼，喝下第一口茶。

「要來點馬卡龍嗎？」華生太太朝著一盤盤隨熱茶一起送進來的糕餅比畫。她曾在數千人面前登台演出——現在眼前只有一名聽眾，卻感到緊張萬分。「如果妳喜歡蛋糕，這盤瑪德拉島蛋糕很不錯。我得說我還沒嘗過比我家廚師做得還要美味的水果蛋糕。」

「我這輩子沒有拒絕過水果蛋糕——今後也不打算這麼做。」福爾摩斯小姐應道，自己拿了一片蛋糕。「喔，妳說得對。眞是太美味了，美味到了極點。」

華生太太硬擠出笑容。「很高興妳與我有同感。」

她捏起馬卡龍，好在福爾摩斯小姐吃光那片蛋糕時有點事做。華生太太有點期盼她會再拿一片——這女孩絕對有這樣的胃口。可是福爾摩斯小姐放下盤子，雙手整齊地交疊在大腿上。

「謝謝，妳人眞的、眞的太好了。」她正眼看著華生太太。

她的眼神清澈，毫無虛假。華生太太耳中響起怦怦脈搏，準備迎接下一句話。

「華生太太，妳知道我是誰，對吧？」福爾摩斯小姐問道。「妳知道我的過去。」

□

夏洛特看著華生太太攪拌茶水。

她在自己家裡穿得樸素了些，若是少了裙襬荷葉邊滾的金線，或許這件紅褐色絨布連身裙能符合莉薇亞的喜好。屋內裝潢也相當保守，沒有一般人常與浪漫風格聯想在一起的狂野壁紙和東方家飾。

如果沒看到擺放在各處的舞台照，訪客可能會以爲屋主是可敬的普通寡婦。心腸好又漂亮，除此之外不值一提。

這些照片帶來完全不同的印象。夏洛特近日看穿了許多社會常規的可笑之處，卻還是被華生太太年輕時身穿「長統襪和馬褲」的照片嚇了一跳。女性的下半身總是包裹在層層疊疊的衣裙裡，就連少數勇敢好動的女子選穿的燈籠褲也是寬鬆飄逸，藏住眞正的曲線。

沒錯，街上賣的女演員明信片更加清涼，然而看到女主人的大腿小腿輪廓刻意突顯——她能夠想像那些應徵華生太太女伴的女子有多麼震驚。

華生太太順著夏洛特的視線移動目光。「社會大眾認為所有女演員的道德觀值得懷疑，不然就是妓女。認真的莎士比亞話劇女演員自誇至少她們沒有涉入音樂劇場的低俗風格，而我們這些音樂劇場的人則是慶幸不用演出那些滑稽歌舞雜劇裡情色的胡言亂語。我不知道滑稽歌舞雜劇演員拿誰來比，但我相信他們一定覺得自己比某些人高級。」

夏洛特嘆了口氣。「我姊姊很怕成為窮苦的老處女。有時候我會想比起在破爛寄宿屋吃水煮包心菜，她更怕的是成為自己所知最可悲的人——身旁沒有可以讓她覺得有半點優越感的人。」

華生太太放下沒有動過的茶杯。「福爾摩斯小姐，妳最怕的是什麼？」

「我……」夏洛特嘆息。她知道自己怕什麼，但還不習慣清楚說出口。「我怕總是對人有所虧欠，我想要獨立自主——想要自己爭取獨立。但現在我犯了那麼多錯，不再覺得自己的運勢還能好轉。」

「妳心中是否有個特定對象——不想虧欠的對象？」

夏洛特遲疑幾秒。「我父親另外有個兒子。」

這不是廣為人知的事。夏洛特會發現是因為她想知道艾梅莉亞夫人為何要拋棄亨利爵士。這或許不是唯一理由，但是對於艾梅莉亞夫人身分如此顯赫的女性而言，嫁給不具貴族身分的從男爵只會拉低自己的格調。他在外頭已經有了繼承爵位的孩子，一般而言算不上是什麼滔天大罪，但剝奪了他在婚姻中的優勢。

「喔。」華生太太應道。

「我的異母哥哥住在倫敦，是個會計師。」

「妳把他當成最後的浮木？」

夏洛特再次猶豫。「我對他一無所知，但我敢說他毫無憐憫我的理由——我又不是私生子，但卻能搞砸一切。」

還是只有恐懼？

她吐了一大口氣，望向那盤水果蛋糕。催促她再拿一片的究竟是飢餓還是貪婪？

她轉頭看著華生太太。「我想妳已經回答了我的問題了，夫人，妳知道我是誰。」

華生太太優雅地咬了一小口馬卡龍。「應該是三年前的事了，我在歌劇院第一次注意到妳。妳是全場最年輕可愛的女性觀眾，後來我聽說妳的性情古怪。這種評語自然在我心頭留下印象了。」

「之後我又見過妳幾次，比如說公園或是和妳母親一起踏出服飾店。在緋聞爆發之後……嗯，社交界與娛樂界間的障壁充滿孔洞，我很快就得知妳的不幸消息。幾天前，我走進郵局，看到妳臉色蒼白、神情沮喪，就決定要是能再遇見妳，我一定要出手相助。」

「對妳慷慨的善行我無法表達心中謝意。可是妳留給我的手提包裡裝的可不是小數字，我還不到窮途末路，無法直接收下那筆錢。」

華生太太微微一笑。「我的拙劣計畫在真正認識妳之前就已經開始了。一踏出茶館，我馬上意識到這招不會管用。雖然手提包裡沒有任何個人情報，但妳一眼就能從我身上看出那麼多底細——妳遲早會查出我的地址。」

「我沒打算進屋打擾——原本只想拉個門鈴，將手提包交給應門的僕役就好。可是接近妳家時，我看到哈特福小姐踏下一輛以她宣稱的經濟狀況而言太過豪華的馬車。她轉過身，對車上的人用誇張的音調問：『聽起來還行嗎？』接著一名男子用同樣誇張的口音回應：『親愛的，妳整個就是倫敦人嘛。』」

「我開始不安。她走在我面前，離了一小段路。我轉過街角，看到她進入妳家，我繞回那輛馬車旁，敲敲車門，說我迷路了，想知道河岸街要往哪走。」

「相信車上的小伙子一定是熱心相助。」

夏洛特勾起嘴角。「他很有俠義精神，甚至掏出倫敦地圖幫我確認方向。不過呢，和他說過話之後，我更加懷疑他來此的目的了。於是等我來到妳家門口，我沒有直接交出手提包，而是請僕人帶我來見妳。在客廳外站了一會，我很快就猜出哈特福小姐想要什麼。」

「我確實想到她的口音是裝的。」華生太太說：「她很有模仿的天分，只是進房時演得太過熱情，聽來活像是《諺趣》雜誌上滑稽漫畫的角色。」

「或許妳該撤下廣告了。我想妳不打算讓更多年輕女性上門認親，無論她們是誠心尋母還是有意敲詐。」

「有道理。」華生太太說：「反正這個實驗的目的已經達成了。」

她的語氣觸動了夏洛特的心弦。今晚的華生太太與她白天遇見的爽朗富人不同——更寡言，更嚴肅，更加……憂心忡忡。

她起身走向爐架，背對整間客廳，打量一整排相框。許多照片中都出現一名黑髮年輕男子，眼神沉穩，卻又帶了點調皮的光彩。

他在結婚紀念照裡身穿制服——所以說他是軍人。根據華生太太所說，他在六年前過世——六年前阿富汗曾爆發過戰火。

在報紙上看到的遙遠殖民地戰爭宛如戲劇——鮮活又充滿轉折。光是坐在國會廳堂裡就能感染到那股興奮激情，不會去想到戰役的發展。但是到頭來，戰場還是帶了點陌生。

至少直到這一刻，夏洛特才對那場戰爭有了真實感。她望向華生太太優雅的背影，看到數千死者橫七豎八地倒在蒼涼的棕色荒野間。

華生太太轉過身，夏洛特以為會看到溢於言表的悲傷與脆弱。但她想到自己猜測華生太太在舞台上小有名氣的理由——她渾身散發出堅毅的自信，過往無數個正確抉擇使得她深深相信自己。

「在妳抵達前不久，我做出了決定。」華生太太嗓音輕柔，語氣堅定。「我知道妳即將帶著我的手提包來訪，這將是把我的女伴這個職位提供給妳的最佳機會。」

夏洛特壓根沒料到情勢會如此發展。她嘴唇開合幾次才擠出回應：「我？妳的女伴？」

「妳不覺得我們在社交界都沒有什麼好名聲嗎？」

「夫人，我會震驚並不是因為妳不顧慮我最近惹出的緋聞。在我舉出從別人身上看到的過往之後，他們通常不會想和我有任何瓜葛。」

事實上，這一直是說服男士放棄求婚的強大招數。

華生太太露出淡笑。「我懂妳的意思。被人如此看透確實非常不舒服，不過我呢……倒是鬆了一大口氣。」

「我在公定的服喪期之後就不再穿喪服。有個年輕女孩要我照顧，我想作榜樣讓她知道人生是不斷前進的。即使失去她的一生摯愛，失去男人也不代表女人的存在就此結束。靠著勇氣與風度，她可以從這份悲傷中恢復過來。可是現在我外甥女遠在巴黎，沒有觀眾看我扮演快樂的寡婦，我——」

她從袖口抽出手帕，重新摺好，又塞回原處。「總之呢，我想試試看。讓我找個伴，在她面前不用假裝一切無恙。試著不要隱藏我的悲傷，因爲在她面前，悲傷早已清晰無比。」

兩人沉默了好半晌。

華生太太回到位置上，凝視夏洛特。「福爾摩斯小姐，妳願意接受這個職缺嗎？」

要嗎？

夏洛特離席走到一扇窗前，外頭對著等待哈特福小姐的馬車停靠的位置。那輛馬車已經駛走了，換成一名男子站在街燈下看報紙。

起先她以爲是車上的男子，定睛一看，她認出是稍早與她隔著一條街躲雨的人。

她先前懷疑跟蹤她的人。

她毫不驚慌——無論對方的任務爲何，目標都不是傷害她，而是要盯著她。

她不太開心，她不喜歡被人這樣緊迫監視；但她不氣幕後操盤的主謀——換作是她，可能也會這麼做。但她也不希望這個祕密守護者如此盡責，打算隨時拯救她。

這代表救援行動不僅必要，也迫在眉睫。

想到拒絕這個職位的後果，她感到空氣緩緩從肺中漏出，要是眞的這麼做了，她一定是神智不清、腦袋昏惑。

當然，她更希望能靠著自己的能力脫離困境，然而在她身處的世界裡無法如願。倘若接受陌生人的善意就能穩住腳步，再給自己一次機會改善自己和莉薇亞的人生，那麼她願意放下自尊，選擇必要手段。

她轉過身，華生太太還在啃同一顆馬卡龍。她抬眼望向夏洛特，眼神溫和中帶著不安。

「夫人，妳眞的想招我當妳的女伴嗎？」夏洛特問道。

華生太太放下半顆馬卡龍。「是的。」

「那麼我接受這個職位，我非常樂意，也相當感激。」

□

最親愛的莉薇亞：

我有工作了。

而且不是普通的工作，薪水高、內容輕鬆、提供良好住宿。事實上，我正坐在新房間裡，旁邊有垂著絲綢薄紗的四柱大床、一幅壯麗的美麗海景畫（一定是印象派作品），從窗戶看出去就是攝政公園——現在很晚了，看不太清楚。

我的家當已經從原本待的寄宿屋送來了，跟我的新房間搭配得天衣無縫。沒有格格不入的角落——梳妝台上有我的梳子，桌上放了我的打字機，就連放大鏡也能待在床頭桌上。彷彿這個房間一直在等我入住，就像自己家一樣舒服。

我是一位夫人的女伴。

妳應該已經重新站好了吧。我再重複一遍，我是一位夫人的女伴。當然不是社交界的哪位夫人，也絕對不是有錢的世家太太或老處女——她們比我們還要在意名聲。她曾待過娛樂界，是退休的舞台演員，隨和又親切。

請別擔心我捲入什麼陰謀。我的新雇主既善感又善良，她不只給我工作，也接受了我的醜聞。我只擔心未來會讓她失望，畢竟我也不是多好的人。

我暫時不寫下新的住址。我最不希望這封信落入旁人之手，媽媽火冒三丈地找上門來。無論爸爸給了什麼命令，只要她聽說我被女演員收容，妳知道她一定會這麼做的。

明天一早我就寄出這封信，希望到了下午，我能在聖馬丁教區的郵局收到妳的回信。老天保佑這座每天投遞十一次信的城市，期待郵差在最短時間內把妳的話語帶到我身邊。

□

夏洛特和以往一樣，選擇對莉薇亞粉飾太平。

簡單來說，她很不適合擔任夫人的女伴。促使她立志成爲女校校長的原因不只是利益，還有自治權、權威，以及最重要的，專屬於她的權力。女校長能做出一切決定——而且不該與任何人有私交。每年領五百英鎊，還能主宰一切，不用社交——喔，這根本就是人間天堂。

女伴的工作條件與她的夢想完全背道而馳。這個職位說穿了就是專業的義肢，上下樓梯拿針線活，晚上朗聲唸報紙，讓屋裡多個人，減少空虛的回音。

然而夏洛特在意的並非這些不被當成人看待的工作內容，而是新雇主過去缺乏與其他女伴相處的經驗，以及她對夏洛特腦袋的過高評價。她擔心華生太太會覺得要夏洛特去拿針線活、朗讀報紙是貶低了她的身分。到最後她的工作量會變得太少。

還有華生太太——她也擔心華生太太本人。

只要話題圍繞在不痛不癢的天氣、時尚流行、社交季的瑣事，夏洛特的應對能力還算差強人意。可是旁人的深刻感受在她心中始終成謎。她也不是不懂情感爲何，也會看臉色，但她自己就是無法和那些人一樣，以情緒來驅使自己的行動。

她的生活是依照事實與實際觀察來分門別類，有時她覺得自己就像是留聲機加上動態相機——現在還沒發明出來——隨著她的腳步移動，記錄下她看到、聽到的一切。

有時她會替特定時刻下註解，但她更常讓那些記錄進入記憶，不做任何評論，只是單純的聲音與影像。她到了青春期才發現，一般人的記憶運作方式與她不同。在人生的卷宗裡，他們唯一無法刪去的要素是情緒。他們可能記不得時間、地點、一起經歷事件的人物——或者是回想起來只剩不可靠的印象——可是那些喜悅、憤怒、憎恨的衝擊，所有情緒絕對不會離開他們的掌握。

她接受這個事實。她無法真正理解，但接受自己是個異類，從各種角度來看，她的體驗絕對無法用正常來形容。

如果她的雇主如此要求，像她這種人要如何對華生太太的悲傷做出評論呢？幸好華生太太隔天沒有提到亡夫，讓她放下心頭的大石。

華生太太也沒有列出夏洛特每天的例行公事。「我對這種安排也很陌生。」她滿懷歉意地說道：「相信再過一陣子，我們能找出最適合雙方的合作模式。」

夏洛特內心天人交戰，不知道是否該表達她很樂意幫華生太太跑腿——最後決定等個一、兩天再說。華生太太向家中僕役——僕役長麥斯先生；廚師葛斯寇夫人；分擔家事與廚房雜務的班寧姊妹（名字分別是波莉和蘿絲）；男僕兼馬夫保羅．羅森——正式介紹她。

麥斯先生空閒時喜歡畫畫。葛斯寇夫人是比利時人，不是法國人——而且不是來自說法語的地區。或許班寧姊妹是一起長大的，但其實沒有血緣關係。

這些都還好，除了……

「華生太太，我不確定以我的立場是否該提起這件事。」夏洛特與雇主在攝政公園散步時，忍不住說道：「我相信羅森先生待過監獄。」

「是啊。」華生太太毫不緊張。「走歪太多次總會跌跤的。」

想到自己最近究竟走歪多少次，夏洛特只能點頭。「夫人，妳說得眞對。」

午餐後，華生太太回房打盹，給夏洛特足夠時間再寫一封信給莉薇亞。她還想再寫一封信給另一個收件者，打了五、六次草稿，最後終於放棄。

稍後，華生太太帶著夏洛特搭馬車到郵政總局。華生太太上午已經寫信給報社，要他們別再刊登她的廣告，可是她猜想要過個幾天信件才會停止寄來。

夏洛特沒收到莉薇亞的回音——她無法在固定時間寄信，得要有機會拿信給莫特，再等莫特有空投遞。不過倫敦警察廳的羅伯特·崔德斯探長倒是寫了信給她。

「福爾摩斯小姐。」回程馬車擠進車陣中，華生太太問道：「我是不是聽到妳向櫃台領了夏洛克·福爾摩斯的信？」

華生太太臉上只有好奇，夏洛特決定透露事實。「是的。」

華生太太靠得更近一些。「該不會剛好是那個寫信給驗屍官的夏洛克·福爾摩斯吧？最近倫敦社交界都在討論他的身分呢。」

「那是我使用的化名。」

「妳就是夏洛克．福爾摩斯？」華生太太仍舊沒有流露出半點責難之情。

「我想如果自稱查爾斯．福爾摩斯的話會太突兀。夏洛克和夏洛特的音很接近，卻又不是同一個名字的男性版本。」

華生太太靠回椅背上。「這樣就說得通了，妳寫那封信是爲了替令姊解危。」

「證明她清白的方法就是查明眞相。」

「妳眞的相信這三起死亡事件是大型陰謀的一部分嗎？」

「我無法說服自己那些都是巧合。」她低頭瞥了手中的信件一眼。「希望崔德斯探長能帶來好消息。」

「妳認識蘇格蘭警場的人？」

「我不認識他，可是夏洛克．福爾摩斯曾透過一位共同朋友替他解惑過幾次。」

「那怎麼不趕快看他的信？妳一定急著知道他寫了什麼。」

用不著再三催促，夏洛特已經拆開信封。

親愛的福爾摩斯先生

自從開庭延後的隔天起，我深入調查薩克維一案。儘管碰上讓人心癢的線索與猜測，我找不到任何實際的證據——無法說服陪審團，更別說是當成公訴人證據。

時間越來越少——明天下午即將重新開庭。先生，如果你掌握任何特別的洞見，能夠協助我繼續調查，希望你能盡快轉達給我。

羅伯特．崔德斯敬上

附註：誠心祝你早日康復。

「看來消息不太樂觀。」

夏洛特把信遞給華生太太，讓她自己看。

華生太太掃過信紙。「現在妳要怎麼做？」

夏洛特豎起手指，按住嘴唇。「上頭是今天的郵戳，也就是說在重新開庭前還有時間。我得安排與他見面。」

「妳親自露面？」

「在這個關鍵時刻，我不打算這麼做。」男性無論有多麼開明，仍往往會輕視女性的想法。「我們的共同朋友在城裡應該有幾處產業可以借我使用。既然他似乎認定夏洛克．福爾摩斯身體狀況不佳，那我就告訴他夏洛克．福爾摩斯就在隔壁房間，但無法親自見他，因此由我——福爾摩斯小姐來替雙方傳話。」

如果現在開始準備——而且一切如她的預期——這個計畫應該能勉強實行。「華生太太，可以給我一點時間安排嗎？當然了，妳一定要扣除——」

「我有個更好的主意。」華生太太說。「我在上貝克街有幾間房子，就在我的住處後頭。其中一名房客兩個禮拜前搬走了，那層樓已經清理完畢，只是還沒打廣告找新房客。妳要不要約探長在那裡見面？」

夏洛特沒有猶豫太久。「這樣的話，可以請妳要羅森先生繞到最近的郵局嗎？我想傳電報給探長，要他今晚與我見面。」

□

夏洛特出自迫切的需求，接受了華生太太的好意——現在可說是分秒必爭。不過當兩人前去上貝克街的寓所布置場景時，她發現要是拒絕華生太太的協助，反而會害對方傷心。

華生太太充滿了活力。

那層樓已經擺好家具，但她立刻動手讓屋子看起來更像是有人居住。她從家裡搬來盆栽與蓬鬆的座墊。將大量書籍擺上架子。幾天份的報紙和五、六本雜誌塞進壁爐旁的書報架。

但華生太太還不滿意——她們得創造出有個男人住在此處的幻象。她在餐具櫃上放了一瓶威士忌，掛起帽子和兩件男性大衣，將三支手杖插進門口傘架。

她點起菸斗，放在菸灰缸上悶燒。一杯杯熱茶擱在四處放涼，讓茶香擴散到空氣中。接著加上細膩的巧思，用酒精燈加熱一小盆水，滴入少許感冒糖漿、樟腦、亞麻籽油、一小把乾燥草藥。這層樓頓時充滿了養病的氣味，各種氣息與藥香融爲一體，營造出有人悉心照顧的假象。

她在客廳裡四處走動，皺起眉頭從各個角度檢視。夏洛特把自己的幾本書放到架上，順著她的視線四處張望。飾品與旅遊紀念品排在書架頂端。插在花瓶裡的玫瑰擱在面對上貝克街的拱形窗窗台上。相連的臥室裡，她們在鋪好的被窩裡塞了一條長枕；一雙男性的便鞋從床下探頭，連細節都完美無缺，就算有人隔著開了一吋的門縫偷看也不會露餡。

「沒有照片。」夏洛特說。

「我就知道。」華生太太低嚷。「就知道少了什麼。妳手邊有照片嗎？」

「只有幾張。」她帶了本小相簿離家。「可是我身旁的人都不像我哥哥。」

「算了。我們就說夏洛克・福爾摩斯討厭拍照。」

兩人回到華生太太家喝晚茶。接著，夏洛特進房間拿照片。她踏出房門時差點與華生太太撞了個滿懷，雇主的表情讓她忍不住問道：「怎麼了，夫人？」

「福爾摩斯小姐，我實在很不想說出口，但我剛才得知令尊曾在艾梅莉亞夫人過世當晚與她起了爭執。吵得很兇。然後——然後有人聽到他威脅要殺她。」

第十二章

英古蘭爵爺站在人行道上，專心打量眼前這棟穩固的紅磚建築。不像崔德斯探長，他對這個地方沒多少好感，不過崔德斯更訝異的是爵爺大人臉上毫無喜悅之情。

不過崔德斯就不同了，一接到福爾摩斯的電報，他馬上從辦公桌後跳起，驚喜地倒抽一口氣。

夏洛克・福爾摩斯先生很樂意於今晚七點在上貝克街十八號與你討論薩克維一案。

他濫用蘇格蘭警場的電話設備，馬上打給英古蘭爵爺。爵爺不在家，但不久後他傳來訊息，說他有了福爾摩斯的消息，今晚與崔德斯探長在上貝克街十八號會合。

兩人握手。「爵爺大人，您似乎是擔憂勝過開心。福爾摩斯康復的消息不是天大喜事嗎？」

「探長，恐怕這則消息沒有你想的那樣樂觀。」

「他的病還沒好嗎？」

英古蘭爵爺長嘆一聲。「從你我的標準來看，離康復還差得遠。」

「那……」

「進去就知道了。」

他們拉了門鈴。崔德斯緊張地呼了口氣。儘管英古蘭爵爺的語氣不帶多少希望，他仍對有機會與偉大的夏洛克・福爾摩斯見面興奮不已。

彎腰駝背的高大婦人前來應門，她頭戴上了漿的白色軟帽，透過鼻尖上的金屬細框眼鏡打量兩人，以渾厚的約克郡口音說道：「你們一定是福爾摩斯小姐等候的紳士。請進。」

福爾摩斯小姐？兩人跟在婦人背後上樓，崔德斯探長以口形無聲地向英古蘭爵爺詢問。

是妹妹。英古蘭爵爺回應。

這完全出乎崔德斯的意料。福爾摩斯要有幾個姊妹當然是他的自由，但崔德斯總想像他是個獨立的生物，不會與女性親屬共住一間房。

他們被帶進舒適的客廳，牆上貼著玫瑰與藤蔓圖案的壁紙，椅子上包裹著印花棉布，大座鐘在角落輕聲運轉。站在窗邊往外看的福爾摩斯小姐轉身迎接兩人。

崔德斯瞪大雙眼——他真沒料到福爾摩斯的妹妹會生得一副廣告插畫上完美女性的樣貌。他瞄向英古蘭爵爺，後者神色一無所動——當然了，他是福爾摩斯小姐哥哥的朋友，自然見過她。

福爾摩斯小姐上前與訪客握手。「晚安，爵爺。晚安，探長。很高興能認識您。」

「幸會。」崔德斯說：「誠心希望我們能在更愉快的場合見面，但我也期盼福爾摩斯先生已經恢復到能給予建議的程度。」

福爾摩斯小姐坐下，雙手在大腿上交疊。「家兄的健康問題長久以來一直困擾著他。最近一次的發作尤其嚴重，我們一度失去希望。即使到了現在，他仍舊難以與外界溝通。」

「喔，謝天謝地。」

「是的。他能好轉到今天的狀況眞的是奇蹟。」福爾摩斯小姐懇切地說道：「可惜他仍要臥床休息，無法親自與您見面。」

「喔。」崔德斯祈禱自己沒有把失望之情表現得太明顯。「那他無法與我們討論案情了。」

「夏洛克無法討論案情，但他非常想要出一份心力——我們在這個房間動了一些手腳，讓他在床上可以聽見、看見一切。」

方才應門的婦人回到客廳，手上端著一托盤的茶具與茶水。福爾摩斯小姐倒了一杯茶，遞給婦人。「哈德遜太太，可以麻煩妳送進去給我哥哥嗎？然後待在他身邊確定他身體無礙？」

「是的，小姐。」哈德遜太太應道。

她搖搖晃晃地端著那杯茶離開。英古蘭爵爺盯著她的背影，神情古怪。

福爾摩斯小姐爲訪客倒茶，遞出一盤形狀像貝殼的奇特糕點。「這是瑪德蓮。」她說。「味道很好，據說食譜是出自杜蘭特夫人之手。」

崔德斯不知道杜蘭特夫人是誰，不過這糕點的確好吃。當他咬到第三口，他發現這東西的美味實在是無與倫比。他垂眼看著盤子，心想能不能偷藏一塊帶回家給愛麗絲嚐嚐。

「我知道時間緊湊。」福爾摩斯小姐說道：「探長，您隨時都可以開始。」

崔德斯望向病人的臥室。「福爾摩斯小姐，妳確定這樣的安排不會出漏子嗎？」

「絕對不會。」

「可是如果福爾摩斯先生如我預想的那樣虛弱——如果我們的討論對他來說太過吃力，該怎麼辦？我可不知道什麼時候該暫停。」

「要是他累到聽不下去，哈德遜太太會讓我們知道的。」

崔德斯壓低嗓音，儘管他覺得此舉只是突顯自己的愚蠢，而非謹慎。「福爾摩斯小姐，這實在是很難啓齒，但我想知道令兄的疾病是否影響了他的腦力？」

福爾摩斯小姐微微一笑——是諷刺的笑容嗎？「探長，容我向您保證，雖然這次發作嚴重影響到夏洛克．福爾摩斯的諸多生理機能，幸好病魔放過他的腦袋，使得他古怪又執拗的性情一如往常。」

是崔德斯的幻覺，還是說英古蘭爵爺眞的發出了幾不可聞的嗤笑聲？

「探長，既然您還是無法安心，您想不想當場測試夏洛克的觀察與推理能力是否一如往昔？」

「我願意相信這位小姐的保證。」英古蘭爵爺一邊欣賞茶杯邊緣一邊說道。

崔德斯這才發覺自從進屋後，爵爺大人從未正眼看過福爾摩斯小姐。

「探長，就看您的決定了。」

崔德斯再次猶豫。「爵爺大人，福爾摩斯小姐的兄長病倒後，您是否見過他本人？」

「不，還沒。」

「那麼恕我無禮，這件事牽涉到警方威信，我得確認福爾摩斯先生的能力一如往昔。」

「這是當然。」英古蘭爵爺說道。

眞是奇了，爵爺大人的語氣裡沒有半點被惹惱的跡象，反而能聽出一絲憐憫。

「請稍待片刻。」福爾摩斯小姐走進隔壁房間，關上門。

崔德斯轉向英古蘭爵爺。「爵爺大人，希望我這般多慮不會太過冒犯。」

「沒有的事。如果我是你，我也會做出同樣的選擇。」

崔德斯吐了一大口氣。

英古蘭爵爺又補上一句：「不過如果你是我，一定會提出同樣的警告。」

□

福爾摩斯小姐帶著燦爛笑容回到客廳，她回到座位上，以經過反覆練習的從容手法理好裙襬。

「探長，這是夏洛克對你的評論。」

對他？崔德斯又瞄了英古蘭爵爺一眼，後者似乎再次迷上了他的茶杯。

福爾摩斯小姐從裙子口袋抽出小巧的筆記本。「您來自西北部——坎布里亞郡的巴羅因弗涅斯。令尊不是在煉鋼廠工作，就是造船廠工人。造船廠的可能性比較高。他是蘇格蘭人，令堂不是。他工作一帆風順，足以供您上好學校，可惜他英年早逝，您進不了大學。」

崔德斯死死盯著她。夏洛克．福爾摩斯是從英古蘭爵爺口中得知這些事情的嗎？但他不記得自己曾對爵爺大人提過安格斯．崔德斯吃哪一行飯。

「您在坎布里亞郡進入警界，沒多久就調來倫敦。您在這裡結婚，婚姻美滿——恭喜。您的岳父手頭闊綽，正如英古蘭爵爺，他也欣賞您的才智、勤勉、正派。可惜他已經不在人世，而他的繼承人才幹不如他，對於您和您妻子並沒有抱持同等的親愛之意。財務雖然緊繃，但您妻子很有辦法，能屈能伸，家中景況沒有受到影響。」

崔德斯努力闔上嘴巴。他相信自己從未在英古蘭爵爺面前提及自己的財務狀況，現在爵爺大人一臉淡淡的歉意。

「我才說了十個字，福爾摩斯先生就聽出這些了嗎？」

「您大概說了百來個字，這已經足以聽出您的出身以及教育程度。雖然您的口音有點複雜，母音裡帶了點蘇格蘭鄉音——不過呢，這反而可以把範圍縮小到巴羅因弗涅斯，大批蘇格蘭人被該處的工廠就業機會吸引過去。至於是煉鋼廠，還是造船廠，您的表情洩露了正確答案。」

「其他的就更明顯了。您還很年輕，卻已經爬到探長的位置，這代表您起步得早，同時也擁有不凡的手腕。但您沒讓野心沖昏了頭，否則英古蘭爵爺也不會對您如此上心。」

她的視線投向英古蘭爵爺，後者專注地攪拌茶水。

「確實是如此。」他說。

即便震驚得頭昏眼花，崔德斯開始納悶英古蘭爵爺與福爾摩斯兄妹之間究竟是什麼樣的交情。特別是爵爺大人與福爾摩斯小姐。

福爾摩斯小姐再次勾起嘴角。「解開您的疑惑了嗎？」

崔德斯愣了一會才想起自己原本的疑問——福爾摩斯怎麼能從極少的線索中知道這麼多。「還沒。」

「啊，您的家庭狀況。您應該是離開巴羅因弗涅斯後才結婚的——您個性謹慎，不像是會貿然早婚的人，而且單身漢自然比整個家庭還容易找到地方落腳。至於您過世岳父的財務狀況，您身上衣物的質料與剪裁說明了這位裁縫的作工還入得了英古蘭爵爺貼身男僕的眼——換句話說，那是您岳父請的裁縫。」

「儘管選了上好布料，裁縫也同樣高明，這套衣服已經是兩年前的款式了。釦子最近換過，袖口重新補強。更明顯的是您的襯衫裝了假領。英古蘭爵爺，您的襯衫是否有假領呢？」

「沒有。」爵爺大人應道。

「英古蘭爵爺不用假領，因爲他可以一次將幾十件衣服送洗。可是在倫敦頂尖裁縫的外套下穿假領，如果這件外套不是偷來的，那就是您的經濟狀況走下坡了。倫敦警察廳的薪水並未大幅縮減，那麼便是崔德斯太太的收入急遽減少，可以合理推測她曾有個慷慨的父親，卻沒有同樣慷慨的兄弟。」

「至於她對您的付出……那個壞心眼的兄弟要懲罰她放棄地位嫁給您，但您的行頭看起來毫無缺陷——她縫補這些衣物的細心和巧手幾乎及得上製衣裁縫的技術。無論她爲家務犧牲了多少，她盡量讓您不受到影響。如果這不是愛……」

聽著她的說明，崔德斯探長努力控制臉部肌肉，不露出惶恐呆愣的表情——讓一個陌生人把他的家務事全攤在面前，還是在他高貴的朋友面前！不過他現在得憋住突如其來的淚水。

「能娶到崔德斯太太，我眞是三生有幸。」

「是的，探長。」福爾摩斯小姐喝了一小口茶。

崔德斯探長也跟著喝茶，平復突然湧現的情感。親愛的愛麗絲。親愛的、親愛的愛麗絲。

「好啦，探長，您是否能相信家兄能力並未受到近日病痛而減損呢？」

崔德斯不確定相信是不是個正確的字眼。他感到萬分敬畏，狼狽失措。「我——是的，福爾摩斯小姐。」

她又笑了。「很好，那麼開始吧。」

□

崔德斯迅速報告目前的調查所得。「離開雪瑞登爵爺家之後，我巧遇英古蘭爵爺，趁機請他協助查出那對兄弟為何如此疏遠。」

「調查花費的時間超出預期。」英古蘭爵爺說道：「收到你的來電留言時，我剛與艾佛利夫人談完。」

「很有道理。」福爾摩斯小姐轉向崔德斯。「艾佛利夫人和桑摩比夫人這對姊妹是社交界消息最靈通的情報站。她們對於過去五十年的每一件風流韻事，每一場口角衝突都瞭若指掌。若是這世上有人知道那對兄弟疏遠的原因，除了雪瑞登爵爺本人，就是那兩位夫人了。」

「可惜就連艾佛利夫人也無法深入雪瑞登爵爺的家務事。」英古蘭爵爺說道：「不過她指出最後有人看到那對兄弟同進同出的時間點，是五九年的八月，離現在有二十七年了。五八年的夏天，雪瑞登爵爺唯一的孩子過世，他和妻子一年沒涉足社交界。隔年八月是他們第一次出門參加朋友的家宴。艾佛利夫人也出席了，她記得那對兄弟看起來感情不錯。」

「過了一陣子，她聽說薩克維先生到南法短居。她沒有多想。他是個有錢的單身漢，南法又是熱門的渡假景點。她隔了許久才發覺他沒有回國，接著謠言四起，說他人是回來了，只是沒回老家。她想從雪瑞登夫人口中套出內情，但雪瑞登夫人顯然也被瞞在鼓裡。她隱約感受到薩克維先生碰上極大的難關，無法理解他怎麼不向家族尋求安慰與協助，卻寧可把自己關在天涯海角。」

「她只能告訴我這麼多，和案情可能有關也可能無關。探長，你說你查明了案發期間雪瑞登爵爺人在倫敦。可是你有沒有詢問雪瑞登夫人的動向？」

「沒有，我完全沒想到。」

「艾佛利夫人提到她最近在帕丁頓車站看見雪瑞登夫人，自己下火車，沒有女僕陪伴。她確定是薩克維先生過世那天。」

帕丁頓站是倫敦西區的交通樞紐，連接的車站包括德文在內。要是雪瑞登夫人搭車到史坦威莫特附近，那會是非常有意思的線索。但這又是另一條與實際證據無涉的誘人線索。

「兩位紳士，還有別的嗎？」福爾摩斯小姐問道。

崔德斯探長交出了調查過程中取得的一切訪談記錄和報告。

「我這就拿去給家兄過目。請稍候。」

兩人起身送她離席。英古蘭爵爺在客廳裡緩緩走動，檢視各處擺設。崔德斯沒有多想，順手拿起她留下的筆記本。

這是剛買來的新品。內頁幾乎一片空白，只在第一面以陌生字跡寫了巴羅因弗涅斯，他的出身地。

他皺起眉頭，放下筆記本。

英古蘭爵爺站在壁爐前，打量整排相框，額頭牽起一條條皺紋。崔德斯移到書架旁，拿起一本被英古蘭爵爺放到一旁的書，書名是《羅馬遺跡之夏》。崔德斯記得爵爺大人提過他曾在他叔叔的莊園境內發現一棟羅馬建築的遺跡，他不知道英古蘭爵爺爲此寫了一本書。

那本書是獻給「我的朋友與盟軍J．H．R，溫情與卓越理性的泉源。」下一頁是一行手寫字：給福爾摩斯，願你永遠是個頭號惡棍。艾許。

「是福爾摩斯叫我題下這行字。」在房間另一端的英古蘭爵爺說道。

崔德斯輕笑幾聲。他才看了兩頁，福爾摩斯小姐略顯愉悅的聲音突然響起。「喔，英古蘭爵爺的考古冒險可是充滿波折呢。」

崔德斯把書放回原位。「福爾摩斯先生看完那些資料了嗎？」

「是的。」

「他是否提出了任何新思路？」崔德斯對自己的急切感到尷尬，他眞的很想知道福爾摩斯的高見。

「他注意到證詞中薩克維先生房間窗簾的矛盾之處。」

「喔？」

「最先發現薩克維先生神智不清的女僕貝琪．畢多在庭上說她一進房就拉開窗簾。但是來到您與廚師米克太太的訪談，她說她和管家柯尼許太太抵達房間後才開窗簾，想看清楚薩克維先生的狀況。」

崔德斯希望自己把失望藏得夠好。「我也注意到了，但我認為是記憶模糊之處——不同證人在回想同一件事時總會出現極大的差異。福爾摩斯先生對這項出入有何看法呢？」

福爾摩斯小姐望向英古蘭爵爺。「對於明日的重新開庭，沒什麼有幫助的看法，正如您所說，這點很容易被歸為證人記憶模糊所致。整體而言，夏洛克和您意見一致，缺乏證據說服陪審團駁回指控，讓你繼續調查。」

這回崔德斯懶得掩飾沮喪。「那麼我們無計可施了嗎？」

福爾摩斯小姐雙手指尖相對，輕輕敲打。「您可以檢驗哈里斯醫師和白區醫師診所裡裝番木鱉鹼的瓶子。」

他聽錯了嗎？「番木鱉鹼？薩克維先生是死於水合氯醛啊。」

「可是呢，我們的調查前提是他的死亡並非意外用藥過量，而是偽裝成意外用藥過量的謀殺。」福爾摩斯小姐稍稍靠近一些。「探長，如果您是有辦法犯下多起謀殺案的厲害凶手，若是想確保薩克維先生不會讓及時送達的番木鱉鹼撿回一條命，您會怎麼做呢？」

這是第一次有人當著崔德斯的面把薩克維先生、艾梅莉亞夫人、蕭伯里夫人之死稱爲謀殺。一股寒意順著他的脊椎往下滑。「福爾摩斯小姐，妳的意思是我可能會對那一帶診所的番木鱉鹼動手腳？」

「是的。如此一來，即便援兵在薩克維先生嚥氣前抵達，無論如何努力都是徒勞。」

崔德斯吐出一大口氣。「這招實在是邪惡又高明。」

「沒錯，我們得面對這個事實，對方絕對會布下天羅地網。」福爾摩斯小姐語氣從容沉著。「探長，到了這個節骨眼，您還有什麼顧忌嗎？」

「沒錯，不過我得加緊腳步，希望能及時得到結果。」

得立刻發電報去收集證物來檢驗。他原本計畫明天一大早就前往德文，現在看來他最好盡快出發，早上就抵達當地，親自督促進度。

他起身。「福爾摩斯小姐，謝謝妳。請向福爾摩斯先生轉達我的感謝，我自己出去就好。」

「探長？」

「怎麼了，福爾摩斯小姐？」

福爾摩斯小姐微微一笑。「家兄建議您同時要求對薩克維先生遺體做化學檢驗，尋找各種可能的毒物。假如番木鱉鹼沒有問題，那這就是我們最後的希望了，看能不能找到任何不可能意外進入薩克維先生體內的物質。」

第十三章

崔德斯探長離開後，房裡陷入寂靜。

夏洛特移到窗台邊，往花瓶裡添了點水。看到雨滴敲打窗框，她有些訝異。陣雨悄悄、穩穩地飄落，一輛馬車駛過屋前，馬蹄與輪子濺起水花，一盞盞煤油燈旁籠罩著黃色光暈。

她期盼英古蘭爵爺會待久一點——兩人相識已久，從小便是朋友。她很想與他私下說幾句話，但她忘了，她每次都會忘記這些年每當他們獨處，橫亙在兩人間的沉默總是揮之不去。

不過胸中的奇異情感她太過熟悉，喜悅與痛苦交纏，兩者從未分離。

沒有這些情感她也活得下去。就算從未體驗過企盼的痛苦、徒勞的後悔，她也可以開開心心過完這一生。他賦予她人性——或是她有辦法喚醒的人性，然而人性或許是人生中她最不想要的一面。

「爵爺，還要喝茶嗎？」她想到兩人其實並非獨處。華生太太就在隔壁房裡，門開了一縫。

「不用了，謝謝。」他低聲回應。

「要吃幾口點心嗎？」他沒有碰過那些瑪德蓮。

「多謝妳的好意，不用了。」

她坐回原處，自己拿了一塊瑪德蓮——她不懂怎麼會有人能以意志力抗拒瑪德蓮。不過呢，眼前的男人對於她的提議大多只會拒絕，無論是茶點，還是改變人生走向。

她認識的年輕淑女都喜歡在心中建構理想的男士。夏洛特從未理解過這種心態——她還沒見過哪位女性認爲自己的房子完美無缺，而且和男人不同，房子可以規畫、擴建、徹底重新裝潢。但若是要她花時間描繪最適合自己的對象，結果會是與她極度相似的人——置身事外的觀察者、沉默的生物、靠著腦中的世界就能開心過活的男人。

然而待在英古蘭爵爺身旁，她總會因他的實際存在而受到衝擊。她會清楚意識到他占據的空間、他的舉止、他的重量、他大衣的剪裁與縐褶、頭髮的長度與質地——即便她從未摸過他的頭髮。她發現自己聚精會神地觀察——他視線的方向、他雙手擺放的位置、他呼吸時胸口的起伏。

她身旁並不是只有這個優秀的男性樣本，比如說羅傑·蕭伯里在大家心目中比爵爺還要俊朗、時髦。但是英古蘭爵爺擁有不同的特質，參雜些許性感的活力、蘊藏在心底的叛逆，使得他散發出吸引男性與女性的陽剛磁性。

年少時，他對世界抱持的敵意更加外顯，不過到了某個年紀，那個惹禍精搖身一變，完美融入上流社會階層。他是各種高級俱樂部的成員，與恰當的人士結交，當然了，他的馬球賽更是社交季中最亮眼的事件。

再過個十年，他將成爲社交界的中流砥柱。

可是……

在那些可敬的外表、社會化的舉止之下，那個渴望在遺跡間獨處許久的男孩依舊存在。他是唯一不介意她保持沉默的人。有時候，她甚至覺得他安於她的沉默，儘管可能的原因是只要她不開口，就不會對他的私生活提出令人不悅的觀察結果。

她又想到華生太太正在隔壁。因此，這段沉默不該繼續。「我沒有向崔德斯探長解釋我認爲窗簾證詞矛盾之處有多重要。」

「我注意到了。」

「可是你懂吧？」

他遲疑幾秒，點點頭。

夏洛特猜出崔德斯探長在何時娶了比他還富有的女性，看出他願意穿著倫敦頂尖裁縫的傑作，就是爲了不讓岳家丟臉，也爲了爭取一份歸屬感。她也猜測嫁入一般人家的崔德斯太太選擇精簡家務，拋下她所知的奢華生活，尊敬這個她願意奉獻一生的男人。

夏洛特認爲崔德斯探長家的女僕不會每天早上都進主臥室，因此他才會漏掉米克太太證詞中透露的線索。

「對了，今天下午我去拜訪了令姊。」英古蘭爵爺說道。

她捏住吃了一半的瑪德蓮的手指縮緊。「她還好嗎？」

「她正努力維持平靜。」

喔，莉薇亞。「她知道我們的父親與艾梅莉亞夫人爭執過嗎？」

「大家都知道這件事。」

有比「出乎意外」還要恐怖的詞彙嗎？

「你見到他了嗎？」

「他不在家。令堂堅持不見客。」

也就是說她在臥床休息——在服用高劑量的鴉片酊之後。

「莉薇亞小姐告訴我說要是遇見妳，要我轉達她很感激妳做的一切。她知道妳無法預知——」

「將艾梅莉亞夫人、蕭伯里夫人、薩克維先生的死因連結後，我讓福爾摩斯家的殺人嫌犯多了兩倍？」

「崔德斯探長明天一定會查出結果。」

她嚇到差點丟了手中的瑪德蓮。他竟然在安慰她——兩人認識這麼多年，他從沒有安慰過她。

「我常常質疑妳的行爲，但很少懷疑妳的理性。這次也不例外。」

「違心之言。」

她深吸一口氣——原來她已經跌得這麼慘，就連他也覺得應當要出言安撫。「謝謝。非常感謝你的好意。」

華生太太從臥室探出頭來。「抱歉，小姐，福爾摩斯先生睡著了，還要我盯著他嗎？」

「不用了，哈德遜太太，謝謝。」

華生太太屈膝行禮後離開，堅定的腳步聲往樓下移動。等到房裡安靜下來，英古蘭爵爺問道：「她就是收留妳的女演員？」

他小心翼翼地維持不帶批判的語氣，然而如此強烈的不滿實在是無法掩飾，她假裝沒有聽出來。

「她演得很傳神吧?而且是她從探長的口音認出他的出身。一定要請她訓練我如何更進一步分辨不同地區的口音。」

「我不喜歡這種安排，妳對她一無所知。」

至少這句是他的眞心話。「我想我對她還挺了解的。」

「妳能推測旁人的背景，並不代表妳有辦法看穿他們所有的想法與意圖。妳自己想想，換成別人碰上這種事，比如說是莉薇亞小姐好了，妳不會覺得她太走運了嗎?」

「有時候運氣就是這樣。」

「更多時候不會有這麼好的事情。」

意見不合是他們平日的相處模式。如此熟悉的情感苦中帶甜。有時候甜蜜的滋味勝過苦澀，但不是今晚。

她起身走向客廳後方的桌子。「你要我怎麼做呢?離開我的恩人?」

「是的。」

「然後呢?」

「讓我幫妳。」她的老朋友命令道。他變得如此守禮正派，好個未來的社交界中流砥柱。「妳總說想當女校的校長，現在還是可以達成這個目標。」

「怎麼說?」

他跟著她繞到桌邊。「搬去美國。妳可以編造新的身分，在那裡展開新生活，沒有任何人事物阻止妳上學、接受訓練，最後找到好職位。」

「你負擔期間所有開銷？」

「等妳能自立再還我就好，要加上利息也可以。」

「要是我不還錢，或是無法還錢，你也不會前來追討，我說的沒錯吧？」

他沒有回話。

他的視線方向：她右肩後的某處。他手的位置：握住桌緣。他胸口隨著呼吸起伏——在深灰色大衣下，他穿著絲質緹花背心，銀色花紋織在猶如黎明前的深藍布料上。

「我猜你和蕭伯里先生說上話了。」

「他是否要我當他的情婦？」

他用力咬牙。「是的。」

「沒錯。」

「希望你沒有代替我拒絕。」

他終於願意直視她的雙眼。「我絕對不會擅自替妳說話。」

他深褐色的雙眼極度嚴肅，彷彿把她視爲仇敵。然而熱氣灼痛她的皮膚，燒灼她的神經。她把最後一口瑪德蓮放到舌上。「你不打算問我會不會考慮這個選擇？」

他的視線落到她嘴邊，接著又迎上她的雙眼。「我想妳一定考慮過了，妳總會考慮一切的可能性。」

她歪歪腦袋。「你在氣我嗎？」

他再次沒有回話，只是凝視著她，似乎是訝異兩人竟如此靠近，儘管他們之間還隔著一張椅子。

「我相信你比較希望我留在華生太太這裡。」她低喃：「而不是接受蕭伯里先生的提議？」

他的視線方向：她的頸根脈搏跳動處。他手的位置：緊緊握住椅背。上好的白色亞麻襯衫隨著加速的呼吸上下起伏。

下一秒，他退到十呎外的大座鐘旁，背對著她。「妳什麼時候才會在做出決定前，把我的想法列入考慮？」

她緩緩吐氣，有些不穩。「你知道的，我不會道歉。找上蕭伯里先生是我唯一的選擇，唯有如此才能突破我雙親築在我人生道路上的高牆。」

「我有要妳道歉嗎？」

「沒有，可是你在生我的氣。火冒三丈。」

他微微側身。倘若視線能化爲實體，他早就把她釘在牆上了。「夏洛特，任何一個關切妳安危的人，都會對妳感到火冒三丈。」

「可是我現在很好。」

「妳沒在街頭挨餓，可是妳一點都不好。拜託——妳成爲夫人的女伴，天底下沒有比妳還不適合這一行的人了。或許妳今天慶幸自己逃過最惡劣的結果，或許明天也是如此。可是再過一個禮拜，妳會無聊到發瘋。」

「以前住在家裡，妳至少還能盼望未來能獨立生活。現在妳有什麼指望？我就後退一步，假設這個華生太太立意良善吧。妳現在成了雇員，而這份工作缺乏一切妳追求的目標——沒有獨立，沒有腦力刺激，當然也沒有五百鎊年薪。」

「妳能撐多久？妳要花多少時間才會領悟自己只是從一個籠子換到另一個籠子裡？在聽過同一件陳年往事五十八次之前，妳的腦袋什麼時候會造反？」

她靠著桌子，尋求支撐。「你把我的工作形容得好空虛。」

「那妳覺得呢？是豐富又充實的生活？」

這回輪到她閉口不答。

他長嘆一聲。「不用送我了。」

他從門邊取回手杖，這時她開口了：「如果你答應一個條件，我就讓你贊助我移民與學習。」

「不。」

「你還沒——」

他一手按住門把。「或許我無法從妳的帽帶顏色看出令堂昨天午餐的菜色，但這並不代表我猜不出妳有什麼要求。結果都是一樣的……妳會向我敲詐，威脅若是我不乖乖聽話，妳就要投向羅傑・蕭伯里的懷抱。」

她勾起一邊嘴角。「你應當要留意我的威脅。若你願意紆尊降貴，我們都能好過一點。」

「不，只要妳好好照著我的指示去做，我們就能好過一點。」

「我無法照你的心意過活，把一切埋在土裡，假裝毫髮無傷。」

「其他人都是這樣過日子的。妳爲什麼做不到？」

這場爭辯越來越接近兩人前一次談話的內容，當時他們展開熱烈的論戰，最後她大喊：不對，要是他接受她的建議，不向他現在的妻子求婚，他們才能眞的好好過日子。她已經忍了整整六年，不去絆住他的腳步。

當時他們鬧得不歡而散。

她嘆息。「好吧。別把我當成你的情婦對待，就算你想這麼做。」

他一手按住帽緣。「晚安，福爾摩斯小姐。」

她最討厭聽他在私下談話時叫她福爾摩斯小姐。她恨透了這個稱呼象徵的距離感，那是他不願跨越的鴻溝。

「抱歉，你只是想幫我，我卻如此找你麻煩。對不起。」

他沉默了好半晌。「夏洛特，妳不是找我麻煩，而是擾亂我的計畫。妳讓我質疑原本能夠坦然接受的事物，但這不是妳的錯。反正重點也不是這個。」

他開門離去。等她來到樓梯口時，他已經走到半途。「現在我在華生太太這裡很安全。」她對著他的背影喚道：「你不用找人跟著我了。」

他一僵，沒有轉過身。「福爾摩斯小姐，我完全不知道妳在說什麼。」

□

夏洛特翻開《羅馬遺跡之夏》，找到她最愛的那一頁。

阿姨愛看小輩喧鬧，不時舉辦專屬於孩童的宴會，無論是持續的時間，還是熱烈程度都直逼酒神狂歡宴。十幾二十個男孩女孩帶來的能量與音量，對我來說不是什麼問題——我承認曾惹得他們鬧得更喧譁。然而那年夏天我無法安睡，擔心在哪個良辰吉日，往肚子裡塞了太多蛋糕和橘子水的小傢伙會衝出屋外，跌進我這片美妙又脆弱的遺跡。

事實上，某個十三歲的惡棍利用我的憂慮，威脅要讓我的惡夢成真——派出一群野孩子從別墅的另一頭衝進我的挖掘基地，如同漢尼拔率領部隊與大象越過阿爾卑斯山，將義大利蹂躪得體無完膚。

我只能靠自己的力量守護這片遺跡的完好。

難忘的回憶。那天眞是傑作，她敲詐十五歲的他，要他以一個吻作爲交換。

不是彬彬有禮的輕吻。她說得興高采烈。可別辜負了你猥褻的名聲。

他一臉怒容。妳知道猥褻是什麼意思嗎？

下流又好色。

我有這種名聲嗎？

旁人往往把他說成「愛惹麻煩的英古蘭小爵爺」。在其他孩子的耳語中，他彷彿長出了雙角，生了條分岔的尾巴——他從九歲起就在抽菸；他讓十多個女家教遭到解雇；他進伊頓公學的第一年就害某個女僕惹上天大的麻煩。

夏洛特不認爲那些流言值得聽信，除了抽菸以外——他身上散發出淡淡的土耳其菸草味，對這個橫眉豎目的少年而言不算太糟。

是的，那是你的名聲。

他不以爲然地斜眼看她。*妳想要下流又好色的吻？*

不然有什麼意思呢？

她不確定自己有沒有說出最後這句話。那個吻使得她的腦袋輕微故障，她也記不得親吻後兩人又說了什麼。

夏洛特輕輕嘆息。兩人第一次也是最後一次親吻那天，兩人都沒想得太多——他只是她剝削的對象，而在他心目中，她只是個怪到極點的女孩。

要是他們能預見未來就好了。

□

「福爾摩斯小姐，妳千萬別太擔心。一切都會好轉的。」華生太太說道。

這頓遲來的晚餐到了尾聲，夏洛特少了平時的食慾。

有時她覺得自己的腦袋與郵局有那麼幾分相似，以複雜的系統將各種資訊迅速分門別類。但此時此刻，她最珍貴的資產更像是最近問世的汽車，每跑幾哩路就要故障一回，倒楣的司機只能拋錨在路邊。

她對華生太太虛弱地笑了笑。「我以前不會對任何事物焦躁不安——也無法理解旁人爲何會如此。如果還有努力的空間，那情況當然不同。爲了我無法控制的結果操心，這就等於在宇宙決定我是否該受罰之前先狠狠懲罰自己。」

「現在我才知道過去自己什麼都不擔心，是因爲我什麼都不怕。表面的平靜只是虛僞的安全感，只要眞正的結果降臨就會煙消雲散。我對自己，還有我姊姊的未來深感不安，現在又加上我父親。」

她把湯匙插入一碗糖漬水果。「華生太太，妳說得對，我不該如此擔心。但現在我不知道該如何停止。」

「福爾摩斯小姐，妳滿懷希望地看著我。」華生太太嘆息。「我只能說『妳千萬別太擔心』。我完全不知道要怎麼拔除萌芽的無益焦躁。老實說即便我現在過著年輕時的我欣羨不已的生活，仍偶爾會在半夜驚醒，滿心煩惱。」

兩人沉默片刻。外頭還在下雨，雨滴規律地敲打屋頂。

夏洛特舀起一口桃子，推著它在糖漿裡四處滾。「無論如何，到了明天，各種猜疑都將獲得解答。崔德斯探長一有斬獲就會通知我們。」

華生太太也學著她攪動碗裡的水果。「既然已經見到探長本人，妳對他有什麼看法？」

「我喜歡這個人。他大致上是理想的男性，只是我沒料到他對所謂的『優秀人物』如此恭敬。他擺出這種態度，或許是因爲不希望別人說他忘了自己的出身，或者是他眞心相信社會階級的效力與權威性。」

「換句話說，妳相信維持夏洛克·福爾摩斯的男性身分是正確的做法？」

「是的。」

崔德斯探長對夏洛特相當敬重，但這份敬意是源自保護慾，強者應該照顧弱者，而不是把她當成對等的個體，也絕對不是他面對英古蘭爵爺的景仰，顯然他把爵爺當成上司看待。

「那麼，妳的朋友英古蘭爵爺呢？」華生太太問道：「他一定知道妳沒有名叫夏洛克·福爾摩斯的哥哥，而且他似乎早對妳的推理能力不感到驚訝。」

「他一直是我這份能力的受害者——早就習慣了。」

「我看過他的馬球賽，女士們全都看得直搖扇子——某些男性就是如此有吸引力，即便他們稱不上英俊。」

「他已經結婚了。」

這句陳述聽起來更像是怨言。宛如控訴。

「就我所知，他的婚姻並不愉快。」

他的婚事是他犯下的大錯。但是聽到從流言蜚語片面認識他的人批評他的私生活，夏洛特感到她有義務爲這個錯誤辯護。「幸福永遠不是社交界婚姻的目標。」

「喔，這也是我長久以來的觀察結果。那比較像是生意往來，有時候冷血到了極點。但偶爾會遇到除了愛情，以及愛情激發的龐大正面思維以外，沒有任何原由的婚事。我總會屏息注視這樣的男女。若是他們的戀情無法開花結果，我也會隨之心碎。」

英古蘭爵爺當年還有轉圜的餘地嗎？假如夏洛特沒在他婚禮前警告他完美女性只存在於男人的幻想，假如她沒有指出大費周章營造無瑕外表的人必定有所盤算，他還會在教父過世後測試妻子的眞心，說他只收到五百鎊的年金，而不是遺囑中保證要分給他的鉅額財富？

可以確定的是，如果他對英古蘭夫人說出眞相，她絕對會喜出望外，而不是從失望冷淡轉爲怒火中燒，脫口說出她會嫁給這個猶太銀行家的私生子，不過就是爲了他即將繼承的財產。否則她何必玷污自己孩子的血脈。

夏洛特想知道她說出口的話語究竟有多少分量。究竟是她在他心中種下了猜疑的種子——還是說婚姻到了某個時期，雙方總會產生同樣的懷疑，無論夏洛特在多年前說過什麼話？

她深吸一口氣。「至少他的孩子很可愛。」

華生太太吃掉一塊草莓，慢吞吞地咀嚼。「福爾摩斯小姐，妳有沒有墜入愛河過？」

「沒有。」

如果她沒有答得這麼快、這麼強硬，或許會更有說服力，不過華生太太只是點點頭。「有時候這是好事，福爾摩斯小姐。這是好事。」

第十四章

隔天中午，夏洛特收到一封送到上貝克街十八號的電報。

親愛的福爾摩斯先生、福爾摩斯小姐：

我難掩心中的驚喜，急著要來報告白區醫師和哈里斯醫師診所裡的番木鱉鹼都被動過手腳。瓶裡裝的都不是番木鱉鹼。現在這是一起正式謀殺案了。

羅伯特．崔德斯

到了晚間，這則消息已經傳遍倫敦。身分成謎的夏洛克．福爾摩斯說中了——至少他對哈里頓．薩克維先生死因的懷疑並非無的放矢。蕭伯里夫人的家屬仍舊極力主張她是自然死亡，其餘臆測皆屬惡意誹謗。艾梅莉亞夫人的家屬似乎是受到案情發展震懾，閉口不發表任何回應。

「福爾摩斯小姐，現在妳應該要興奮一點啊。」隔天早上華生太太如此說道。她身穿絲綢印花連身裙，乳白色襯著鮮艷繁複的花紋，頗有夏日風情。「身為這座熱愛奇聞異事、捕風捉影的大城市居民之一，妳的反應太過平淡了。」

夏洛特往麵包捲上稍微多塗了點奶油。「要是這團混亂能進一步改善我家人的處境，我心裡會舒坦許多。」

針對三起死亡事件背後的關聯，五花八門的猜測甚囂塵上。眾人持續刺探夏洛克．福爾摩斯的身分，然而他們也納悶福爾摩斯家是否與薩克維先生有什麼不為人知的瓜葛。

夏洛特低調的反應不只是為了福爾摩斯家尚未脫離關注焦點，也因為英古蘭爵爺破釜沉舟般的提議。她真的只能拋下熟悉的一切——以及所有親友——就為了到遠方追求不確定的未來？倘若她最後真的要做出這個決定，她是不是應當要及早動身？

「福爾摩斯小姐，妳又在乾著急了。」

奶油融入麵包捲柔軟蓬鬆的內層。這種景象過去總能撫慰夏洛特的心情——只要大口咬下，她就能陷入什麼都不想的舒服狀態。這已經是今天早上的第三個麵包捲了，但是正如華生太太的觀察，她依然焦躁不安。「抱歉。」

「喔，請別道歉。親愛的，妳知道妳需要什麼嗎？一個恰當的工作職位。」

「我已經有了。」

華生太太擺擺手，袖口的蕾絲撥亂流入用餐室的晨光。「我們都知道當夫人的女伴是在浪費妳的時間。」

「那我要做什麼才好？」

「仔細想想妳在茶館裡說過的話，妳捕捉其他人漏看的細節，提出驚人的洞察。」華生太太雙眼發亮。「當妳感嘆這項能力對於遭到社交界驅逐的年輕女性毫無幫助，是的，妳說得很對。但是夏洛克・福爾摩斯就不同了。這位高深莫測的紳士現在是倫敦的大紅人——甚至傳到了倫敦之外，可不能糟蹋了他的才能啊。」

夏洛特忘記自己嘴邊的半個麵包捲。「妳的意思是……」

華生太太將一張紙推過來給夏洛特看。「告訴我妳怎麼想。」

> 身爲倫敦警察局犯罪調查部的知名顧問，夏洛克・福爾摩斯現在也接受私人客戶的委託。價格合理。意者請來信至郵政總局——號信箱。

「妳還沒有個人信箱，不過在我們請報社刊登這則廣告前就能處理好這件事。」

夏洛特被這個概念嚇傻了——要是讓雙親得知她公開打廣告推銷自己，他們一定會當場暴斃。

華生太太柔聲道：「除非我們有辦法個別聯絡那些想請妳解決問題的人，不然還有什麼辦法能讓他們知道妳幫得上忙呢？」

這個想法很有道理。就算人數不多，爲了與願意付錢的客戶搭上線，她當然要廣爲宣傳她的生意。而且一定要從現在開始，否則夏洛克・福爾摩斯的名字很快就會從眾人的記憶中消失。

「但我還是妳的女伴啊。要是我跑去見客戶，那我要如何完成我的職務呢？」

「哎，這可比女伴還有意思啊。如果要妳成天只為我唸書、聽我嘮嘮叨叨，妳一定會無聊到極點。老實說我不覺得這些事情有什麼意思。這樣我們就可以一起冒險啦，而且是很有機會獲利的冒險。」

華生太太只差沒有迫不及待地搓揉雙手了。「除了花錢打廣告，妳還需要辦公室、名片、信紙，在郵局租個人信箱一年要三英鎊，當然還有各種風險——人往往會忘記為意外不測做好準備。妳目前還沒有自立的資金，但這在我的能力範圍內。妳可以拿那層公寓當辦公室，我負擔開業初期的開銷，從妳收到的酬勞裡抽成。」

「可是我們根本不知道我有沒有本事賺到足夠還錢的酬勞。」

「這就是做生意，親愛的福爾摩斯小姐。每次投資都伴隨著風險，只是我很願意負擔這次風險。說真的——」她對福爾摩斯小姐眨了眨睛。「——妳得格外留心，別讓我從妳未來的收入裡分走太多錢。」

「夫人——」

華生太太換上正經的表情。「福爾摩斯小姐，我曾經待過劇場，看過太多優秀的女演員因為對方在她們前景尚未明瞭前曾經資助過，而將大半所得交給某些男性。親愛的，別犯下這種錯誤。不要為了一時劣勢，就低估妳真正的價值。」

那股與親生母親重逢的情緒又出現了。夏洛特吞下堵在喉嚨裡的硬塊。「是的，夫人，我會銘記在心。」

「很好。」華生太太雙手按住胸口。「喔，福爾摩斯小姐，我們一定能找到許多樂子。」

□

最親愛的羅伯特：

我知道兩個小時前才寫過信給你，但一定要讓你知道剛才我收到一盒世上最美味的小蛋糕，寄件人是夏洛克．福爾摩斯先生和他的妹妹。盒子裡附上紙條，解釋你很希望我能嚐嚐這些瑪德蓮。親愛的，眞是感謝你時時爲我著想。（同時也對福爾摩斯的洞察力深感訝異，相信你不會當著主人的面說出這份心情。）

來說正事吧。福爾摩斯請我向你轉達女僕沒有拉開窗簾的重要性。他在信中寫到他當時沒說太多，就怕化學檢驗結果不如人意。但現在你已經能主導調查，一定想知道這種細節強烈暗示女僕與薩克維先生之間有不恰當的關係。

在我父親家，我從沒見過這檔子事，而且我也敢說我的兄長儘管算不上好人，卻也不會占家中女僕便宜——他怕染上可怕疾病。不過太多家務女僕得面對不太友善的騷擾，這就是工作賺錢的代價。

雖然我很不願批評素未謀面、幾乎一無所知的對象，可是這個年輕女僕貝琪．畢多似乎是自願回應薩克維先生的不軌行爲，前提是他眞的對女僕出手。

假如她要在主人起床前重新點燃主臥室的爐火，那麼不用多說，她根本不用接近窗簾——也不該打擾他。但既然她進房是爲了送上晨間可可亞，她就得先拉開窗簾，甚至連窗户一起打開，讓光線與新鮮空氣進入房裡。

她還沒做出這些事情，就先觸碰薩克維先生，代表她的第一要務並非執行管家的指令。事實上，這已經是最保守的說法了。

但我眞心期望實情並非如此。在這種情勢之下，我格外擔心那個女孩，覺得這個世界實在是太險惡了。

相信我該喝杯茶來平復心情，再來一塊宛如托斯卡尼夏日般明朗可喜的美味瑪德蓮。

獻上我所有的愛

愛麗絲

崔德斯探長輕輕敲打信紙，試著判斷信中資訊是否派得上用場。

或者該說是要如何用到正確的方向上。

兩名醫師診所裡的番木鱉鹼都被動過手腳，加上英古蘭爵爺間接得知雪瑞登夫人曾在帕丁頓站現身，他忍不住對雪瑞登一家起了疑心。

貝琪．畢多不合常理的行爲把他的理論搞得一團亂。

雪瑞登夫婦嫌疑重大。只要解決這個已經毫無情分的弟弟，就能終結多年以來的財務困境。雖然金錢短缺，但他們有足夠手腕籌畫一起僞裝成服藥意外的謀殺案。

但是金錢這個動機也不夠牢靠。雪瑞登家的貧困是長久以來的問題，而非突發危機。他們已經撐了數十年，也沒有謀殺半個人，爲什麼到了晚年才要動手？

換個角度來看，貝琪．畢多與薩克維先生間的不倫戀情更能引發瞬間的殺機。說不定有人想爭取貝琪．畢多青睞，或許是負責戶外粗活的湯米．唐恩。他與貝琪．畢多年紀相當，遭到冷落的小伙子很有可能化身成危險的野獸。

只是沒有人怒火中燒，一把掐死薩克維先生。崔德斯也看不出湯米．唐恩有本事安排這套詭計，而不留下半點破綻。

至於其他女性僕役呢？如果有人自認她與主人情投意合，卻發現他也向貝琪．畢多出手？這不會引燃相當於地獄業火的烈焰嗎？

「探長，化學分析師傳訊給你。」麥唐諾警長說道。

崔德斯看了那封電報。「什麼？」

「長官，怎麼了？」麥唐諾瞪大雙眼。

崔德斯花了幾秒整理思緒。「還記得我要求檢驗薩克維先生的身體組織，看有沒有水合氯醛以外的毒物嗎？」他又瞥了電報一眼。「他們驗出了砷毒。」

第十五章

柯里之屋以迥然不同的姿態迎接崔德斯探長再度光臨。霧氣翻騰，整棟屋子在一陣陣水氣中若隱若現，猶如霧茫茫大海上的幽靈船。

屋內氣氛也變了。少了美麗海岸的襯托，這棟大宅原本的通風與採光已不復見。崔德斯只感受到強烈的孤寂，華麗的裝潢更是平添荒涼。

崔德斯抵達前，麥唐諾警長已經帶著兩名當地警員搜索過整間屋子，找到兩處砷毒來源——一處在廚房，已經依法染成鮮紅色，避免誤用。另一處則是儲藏室裡一盒用來殺老鼠的白色粉末。以這樣規模的住家而言，算是正常用量，也無法直接看出誰曾取用。就算白色砷粉購買時要簽名，意圖下毒的凶手只要有先見之明，總能到遠處找間不太嚴謹的藥房，讓採購不留痕跡。

本案的下毒者絕對有先見之明。砷毒並不是在死者胃裡找到，而是滲入了頭髮與指甲，代表是長期下毒。

究竟是怎麼一回事？凶手爲何改變策略？薩克維先生爲何得要立刻死去，而不是等待含糊不清的未來死期？

這與貝琪．畢多不遜的態度有關嗎？

「柯尼許太太，請妳告訴我進出儲藏室的動線。」

他們又來到她的辦公室，然而這回盤據自己領土的管家沒像上次那樣氣勢逼人——得知薩克維先生遭到謀殺，使得柯里之屋的每一個人都不好過。「儲藏室通常會上鎖。」她的神態透出堅定的自制。「蛋糕和餅乾都放在裡面，我們不想讓珍妮．普萊斯拿到。霍吉斯先生有鑰匙，他要從那裡拿可可亞跟砂糖來調製薩克維先生每天早上的飲料。米克太太也有，她的上好湯碗收在裡頭。」

「有時候我會把鑰匙交給湯米．唐恩。僕役每天吃三餐加下午茶，但他做的都是粗重的體力活，我不介意他自己多拿幾片餅乾。」

「所以除了珍妮．普萊斯，每個人都能進出儲藏室。」這對崔德斯的調查毫無幫助。

「沒錯。裡頭沒有葡萄酒或啤酒——那些都鎖在地窖裡，也沒有銀製餐具，沒有人拿過不該拿的東西。可是，既然薩克維先生是死於水合氯醛服用過量，探長為何如此在意誰能偷拿砷毒呢？」

崔德斯瞄了筆記一眼。「妳沒提到貝琪．畢多。她能進儲藏室嗎？」

「我偶爾會叫她去幫我拿東西。不過你該不會懷疑那個孩子吧？」

崔德斯也沒有回答這個疑問。「薩克維先生過世當天早上，妳進入他房間時，窗簾已經拉開了嗎？」

柯尼許太太眨眨眼。「我真的記不得了。只想著薩克維先生身體好冷，完全沒心思注意窗簾。」

「如果窗簾是拉上的，妳就得拉開來才能看清楚房內狀況。」

「我不記得窗簾是什麼樣子——一定是開著的吧。」

她的言詞恭謹，崔德斯可以輕易想像她的照片登上《資深英國管家》封面。她會撒謊嗎？

更重要的是，如果她沒說眞話，原因又是什麼？要如何促使她透露家務女僕可能意圖不軌？

「我想看看貝琪．畢多的照片。」

話題突然一轉，柯尼許太太忍不住端起茶杯。「她沒有留下任何照片。」

「那爲我敘述她的個性。」

柯尼許太太往茶裡加了過量的砂糖。「貝琪正値……有點棘手的年紀。她覺得自己已經長大了，毫不在意別人的忠告。但她心地善良，再過兩、三年應該就能長成賢淑的女性。」

「妳想她什麼時候會回柯里之屋呢？」

「喔，探長，我實在說不準。現在她的雙親也知道薩克維先生遭到謀殺，我敢說他們不會放她回來了。」

柯尼許太太的語氣是否有點鬆了一口氣的感覺？她在乎自己的名聲是很合理的——身爲僕役之首，讓人知道貝琪．畢多舉止可議，對她絕對會有負面影響。可是柯尼許太太只擔心這件事嗎？

「柯尼許太太，剛才妳問到既然薩克維先生死於水合氯醛，爲什麼要調查砷毒。答案是我們在薩克維先生身上找到砷毒殘留，代表有人想要毒害他。」

柯尼許太太大爲震驚。「不可能！」

崔德斯繼續道：「下毒的人很可能與他頻繁接觸。薩克維先生過著接近隱居的生活，那麼嫌犯範圍就縮小到這棟屋子裡的人士了。」

「可是——這個想法太可怕了。」

「很遺憾，事實便是如此。」

「可是他是吃了太多水合氯醛才會死掉啊，而且這棟屋子裡沒人知道如何潛入兩位醫師診所。」

問題就在這裡。不過辦案多年的經驗讓崔德斯了解到僕役們的背景比世人想像的還要複雜。大宅裡藏了幾個接觸過社會黑暗面的傢伙也不是新鮮事了。

「每一位管家都認爲——並期望——在她手下工作的都是奉公守法的好人。但妳並不清楚這裡每一個人的背景，對吧？」

柯尼許太太不情願地點了頭。

「這棟屋子裡有誰會想對薩克維先生不利？」

「沒有！」

「妳知道這不是實話——在這片屋簷下，有人想要狠狠傷害你們的主人。妳負責一切家務的運作，應該知道屋裡發生過的一切可能惡化腐爛的不愉快。」

柯尼許太太雙手握住茶杯。「探長，你不能把這棟屋子當成惡意的溫床。絕對不是這樣的。」

「輕率的凶手會讓大家感受到憤恨之情。妳是否觀察到任何不滿、怨恨的細微跡象？」

「沒有人向我抱怨過薩克維先生。貝琪覺得他是高尚的紳士；珍妮．普萊斯深深崇拜他；米克太太是新人，她總是開開心心的，對所有的人事物都說得出好話。」

崔德斯覺得這番話聽來有些刺耳，更像是要爲誰留點情面的禮貌言詞。

「在湯米．唐恩心目中，薩克維先生就像太陽一樣；至於霍吉斯先生……霍吉斯先生的心思藏得很深。」

崔德斯挑眉，等她繼續說下去。

柯尼許太太喝了一大口茶。「以前我認爲他和薩克維先生處得很好。可是去年聖誕節，湯米·唐恩收到主人送的錶鏈，不斷掏出懷錶來看時間，霍吉斯先生看著他的眼神活像是把他當成白痴。我想或許他是有點忌妒吧——湯米·唐恩沒理由收到幾乎和他一樣檔次的禮物。」

「米克太太剛來這裡時，對所有家具裝潢驚嘆不已。當她和湯米·唐恩一同稱讚屋子有多好，主人是多麼高尚的紳士，霍吉斯先生一臉不以爲然。有一次他甚至起身離開僕役的共同區域。」

他們找霍吉斯到客廳問話，他立刻反駁柯尼許太太的證詞。「或許我對湯米·唐恩翻過幾次白眼，但也是因爲他常常炫耀那條錶鏈，實在是太不得體了。都是成年人了，他應該要更識相一點。那天晚餐後我離開僕役區是因爲下雨了，我想到我房間窗戶沒關好，過了五分鐘就回到原處。當時陪米克太太說話的不是湯米·唐恩，是貝琪·畢多。」

崔德斯靈光一閃。「你確定當時和唐恩先生說話的人不是畢多小姐？」

「就我所知，那兩個人之間沒什麼話聊。」

這倒是奇了，在滿屋子的中年僕役裡，只有他們兩人年紀較輕。「一直都是如此嗎？」

「倒也不是。貝琪剛來的那陣子，她和湯米·唐恩挺聊得來的。他也幫了她不少忙。可是突然間就變了。以前他晚餐後會留在桌邊，聽我們閒聊——他從沒說起自己的事，只是想聽聽，特別當我們提到曾去過的地方、看過的風景。貝琪加入後沒多久，他就沒再這麼做了，吃完飯就離席回房。」

這符合了湯米．唐恩或許曾向貝琪．畢多示好，卻慘遭回絕的假說。

「霍吉斯先生，你還知道任何可能與案情有關的事情嗎？」

霍吉斯想了一會。「我結束假期，回來出庭時，薩克維先生臥室裡的威士忌酒瓶不見了。」

「你找過嗎？」

「我問了柯尼許太太。她說她翻遍整棟屋子，就是找不到。」

威士忌是下砷毒的好方法。事實上，砷毒可以添加在任何飲食之中，它成爲下毒者最愛的武器並非毫無理由。無色無味的粉末能輕易混入食物和飲料，再加上砷毒發作的症狀接近霍亂——如果是在水源沒有問題的環境，則可能會被診斷爲腸胃毛病。

「霍吉斯先生，我們在薩克維先生體內找到砷毒。」

霍吉斯雙手握拳，重重吐了幾口氣。「對番木鱉鹼動手腳已經夠陰險了，竟然還有砷毒？」

「是的。薩克維先生多常喝威士忌？」

「幾乎——」霍吉斯先生顫抖著呼出一口氣。「幾乎每一天，不過每次喝得分量極少。」

「他什麼時候不喝威士忌？」

「如果氣候溫暖，他可能會請我們送上一杯葡萄酒。酒放在地窖裡可以保持冰冷。」

「霍吉斯先生，先前曾經問過這件事，但我想再問一次。你知道可能有誰——特別是這棟屋子裡的人——希望薩克維先生喪命？」

霍吉斯下頷邊緣肌肉一抽，可是他篤定地回答：「沒有。」

「你知道有誰想害他受苦？」

薩克維先生這幾個月的腸胃問題很可能是受到砷毒影響。

霍吉斯的拳頭鬆開又握緊。「沒有，探長，這棟屋子裡沒有那種卑劣之人。」

□

湯米・唐恩的說法毫無矛盾。「世上沒有比薩克維先生更慷慨的主人了。說不定新來的主人不想留我們在這裡工作哩，爲什麼要傷害他呢？」

他說得很有道理。僕役毒殺屋主是在危害自己的生計，特別是像這種無人繼承的租屋。接手的租戶很有可能會帶來自己的僕役團隊。

崔德斯向唐恩問起霍吉斯先生先前在米克太太和旁人討論屋子與主人優點時，莫名離席的狀況。

「和米克太太說話的人是你，還是貝琪・畢多？」

「一定是貝琪。我不記得有這回事。」

「你不在場嗎？」

「沒有，吃完飯我就回房了。」

「我能理解你不想與貝琪・畢多共處。」

湯米・唐恩臉色一沉。「那個女孩子，她太看得起自己了。」

他的表情流露出太多敵意，自視甚高絕不是他對貝琪．畢多唯一的反感之處。

「你是否曾對她有好感，之後卻改變心意？」

年輕僕役哼了聲。「什麼？你問我喜不喜歡她？」

「對。」

「完全沒有。她瘦得要命，和山羊一樣只剩骨頭。對我沒有半點吸引力。」

「那你怎麼會討厭她？」

唐恩聳聳肩，但他緊緊咬牙，頸子的血管都突出來了。「剛才說過了，她就愛擺架子。」

曾經友好的兩人之間必定發生過什麼事情，才會導致現在的怨懟，但崔德斯不打算針對這點追問。

「你知道屋裡有瓶威士忌不見了嗎？」

「我撞見柯尼許太太進我房間找東西。她說她不認為是我偷的，但說不定有人把酒藏到我床底下之類的。我不太相信她。」

調查工作的這個面向總是令崔德斯不太舒服。謀殺案件的調查不只牽扯出長久以來的積怨，更揭露日常生活隱忍的不滿。在爆發前，檯面下的暗潮只會繼續起伏。

就算不是天眞無邪的人，也會安於和諧的居家環境：主人體貼有禮，僕役盡忠職守，相處融洽。若是抗拒這個可能性，大家都會變得憤世嫉俗，懷疑一切日常事物都散發出尖酸不滿的氣息。

羅伯特．崔德斯是個幸運兒——他的性情使得他不至於輕易走上充滿疑竇、把一切看得太清楚的道路。

□

再找珍妮．普萊斯訪談也不會有任何進展，於是崔德斯叫來米克太太，後者興奮地踏進客廳。

「探長，薩克維先生真的是死於砷毒嗎？」

崔德斯知道消息必定會傳開。「我想知道是誰向妳透露這件事。」

這能幫助他判斷僕役間親近的程度。

「沒有人來和我說。柯尼許太太經過廚房門口時看起來嚇壞了。於是我跟上去，問她發生了什麼事。她告訴了我。這個消息實在是太恐怖，我又問了霍吉斯先生和湯米．唐恩，因為我真的不想相信。」

她盯著崔德斯，期盼他能破除這個謠言。

「這是真的。」他柔聲說。

她的視線立刻掃向麥唐諾警長，後者點點頭，阻斷最後的退路。

米克太太緩緩坐進一張椅子。「真是太邪惡了，邪惡。」

崔德斯讓她冷靜一下。「根據妳上回的供詞，當妳進入薩克維先生的臥室，第一件事就是拉開窗簾，這麼說沒有錯吧？」

她困惑地看著他。「這和整件事有關嗎？」

「請回答問題。妳們拉開了窗簾嗎？」

「是。」

「妳確定當時窗簾不是已經開著了？」

米克太太挺直背脊——她散發出怒氣，感覺尊嚴受到傷害，準備捍衛自己的正直。「我完全確定，探長。我們都衝到薩克維先生床邊。『摸摸他，摸摸他。』貝琪大聲嚷嚷。於是我摸了摸他的頸子，體溫很不對勁。我抬頭望向柯尼許太太，但她不是看著他，而是看著窗簾。我記得很清楚。房裡還很暗，不過陽光已經從窗簾邊緣透進來，有點像光圈。接著柯尼許太太拉開她那一側的窗簾，我也開了靠近我這邊的窗簾。」

米克太太的回應毫無心機，沒有任何言外之意。

崔德斯想到自己先前完全忽視了窗簾的重要性，一個想法浮上心頭。「米克太太，妳是否擔任過其他家務職位？」

「沒有，探長。我一直都是廚師。一開始是廚房助手，慢慢升上廚師。」

或許她真的只是陳述事實，或許她也不懂方才自己揭露了什麼。

「妳覺得貝琪．畢多這個人如何？」

「貝琪？她是有點怪啦，我個人不介意那樣情緒高亢的女孩子，但我想柯尼許太太有點拿她沒辦法。」

「她是個有吸引力的女性嗎？」

「說不上是美人，但那個年紀的女孩子都挺好看的，正值青春年華嘛。」

「屋裡有她的照片嗎？」

米克太太皺眉。「沒——等等，我想到了。最近有個旅行攝影師到這一帶。霍吉斯先生說薩克維先生去年曾付錢讓僕役拍照，不打算這麼快就再拍一次。可是柯尼許太太說她掏腰包給大家拍照，所以我們拉了幾張椅子到屋外，攝影師拍完後隔了幾天又來了一趟，拿洗好的照片給柯尼許太太。」

「貝琪．畢多也在照片裡嗎？」

「是的，她就站在我背後。」

柯尼許太太卻堅稱屋裡沒有那女孩的照片。崔德斯決定離開前要再找管家談談。

「霍吉斯先生告訴我說屋裡丟了一瓶威士忌。妳有聽說這件事嗎？」

這時有人敲門。崔德斯還來不及回應，負責協助兩名蘇格蘭警場警官的帕金斯員警已經探頭進來，興奮地漲紅了臉。

「探長、警長，請借一步說話。」

崔德斯一挑眉。這名警員如此大膽打斷偵訊訪談，最好是有夠重要的事情。他喃喃致歉，離開客廳，麥唐諾跟在他背後。

「探長，警長要我查明的那個名字——」

「警長，什麼名字？」

「長官，先前搜查米克太太的房間時，我找到幾封寫給南西．孟克的信。」麥唐諾警長說道：「這名字看來挺眼熟的，但就是想不起來。於是請帕金斯警員去查查，看能不能找到更多資訊。」

「警局有個人馬上就想到了。」帕金斯說道：「可是我們不想倉促行事，先發電報到蘇格蘭警場的惠斯登自動電報機。他們回傳電報，確認了我們的質疑。」

「南西．孟克是二十五年前一起砷毒案的被告。除了離家辦公的屋主之外，全家人都死了。她堅守立場，讓陪審團相信她很照顧那戶人家的小小孩。也查不到任何廚師與主人間有染的證據——她打算嫁給一名年輕菜販——最後是無罪釋放。」

過了四分之一個世紀，她又涉入了另一砷毒案。

崔德斯探長回到房裡，米克太太坐在椅子上前後搖晃，手指緊箝住扶手。

崔德斯開門見山地問道：「米克太太，妳是否有過其他名字？」

她臉上血色盡失。「你怎麼會這麼問？」

他靜靜等待。

「我是被陷害的！」她的嗓音拉高八度，音色顯得參差不齊。「我的雇主——凶手是他。他的表親有個綿羊牧場，他們用白色砷粉處理羊毛。在全家死掉前一個月，他拜訪過那個牧場，之後把砷粉混入我收在櫥櫃裡的備用糖粉罐。他特地在廚房裡的糖用完，我打開備用糖粉的那天出門辦事。」

「我每天早上給孩子們加糖的牛奶，端熱可可亞給女眷。他們也吃了撒滿糖粉的奶油吐司。你無法想像他們那天受了多少苦。我都要急瘋了。但我從未想到他們是吃到毒藥，也想不到我會遭到起訴。」

「她不漂亮也不太精明，可是盡全力幫他持家，孩子們可愛極了，他們好喜歡吃我煮的各種菜。他們的父親在不到一年內就向生意夥伴的女兒求婚，但被拒絕了，聽到這個消息我很開心。得知他在表親的牧場被憤怒的公羊狠狠頂死，我眞的是喜出望外。或許上帝也不是眞的又聾又瞎。」

她十指交纏，多年的勞動使得她的指節又粗又大。「可是，上天對我卻不太公道。準備娶我的年輕人相信我是無辜的，但他母親不讓他娶一個經歷過公開審判的女人——更別說她怕我會下毒殺她。我再也無法待在蘭開郡，得向他道別，遠走異鄉，改名換姓，重新開始人生。」

曾是南西．孟克的婦人仰望崔德斯，眼神眞誠。「我眞的沒有對薩克維先生下毒。如果你向我過去的雇主確認——我在她身邊服務二十年了，你會發現我說的都是眞話。她很捨不得放我走，我也想留下，只是我不年輕了，每天要餵飽二十多位消化不良的小姐夫人實在是撐不住。」

「我們當然會和妳的前任雇主確認。」

她的悲痛是那麼眞實，他感到難以呼吸。他想相信她，卻又無法放任同情心干擾調查。

「探長，現在你打算怎麼做呢？」米克太太雙肩一垂。「逮捕我？」

崔德斯在心裡嘆息。「目前我沒這個打算。但我強烈建議妳留在這屋子裡，否則將被視爲逃犯。」

□

崔德斯沒有忘記那張照片，可是柯尼許太太已經準備好一番說詞。「貝琪離開的時候帶走了。她想回家，又怕雙親不讓她再次出門工作，於是向我要了照片，當成紀念品。」

崔德斯點點頭。「與其他僕役談話時，柯尼許太太，我得知妳正在找一瓶威士忌。妳沒向我提及這件事。」

柯尼許太太倒抽一口氣。「可是那和案子無關啊。打從我在此服務開始，屋裡還沒有發生過竊案。想到薩克維先生才剛過世，竟然有人敢搜刮他的東西，我眞的是難受極了。」

表面上聽起來是毫無破綻的解釋。不過話說回來，如果大家只看表面的話，根本不會有人調查薩克維先生的死因。「妳找到那瓶酒了嗎？」

「沒有。」管家答得飛快。

「如果發現它的下落，請盡快告知警方。」

「這是當然的，探長。」柯尼許太太露出緊繃的微笑。「這是當然的。」

第十六章

夏洛克·福爾摩斯的廣告見報後，得到的迴響遠遠超出夏洛特預期，就連華生太太也表示她對來信委託的數量極度滿意。

誠如她先前的警告，其中大量信函都不是需要破解的複雜事件。有人嚴詞斥責夏洛克·福爾摩斯插手干涉與他無關的案件——其中一人聲稱是艾梅莉亞夫人的朋友，另一人是蕭伯里夫人的親戚。也有人想與不存在的福爾摩斯攀親帶故，一同處理委託，甚至提供金援。她最感興趣的是五、六封求婚信，那些女性不希望這位當代天才少了賢妻的溫暖與關懷。

甚至有一位紳士堅信福爾摩斯屬於同性戀。

> 就我的觀察，偉大的男性往往會對其他偉大男性投以深刻愛情。因此我極力推薦你加入我們的社團，一同努力推翻那些貶低我們的偏見，以及讓我們被排斥在外、害我們恐懼被發現與驅逐的阻礙。

「我好想現在就加入他的社團。」夏洛特對華生太太說道：「只是我怕會害他失望透頂。」

大部分的委託馬上就被她們識破是虛假的。

「這名男士說他年薪四千鎊，想知道他的未婚妻愛的是他，還是錢。」華生太太嗤笑一聲。「看看這張信紙，要是他年薪有四百鎊，我可要大吃一驚呢。」

另一名寄信人是年輕女性，她在花店工作，對於某位顧客的行爲深感困惑，對方總是買一朵玫瑰花，某天卻突然買了一束百日草。華生太太覺得這事值得一探究竟，但夏洛特讀過信後，宣稱這是假信。「英古蘭爵爺寫得一手好字。他曾教我雖然有些人能精通超過一種寫字風格，但得要耗費大量的練習才能寫得流暢。即使練會了，每個字的開頭和收尾也會帶著明顯猶豫。仔細看看這封信的字跡，我猜對方是替報社工作的。」

華生太太瞪大眼睛──她們確實收到許多報社的採訪邀約，全被她們丟了。夏洛特咧嘴一笑：「喔，其實不是字跡，而是這封信的郵戳，離《泰晤士日報》的辦公室很近。這位意圖引我們上鉤的仁兄沒發現如果他想見到神祕的夏洛克．福爾摩斯，就得要下更多工夫。」

上貝克街十八號眞正的頭號客戶是名年輕男子，臉色紅潤，神情急切。他正在追求一位可愛的年輕女士，再過三個禮拜就是她的生日，他詢問該送什麼給她。對方的回覆是一則測試他情意的謎題。

我想收到的東西能在年初，在字典裡最長的字中央，在樓梯底下，還有在永恆的盡頭找到。你摸不著腦袋嗎？那你得要反過來想才行。

夏洛特踏入「夏洛克」的臥室三分鐘，帶著燦爛的笑容回來。「家兄幫你解開這個謎題了。『年』（year）這個字的開頭──」

「之前我也是這麼猜測。」年輕人說道：「『年』的開頭是y。樓梯（stairs）底下是s，永恆（eternity）的盡頭又是y。可是字典裡最長的字是什麼？」

「要看是哪一本字典，對吧？不過『字典』（dictionary）裡最長的字就是它自己。」

年輕人開心得有些喘不過氣。「正中間的字母是……呃……」

夏洛特耐心等他大喊：「O！是O！」

「先生，我想你是對的。」

「可是Y、O、S、Y是什麼意思？」

「你的女士提醒過要反過來想才行，對吧？那麼我們逆轉所有方向。如果我們取了『年』的結尾、『樓梯』的頂端、『永恆』的開頭——會得出什麼結果？」

年輕人想了一分鐘。「R、O、S、E。玫瑰花。她想要玫瑰花！我可以送她玫瑰！」

他神采奕奕地離開。華生太太送他到門外，她是來監督兩人的事業是否運作順利。

夏洛特和華生太太都沒有實際接觸過這一行，不知道夏洛克．福爾摩斯的服務該收多少錢才好，最後華生太太決定解決一個問題的價碼是七先令。比請醫生出診一趟還貴一點，但差不了多少。世界上只有一個夏洛克．福爾摩斯。

華生太太回到房裡，笑得合不攏嘴。夏洛特站了起來。「真不敢相信，他真的付錢了！」

華生太太事先向她保證，說客戶一定會付錢的。但是在夏洛特心目中，這門生意仍舊宛如海市蜃樓，就像天上的豪華城堡。她竟然可以把幾分鐘的思考變成真正的金錢——足以在差強人意的寄宿屋住上一個禮拜的金額！

「喔，是的，他付錢了，而且付得很乾脆。」

華生太太的表情既調皮又滿足……夏洛特張大嘴巴。「妳向他說要收多少錢？」

「一堅尼。」

一堅尼等於二十一先令，比她們協議的金額還要多上三倍。夏洛特目瞪口呆地盯著華生太太。

「這可是一大筆錢啊！」

「是啊，但我深入思考一下，他家財力雄厚，不是嗎？妳剛才也說出妳對他的觀察了。」年輕人的家族經營製造業有成，但一堅尼還是很多錢。「這是他負擔得起的價碼，算不上是收太多錢。」

華生太太將厚實的硬幣塞進夏洛特掌心，合上她的手指。「妳要好好記住，親愛的，比起多收錢，妳更可能收得太少，因為妳還不了解自己的價值，也沒有人教過妳如何要求獲得相當的酬勞。」她微微一笑。「所以我自願擔任這門生意的會計，因為我早就學會這兩件事了。」

□

第二名客戶是三十歲左右的怯懦婦人，她忘記自己把丈夫送她的翡翠戒指放到哪裡去了，得在他出差返家前找到。夏洛特指出戒指就落在婦人的帽針盒裡。華生太太向她收了九先令加上她們搭雙輪馬車的來回車費。客戶付得很爽快，還加贈了一個火腿派，要給「無法離開房間、可憐的福爾摩斯先生」。

「要是繼續經營下去，我們一年可以賺到超過五百英鎊。」夏洛特坐在馬車上，驚嘆不已。

華生太太拍了拍軟帽上的羽飾。「親愛的福爾摩斯小姐，五百鎊還算不上鉅款呢。」

「可是已經和我預期的年薪一樣了，而且那還要經過好幾年的學習、訓練、經驗！」

「喔，我們可能一年賺不到五百鎊，畢竟無法保證客戶會穩定上門。但也有可能賺得更多，只要有幾個公爵親王前來委託，我能向他們的祕書開出五十鎊的酬勞。」華生太太說得眉飛色舞。「別怕我會收得太多，並不是每個貴族都手頭拮据。西敏公爵一年可是有兩萬五千英鎊可領呢。」

夏洛特忍不住笑出來。「親愛的夫人，我還怕妳會被占便宜呢。原來是我白擔心一場了，妳簡直就是鯊魚！」

華生太太洋洋得意，夏洛特的評論顯然把她逗得很樂。「我這條鯊魚鼻子雖然很靈，但牙齒倒是挺軟的。」

□

「莉薇亞小姐。」女僕說道：「有名女士想見妳，她說她的名字是拉雅庫瑪莉·英迪拉。」

莉薇亞的視線離開好幾天沒有進度的刺繡活兒。「什麼？」

雖然偶爾能在倫敦見到印度公主，但福爾摩斯一家與次大陸之間少有關聯，也沒有打進和異國顯貴結交的圈子。怎麼會有這種人士來拜訪她呢？

在客廳裡，一名披著緋紅配金色綢緞的女子站在窗邊，背對整間房，長長的披巾在她身上繞了一圈，又蓋住她的頭髮。莉薇亞一進門，她轉過身，披巾包著半張臉，只露出一雙眼睛。

看到莉薇亞獨自進房，她鬆開壓著披巾末端的手。是夏洛特！

夏洛特豎起手指示意莉薇亞安靜。莉薇亞跑上前，緊緊擁抱妹妹。

「喔，夏洛特！」她稍微鬆手。「天啊，妳幾乎一絲不掛！」

夏洛特上身的罩衫幾乎只蓋住她的胸脯。披巾從臀部斜斜往肩膀延伸，繞到背後，蓋住大半軀幹，可是從側邊可以輕易看到四吋寬的肌膚。

「這樣就不會有人注意我的臉了。」夏洛特搭上莉薇亞的手臂。「莉薇亞，妳沒事吧？」

「我好得很。大家也不是真的相信我殺了蕭伯里夫人，他們只是需要一點動腦筋的話題。」

現況沒有如此樂觀。發現砷毒可說是雙面刃，即使說明了薩克維先生很可能遭到謀殺，下手的必定是當地人士，他的僕人嫌疑特別重大——依此推論，也就是他的死與另兩位夫人無關。兩位夫人之死的嫌疑落回莉薇亞和亨利爵士身上——這一定是夏洛特冒險來見她的原因。

「妳瘦了好多。」夏洛特柔聲說道。

「看妳吃東西一向都比我自己吃飯還要有意思。」莉薇亞雙手捧著夏洛特的臉頰。「至少妳沒有變瘦太多。」

「華生太太照三餐餵我大餐，我沒有拒絕任何食物。照著目前進度，在一個禮拜內我會胖到雙下巴呼之欲出的極限，到時候我就不得不放棄這種魯莽的飲食習慣。」

莉薇亞咯咯輕笑。

夏洛特握住莉薇亞的雙手。「就算只有蕭伯里夫人的案子，若是有機會開庭調查就好了。」

莉薇亞嘆息。

「別擔心。」夏洛特移到莉薇亞身旁，一手攬住她的肩膀。「崔德斯探長一定會查個水落石出，他很厲害的。」

莉薇亞很清楚夏洛特沒有安慰別人的天分。從小，每當莉薇亞與自己太過強烈的負面情緒對抗時，夏洛特總是待在房間的一角默默觀察。幾年下來，夏洛特發現只要輕輕撫摸莉薇亞的後背，就能讓她沒那麼孤單、那麼絕望。或是擁抱，或是拍拍手臂。

眞的，什麼樣的肢體接觸都可以。

有趣的是，知道夏洛特天生不擅長肢體接觸之後，她的撫觸效果絲毫未減，反而變得更加強大——那並不是反射動作，而是經過思考的反應。

莉薇亞靠向妹妹，終於將日日夜夜在腦中翻騰的恐懼說出口：「要是崔德斯探長追查到底，發現結果是薩克維先生的貼身僕人下的手，我們該怎麼辦？」

如此一來，莉薇亞這輩子都要揹著殺害蕭伯里夫人的嫌疑。

她畢生承受缺乏存在感之苦。在家，她一向是雙親最後才想到的女兒。在社交界，其他女性比她漂亮、活潑、年輕、聰明，甚至更悲慘的是——光是她知道的，至少就有一名寡婦收容了一個平凡貧困的未婚女子，讓她脫離霸道兄長的箝制。莉薇亞無論在哪裡似乎總是帶著隱形護罩，她可以站在宴會廳中央，不被任何人注意到。

過去她是多麼渴求成爲關注焦點。

但以這種方式學到要留心自己的願望，又是多麼殘酷。

「崔德斯探長再過不久就會逮捕眞正的嫌犯。」夏洛特說道：「我以犯罪調查部顧問的身分向妳保證。」

莉薇亞哼了一聲。「這倒是提醒我了。我看到夏洛克・福爾摩斯的廣告，妳眞的接受別人的委託嗎？妳要怎麼一路裝下去？」

夏洛特解釋她和華生太太建立的流程。「今天早上我見了頭兩位客戶，已經賺了三十先令。」

「這麼快？」

「是啊，下午還有一位客戶在排隊呢。」

她打開手提包，摸出小錢囊，放在莉薇亞手心。莉薇亞不用打開就知道這是夏洛特逃家當晚，她塞給夏洛特的珠寶與現金。

她把錢囊推還給夏洛特。「現在還太早。妳不知道再過一個禮拜、一個月，還會不會有客戶找上門。而且我對那個華生太太還有些疑慮。」

夏洛特搖搖頭。「現在比起我自己，我更擔心妳。妳好好收著。華生太太用自己的錢投資了夏洛克·福爾摩斯的事務所，所以有動機維持生意順利運作，直到回本。」

莉薇亞垂眼盯著錢囊。「喔，夏洛特，我們接下來會變得怎麼樣呢？」

「根據我的水晶球，華生太太會賺一大筆錢。我會打響名號，妳會洗清污名，爸爸也是。媽媽可以暫時鬆一口氣，然後比以往還要自怨自艾。」

天啊，但願如此。但願如此。「既然妳有這顆水晶球，可以請妳說說我會不會一輩子和爸爸媽媽一起困在家裡？」

「除非妳希望如此，莉薇亞。」夏洛特柔聲說。「除非妳希望如此。」

□

「雪瑞登夫人，感謝您倉促之間答應會面。」崔德斯探長說道。

雪瑞登夫人露出毫無感情的笑容。「探長，你的來信沒有留下多少拒絕或是延遲的空間。」

她身材嬌小、五官端正，灰髮往後綁成工整的髮髻。她的丈夫身體健壯、精力充沛，但雪瑞登夫人只讓崔德斯覺得她就像這棟城裡的宅邸，曾經美麗的外殼遭到時光與逆境消磨。

「抱歉，但我有必要稍作打擾。」崔德斯以最和緩的語氣說道：「一名目擊證人看到您搭乘西部幹線回到帕丁頓站。該名證人在我同僚的訪談過程中表示確定在薩克維先生過世當天看到您——甚至出示日記證實她的言論。」

「艾佛利夫人已好心傳訊給我告知此事。」她的字句之間透出諷刺。「我確實在那天回到倫敦。我是基督教女青年會的贊助人之一，參加了協會在巴斯新成立的中心開幕儀式，就在無數目擊者眼前。我隔天搭火車回來。」

「您沒有去史坦威莫特？」從巴斯回倫敦路上，稍微繞個路就到了，不會太遠。

「探長，我向你保證，我從未踏入史坦威莫特。」

不幸的是，她的證詞八成是眞的。帕金斯警員孜孜不倦地四處走訪，沒有找到半點雪瑞登夫婦造訪村莊或是周邊區域的證據。

「我也聽說您曾經相當喜愛薩克維先生，對於他與家族疏遠一事深感哀痛。艾佛利夫人說您宣稱不知道他爲何切斷一切音訊，但很有可能知道內情，只是因爲她往往會把知道的事情說出去，而選擇不告訴她。」

「很犀利的觀點。」雪瑞登夫人的表情接近笑容。

看到近似贊同的跡象，崔德斯覺得自己已經漸漸習慣眼前老婦人的脾氣。他得努力提醒自己，她仍舊是他的頭號嫌犯。「可以請您爲我們說明薩克維先生爲何遠離家族嗎？」

雪瑞登夫人擺擺枯瘦的手掌。「兄弟間爲了男性尊嚴的無聊爭執——我記不得開端是什麼了。」她不感興趣的態度看起來足夠眞誠。崔德斯換了個角度。「雪瑞登爵爺堅稱沒有疏遠這回事。」

「我相信他是這麼想的。直到哈里頓死前，他大概還在期盼自己弟弟某天會上門拜訪，承認他錯了那麼多年。」

使得一對好兄弟形同陌路的導火線，眞的會是如此雞毛蒜皮的小事嗎？

「夫人，您似乎不對薩克維先生之死感到悲傷。」

「我接受的教養讓我不會公開表達傷痛之情。無論如何，我們早就失去他了——或許我丈夫沒有察覺，但我漸漸理解了這個事實。我已經爲他悲痛許久。」

她語氣凝重。

崔德斯警探起身，點頭致意。「謝謝您，夫人。我要問的只有這些了。」

□

「吸氣。」華生太太命令道。

夏洛特用力吸氣。華生太太使勁拉扯她身上馬甲的蕾絲繫帶。夏洛克．福爾摩斯的「病榻」上丟著緋紅配金色的綢緞、上衣、裙子，以及她剛才脫下的短上衣加長裙。華生太太綁好馬甲，夏洛特套上襯裙，從窗簾後偷瞄下方的街道。

她完全確定自己被人一路從福爾摩斯家跟蹤到上貝克街十八號。但現在屋外沒有人——也沒有馬車——逗留徘徊。

她剛換好衣服，門鈴隨即響起。夏洛特把整團印度服飾塞進衣櫃，在客廳坐定；華生太太下樓去幫馬伯頓太太開門。

她是夏洛克·福爾摩斯最早回覆的委託人之一。

親愛的福爾摩斯先生：

我很爲我的丈夫擔心。

馬伯頓先生離家期間每天都會寫兩封信回來。如果他覺得寄信太慢，還會加上電報。若是情況許可，他也會打電話，不顧我的抗議——一家的女主人怎麼可以站在走道上，大聲喊出她的心裡話，讓整棟屋子裡的人都聽見呢。

我已經三十六個小時沒有他的消息了，同時收到一封沒有註明回信地址的怪信。我猜不透那封信的意圖爲何：句子雖然通順，但怎麼會有人以爲我對牲口耕作有那麼一丁點興趣呢？

那封信打字在普通的紙張上。隨信附上我製作的複製信，希望您能給予建議。

C·B·馬伯頓太太敬上

夏洛特立刻回信。

親愛的馬伯頓太太：

尊夫的消息我深感遺憾。我無法斷定他的下落，但我可以針對妳收到的怪信說幾句話。

信件雖然通順，卻沒有重點。不過仔細研究標點符號——也就是連字號與句點——我發現這封信隱藏著一段摩斯密碼。

解碼後的內容是「到總局來接我」。

若妳需要進一步協助，歡迎在明天下午四點到上貝克街十八號見我。

為妳效勞

夏洛克．福爾摩斯

馬伯頓太太找上門來，以往丈夫離家時，她一天能收到好幾次通信，現在已經超過七十二小時音訊全無。

她四十歲出頭，蒼白又緊繃，苗條又端莊，身上那套外出服風格簡約優雅，想必能博得莉薇亞的青睞。雙方寒暄幾句，「兄長」在隔壁休息的設定已經有了固定台詞。馬伯頓太太雙手在大腿上緊緊交握，向福爾摩斯先生致上真摯的問候。

夏洛特讓沉默在客廳裡盤旋幾秒，才開口說出另一句固定台詞：「妳想確認夏洛克的觀察與推理能力沒有受到影響嗎？」

「今天早上我在郵政總局，收到一封給我的信。我完全相信福爾摩斯先生的腦筋依舊敏銳。」馬伯頓太太說著，已經掏出了那封信。「可以請他看看這封新來的信嗎？」

這封信不是打字，竟然是以一個個字母拼貼而成。根據紙片厚度，對方是剪下書籍裡的文字，而不是使用報紙。內文讚美攝政街卡斯拉尼閣下鞋店製作的靴子質料與作工極度精美。

「我已經問過了。」馬伯頓太太說道：「沒有這間店，也沒有叫這個名字的店主。我檢查了標點符號，看起來沒有同樣的暗號。我也試過運用t的橫畫與i的小點，看看是不是另一種形式的密碼——似乎也不是如此。」

她的語氣接近獨白，彷彿正在陳述與自己無關的事件。但夏洛特聽得出她嗓音中的顫抖、恐懼、憤怒。

她照著慣例，鑽進「夏洛克」的臥室。華生太太坐在房裡，看起來和客戶同樣痛苦。軍醫華生的死訊是毫無預警地傳來，還是她長久以來一直擔憂著最糟的結果？

夏洛特不知道該怎麼辦，只好把端給「夏洛克」的茶塞進華生太太手中，陪她坐了一會。回到客廳時，她對著凝視手中茶杯、沒喝過半口的馬伯頓太太說道：「家兄認爲這是簡單的培根暗號。」

「那是什麼？」馬伯頓太太的眼神陰沉且專注——是來自絕望而非希望的專注。

「法蘭西斯．培根發明的手法，將訊息藏在相對平凡的文字中。仔細觀察這些剪貼的字母，分別屬於凱斯隆和狄多兩種字型，沒有別的了。」

馬伯頓太太細看信紙。「我之前完全沒有注意到。」

「訊息是從凱斯隆字型開始，因此凱斯隆的字母是A組，狄多字母是B組。將整段訊息一一分類，最後會得出一長串屬於A組與B組的字母。馬伯頓太太，我把內容唸出來，可以請妳幫我寫下嗎？」

馬伯頓太太脫掉手套，夏洛特將筆記本和筆遞給她。「女士，妳是否已經聯絡警方了？」

馬伯頓太太搖搖頭。「我並不完全了解我丈夫的過去，他總是避談某一段歲月。我不打算追問，畢竟我自己也寧可忘記某些事情。從我認識他以來，他一向是個出類拔萃的人——完美的紳士，受到朋友敬仰，獲得生意夥伴的愛戴。要是我去找警察，我不知道會有多少事情被挖出來公諸於世。」

「馬伯頓太太，我了解了。我們會完全保密的。」

兩人將A組與B組分類完畢，反覆確認，夏洛特說道：「現在將一長串字母五個五個斷開，應該可以從培根設定的暗號表裡找出每一組代表的字母。」

翻譯完畢的訊息是「包裹、布朗」。

馬伯頓太太看著這幾個字，嘴角的紋路陷得更深。接著她用力吞口水，抬頭望向夏洛特。「雖然難以啓齒，可是早上到郵政總局拿信實在是太……駭人了。福爾摩斯小姐，可以請妳陪我到布朗飯店嗎？有人陪著我會勇敢一點。」

夏洛特打了個哆嗦。但那不過是布朗飯店，而且還是在光天化日之下。「好的，我陪妳去。」

□

馬伯頓太太已經叫了雙輪馬車在樓下等著。但是華生太太也想隨行，最後夏洛特和華生太太搭上另一輛馬車跟在後頭。

「妳從她的口音裡聽出什麼？」夏洛特問道，馬車緩緩繞過前方寬敞的高級馬車。

「英國人。至少她是在英格蘭長大，不過也曾在歐陸住過一陣子。還有美國——至少待了十年。」華生太太答道。「妳從她身上看出什麼？」

「她生在有錢人家。可是年少時遭逢變故，嚴重到她無法在上流社會苟延殘喘，只能一路沉淪到底。她曾做過僕役的工作。」

請馬伯頓太太幫忙寫下AB兩組字母能讓她覺得自己正爲丈夫做點事，同時也給了夏洛特觀察她雙手的機會。儘管保養得宜，用了最好的藥膏，年少時期不習慣廚房工作而反覆燒傷的痕跡尚未完全消除。

「顯然她的人生出現了轉捩點，景況大幅好轉。我不確定是在她離開英格蘭之前還是之後的事情，不過我猜是之後。對她來說，她應該是志得意滿地歸國，直到她丈夫失蹤爲止。」

華生太太往外瞄了一眼，回頭看著夏洛特。「如果我們幫不了她，妳會過意不去嗎？」

那妳會過意不去嗎？夏洛特很想反問。但這個問題似乎太過唐突。

「我應該有辦法。」她說。

□

送到布朗飯店的包裹裡裝著一把鑰匙，以及寫著房間號碼的紙條。

馬伯頓太太握著鑰匙，顯然已經無法動彈。華生太太也是同樣僵硬，焦慮地盯著她看。夏洛特對櫃台人員擠出燦笑。「人家和我們說可以來這裡領到獎品，可是我們不知道究竟是誰提供的。你們是否記錄了留下這個包裹的人的身分？」

滿臉痘子的年輕男子雙頰通紅。「啊，是，當然可以。小姐，請給我一點時間。」

他翻開登記簿。「這是一位約克先生留下的東西。」

夏洛特瞥了馬伯頓太太一眼，這個名字對她而言似乎沒有特別意義。「約克先生還在這裡嗎？」

「他兩天前去巴黎了。」

「那麼他的行李是事先送去南安普敦了嗎？他搭哪一種船？」

「我想有幾個腳夫來帶走他的行李，而且應該能確定他是搭乘法國航線的汽船。」

這番話令馬伯頓太太微微瑟縮。夏洛特再次對櫃台人員微笑。「或許我們要帶回一些重物，可以請你派兩名最結實的腳夫來幫忙嗎？」

她不認爲房裡有人埋伏，不過小心一點總是沒錯。

「沒問題，小姐。我請腳夫在房門外等候，他們大概一、兩分鐘內能到。」

夏洛特領著一副遭受重大打擊模樣的馬伯頓太太，以及臉色蒼白的華生太太在大廳長椅上坐一會。過了幾分鐘，她又把兩人趕往她們的目的地。腳夫已經在走廊上等待，看到三人抵達，他們靠著牆，拉拉帽沿行禮。

夏洛特轉動鑰匙，緩緩推開門。客廳裡空無一人，馬伯頓太太卻倒抽一口氣，衝向爐架，握住一支前人留下的自來水筆。

她們搜遍整間套房，沒有找到更多馬伯頓先生的所有物。夏洛特付了小費，遣走腳夫，接著掏出她的放大鏡，一吋一吋檢查套房各處。

「這支筆是我送給馬伯頓先生的訂婚禮物，他的每一封信都是用這支筆寫的。」馬伯頓太太對著空氣說道。

這間套房經過徹底清掃，或許是晨間女僕的傑作。夏洛特確定再也查不出任何蛛絲馬跡——除了昨晚這間房沒有人睡過——她悄聲要華生太太盯好她們的客戶，她回大廳，和另一名櫃台人員談話。

「昨晚住這間房的紳士——」她亮出那張寫著號碼的紙條。「——我好像找到屬於他的東西。你是否知道他還在這裡嗎？」

「小姐，請讓我確認一下。」這名櫃台人員年紀較大，身材肥胖。他掃過登記簿上的一排排資料。「我看看。小姐，妳運氣不錯，馬伯頓先生還會在這裡住上幾天。」

第十七章

聽到夏洛特告知她們所在的房間正是登記在馬伯頓先生名下，馬伯頓太太喃喃自語：「眞是惡魔一般的手法。」

「妳似乎對事件的轉折不太驚訝。」夏洛特說道。

「因爲我現在知道幕後黑手可能是誰了。而且對方不是針對馬伯頓先生的過去，而是我的。」馬伯頓太太露出冷笑。「謝謝妳，福爾摩斯小姐。也謝謝妳，華生太太，感謝妳們陪我來一趟。恐怕現在妳們幫不上更多忙了。」

「我們還有許多方法可以嘗試。可以追蹤約克先生的行跡，汽船有乘客名單，還有——」

「福爾摩斯小姐，這些我都知道。但前提是眼前這些並非是對方故布疑陣。」

「即便如此，這房間說不定還有別的用途。更別說——」

「不！」吼聲在房裡迴盪。馬伯頓太太深呼吸，臉色死白，眼神接近瘋狂。「福爾摩斯小姐，請聽我說。妳不要接近那個人半步，就是不要。妳了解嗎？」

華生太太抓住夏洛特的手臂，代表兩人回應：「是，我們知道了。」

馬伯頓太太以完美的禮儀送兩人離開。夏洛特和華生太太默默走回阿爾伯瑪街，一搭上雙輪馬車，華生太太忍不住說道：「天啊，那個女人之後會遇上什麼事呢？」

夏洛特想不出什麼好答案。

□

崔德斯探長在蘇格蘭警場過完這天下午，忙著與麥唐諾警長和他的上司克羅夫特警司商討案情。針對薩克維先生生前進城的目的，麥唐諾警長查不出多少端倪，幸好現在得到克羅夫特警司的首肯，他們將在報紙上刊登死者照片，尋求社會大眾協助，希望能有人提供有用的情報。

「我們還得驗證雪瑞登夫人對她自己行蹤的證詞。」回到家，他對妻子說道。

他們要驗證的事情還不只這一樁。他最新的猜測是雪瑞登爵爺和夫人或許都想對薩克維先生不利，但卻瞞著對方下手。他們在柯里之屋也各自有內應——或者是他們找上同一個人幫忙。

兇手兵分二路的理論可以解釋砷毒與水合氯醛為何同時出現——雪瑞登夫婦其中一方採用長期下毒的手法，另一方則是希望速戰速決。雙方的陰謀都不用他們親臨史坦威莫特，而他們的內應也可以坦然陳述柯里之屋內沒有人想傷害薩克維先生。

「你安排好再見福爾摩斯先生一面了嗎？」愛麗絲問道：「或者是至少和那位厲害的神祕天才隔著一面牆會面？」

「還沒。」他湊上前親吻她的下頷。「有時候比起男性，我更想與妻子相伴，無論他們有多厲害。」

他沒有說出口的是其實他不想在短時間內二度請夏洛克．福爾摩斯相助。他無法解釋這份抗拒的來由，畢竟幾天前他還拚了命地想找對方談話。

或許是他難得對自己的案子起了占有慾吧。他是個有才幹的警官，應當要能完成剩餘的調查工作，而非不斷依賴旁人。

愛麗絲往他頰上回以一吻。「哈！我還想如果你再去上貝克街一趟，我就能收到更多瑪德蓮呢。」

「崔德斯太太，妳眞是個牆頭草！妳就爲了一盒點心倒戈嗎？」

「親愛的，我以前也不知道自己會是如此。但現在我稍微領悟到法國點心的誘惑力。」她遞給他兩件乾淨的襯衫和一雙擦得發亮的鞋子——他要搭夜車去約克郡。「福爾摩斯小姐是什麼樣的人呢？我很好奇。你也看到報紙上的廣告了吧？福爾摩斯接受私人客戶。要是上貝克街沒被客人淹沒才奇怪哩，福爾摩斯小姐得要負責處理源源不絕的訪客。」

他該如何形容福爾摩斯小姐呢？「還記得我們之前猜測夏洛克．福爾摩斯的長相嗎？」

「我們的結論是他應該是深棕色頭髮，成天在檯燈旁看書，所以膚色蒼白，眼神銳利機智，缺乏耐性，畢竟他一定覺得我們都太遲鈍了。」愛麗絲想了想。「我們是不是還認爲他的穿著高級卻又簡約，因爲他不會花時間煩惱瑣碎的身外之物？」

「如果當時知道他有個妹妹，一定會預期他們極度相像，對吧？」崔德斯接過幾條手帕、兩雙襪子，放進他的旅行包。「福爾摩斯這樣才氣縱橫的人必定充滿吸引力。他的妹妹一定會在無意間模仿這個厲害的兄長——附和他的外表特質，因爲這比出類拔萃的腦袋還要容易倣效。」

「很合理的猜測。」

「因此我認爲福爾摩斯小姐或許擁有堅定的自我意識——不然就是夏洛克·福爾摩斯在病倒前也對外表極度講究。」

愛麗絲眼中亮起高昂的興致。「老天爺啊，你的意思是福爾摩斯小姐打扮得很花俏嗎？」

「我們訂婚那時，妳帶我到妳最喜歡的店鋪添購飾品和服裝配件。」

她笑出聲來。「等我們踏出店外，你就說你擔憂自己的男子氣概，因爲那間店實在是太有女人味了。」

「如果那間店有了生命，一定會長得和福爾摩斯小姐一模一樣。我算了她的裙襬，有十六排蝴蝶結。」

「眞是太特別了，我不確定我能認眞看待這樣的女性。」

「起先我也是這麼想的。但是會面即將結束時……」

「嗯？」

崔德斯回想她細數自己的過往——以及她筆記本上唯一的字句，巴羅因弗涅斯。「會面即將結束時，我知道自己再也無法小看她。」

□

夏洛特搭乘的出租馬車接近時，英古蘭爵爺抬起頭。爲了此事消瘦的不只莉薇亞一個——他的眼窩也更加凹陷了。遠處街燈的光芒在他的臉頰打出戲劇性的凹陷。

馬車停妥，他拉開車門，爬上車，坐進面對後方的位置。

「晚安，爵爺大人。」馬車再次前進，夏洛特開口打招呼。「感謝你願意來一趟。」

「告訴我發生了什麼事——不要漏掉半點細節。」

他沒有打斷她的敘述，一手搭著手杖頂端，另一手擱在椅子上，陰影幾乎吞沒他整張臉。

等她說完，沉默包圍車廂。她暗自嘆息——實在是想不起哪次見面時他不是爲了什麼原因對她沒有好臉色。

在她心底，她看見他單膝跪地，剝去古羅馬陶罐上的泥土，而她緩緩翻閱《大英百科全書》——打從他親吻她之後，她總是自在地出現在他的遺跡旁，他則是自在地忽視她。那是多麼美好的沉默，多麼美好的年代。

回顧美好的過去只讓她覺得自己老了。在漫長的時光裡，有太多太多事情變了調……

她突然意識到他正在打量她。在她報告今日事件始末途中，他一直盯著手杖頂端——偶爾望向窗外。但現在他的注意力全在她身上。

她瞄著掛在車外的油燈，小心翼翼地保持原本的動作，不往他看去。她想要全心享受他視線的重量與熱度，繼續沉迷於喜悅與心痛交織的苦澀與甜蜜。

都過了這麼久了，他們怎麼想不透在對方心目中，自己代表著什麼呢？爲什麼要到無法挽回時才看清事實？現在他們只能共享片刻洶湧的醒悟。

他以手杖輕敲車廂地板，沉悶的回音終結沉默。她悄悄深吸一口氣。

「所以……馬伯頓太太遇上的惡人太造作了，不合妳的胃口。」他的語氣控制得很完美。她也換上乾脆的口吻。「我曾用過培根的暗號系統，非常費神。如果是我挾持她的丈夫，想惹她心煩意亂，我會直來直往，而不是編寫這些有點聰明又不是太聰明的謎題。」

「妳的意思是馬伯頓太太精心規畫了這套詭計。爲什麼？」

「我就是想查出這個。希望你能幫我僞造一封信。」

「妳可以自己來，我把妳教得很好。」

「你還是比我優秀許多。」

他哼了一聲。「我是比較厲害，但也沒有好到哪裡去。妳要寫給誰？內容又是什麼？」

他沒有答應幫忙，不過也算是接近了。「我注意到馬伯頓太太有些古怪——她身上穿戴的都是新的東西，至少讓人看到的部分都是。」

「我是愛買衣服，但我不記得曾經一口氣穿上新的罩衫、新手套、新靴子、新帽子，手中還拿著新提包與新洋傘。」

「說不定她的住處失火了。」

「過去我熱衷於研究哈洛德百貨型錄，發現她身上許多物件都是那裡的商品。今天傍晚我到那間時尚聖殿朝聖，詢問是否有位初來乍到的女士買了那些衣物，我假裝她給了我印有地址的名片，邀我到她家拜訪，可是我弄丟名片，不知該如何是好。」

「要是上帝不想讓人撒謊，祂不該給最厲害的騙子這張眞誠無辜的臉皮。」英古蘭爵爺低喃。一瞬間，她心頭掠過璀璨的喜悅。她在黑暗中微笑。「沒錯。既然上帝執意要我扯謊，違背祂的旨意可不太好。因此我得知馬伯頓太太目前住在克拉里奇飯店，她要百貨公司將購買的物品送到該處。」

「我認爲馬伯頓太太還有一項可疑的舉止；她與我大概頗爲相似。她的家境一夕之間逆轉，使得她喪失安逸，甚至是奢侈的生活，直接落入洗碗間——我想不到有多少人遭逢如此厄運。就算她喪失雙親，也沒有兄姊能照顧她，那麼叔伯阿姨、表親、祖父母呢？家族朋友呢？爲什麼不找個更舒服的工作，像是家庭教師或夫人的女伴？」

「妳的意思是她陷入窘境之後選擇遠走高飛？」

「沒有太多人是如此。我賭艾佛利夫人或桑摩比夫人之類的人士一定知道周遭眾人的家境。如果你能寫一封匿名信——既然艾佛利夫人已經涉入薩克維一案，就把運氣分給桑摩比夫人吧，和她說有位夫人多年前慘遭變故，最近回到倫敦，住在克拉里奇飯店。我敢說不用兩天就能查出她的身分。」

「不。」

他的嗓音低沉又執拗。夏洛特歪歪腦袋。「爲什麼？」

「夏洛特，妳沒有想清楚。放任桑摩比夫人追查這位婦人，將她的眞實身分昭告天下？如果馬伯頓太太眞的陷入重大危機，妳可是幫了倒忙。」

「喔。」夏洛特應道。她眞的沒想得這麼透澈。

「不過呢，柯芬園現在有場新戲開演。如果加快腳步的話，我還趕得上中場休息。在那種場合大家不只是看戲，也要讓別人看見自己出席，相信我們的謠言夫人之一會露面的。」

「你可別太刻意，不要讓她們察覺你是爲了這件事而接近。」

他嗤笑一聲。「妳還不知道近日是她們直接找上我嗎？她們還是想知道妳出了什麼事，和妳有點交情的人都遭受過一陣盤查。」

夏洛特一時之間忘記自己的醜聞。「你如何回應？」

他靠上椅背。她再次感受到他的視線。當他凝視著她時，心裡是怎麼想的？他有何意圖？在他內心深處流淌著什麼樣的痛苦或是喜悅？

「我說我什麼都不知道。」他低聲說道：「也說我不認爲還能得到妳的消息。」

□

夏洛特回到華生太太家時，發現她的生意夥伴在客廳裡，身穿男士的吸菸裝，捧著一杯紅酒。

「歐布里翁酒莊，六五年的葡萄酒。」她對著光欣賞深紅色的酒液。「我先生愛極了這瓶酒。我們結婚那時，買了四箱回來，打算在每年結婚紀念日各開一瓶。」

華生太太轉過身。「福爾摩斯小姐，妳要來一杯嗎？」

「好的，謝謝。」夏洛特坐了下來。

約翰．華生再也沒有機會品嚐的美酒順口又濃郁。華生太太替自己又倒了一杯，一口氣喝盡。

「我平時不覺得自己哪裡天眞了，可是，天吶，我竟然以爲這門生意只是好玩的遊戲，實在是天眞到了極點。」

「我一直在想馬伯頓太太的心思。」華生太太的視線凝聚在遠方。「那封電報送達，告知我先生遭到步槍流彈射殺，我一直拒絕相信。我想他們一定是搞錯人了，他只是受傷，躺在哪裡昏迷不醒，就算是被阿富汗人俘擄，關進恐怖的監獄也好——我無法想著他死了。無法接受這件事，直到他部隊的同袍前來致哀，他們親眼看著他死去，把他埋葬在喀布爾。」

「至少我知道他埋在哪裡，出了什麼事。可是馬伯頓太太什麼都不知道，這樣不是更慘嗎？她是不是想像最可怕的情景，告訴自己不會有事，她的丈夫會平安回來，一切只是愚蠢的玩笑？她一定是在希望與絕望之間搖擺不定——希望漸漸熄滅，絕望不斷膨脹。」

夏洛特又喝了一小口酒。只要說出她對馬伯頓太太的疑慮，或許華生太太就不會如此掛記，但她又會反過來替夏洛特擔心。（讓我擔心就可以嗎？她腦海中的英古蘭爵爺問道。是的，她回應，再好不過了。）

「華生太太，妳之後會不會——會不會想去喀布爾一趟，造訪妳丈夫的墳墓？」

華生太太坐下。「我不時想到這件事——有時候我希望自己不曾如此輕率地離開印度。要是我還待在次大陸，就可以去見他了。但是就為了一塊墓碑，值得我跑這麼一大段路嗎？」

還得被迫想起那些丈夫遭到剝奪的歲月。

「夫人，要是妳又起了動身的念頭，我很樂意陪伴妳同行。」

華生太太微微勾起嘴角。「少了夏洛克·福爾摩斯，倫敦該如何是好？」

「在我出生前，倫敦已經屹立一千年了，相信就算我離開幾個月，它還能勉強撐著。」夏洛特放下酒杯。「晚安，夫人。」

她走到門邊時，華生太太說道：「福爾摩斯小姐，謝謝妳。」

夏洛特稍停一秒，繼續往外走。

□

英古蘭爵爺的信在隔天清早送達。

親愛的夏洛特，

桑摩比夫人和艾佛利夫人果真主動接近我。否認知曉妳的行蹤之後，我隨口問起她們是否知道有誰曾與妳境遇相似，有哪個年輕女性不只挑戰社會成規，也無視招致的後果。

她們幾乎毫不猶豫地說出蘇菲亞．隆戴爾這個名字。不過她們相信比起遠走高飛，她更像是完全遭到放逐。那是將近二十五年前的事了，她們宣稱她在老家附近的貝里奧爾學院的餐廳廚房找到工作。她們也確定後來她嫁給一名年輕講師，不久他便離開英國，到海外教書。

接下來她們對那對夫婦的下落意見分歧。艾佛利夫人堅持是維也納；桑摩比夫人則認定絕對是布達佩斯。在下一幕開演前，沒有足夠時間讓她們爭論出結果。

不過她們對蘇菲亞．隆戴爾的敘述與妳口中的馬伯頓太太大致吻合。

為妳效勞

艾許波頓

夏洛特翻開華生太太家裡的《柏克貴族年鑑》。隆戴爾家是牛津郡望族，最顯赫的族人是蒙塞拉特伯爵一系。蘇菲亞．隆戴爾大概是出自比較低階的旁系，但依然高人一等。

哎，今天早上可沒空深入調查蘇菲亞．隆戴爾。夏洛特已經約了客戶要見面。

今早的客戶是一對相依為命的老處女姊妹，這兩位老太太想知道為何與她們年紀相當的僕役長不太對勁——那人早就死了好幾年，但姊妹之一不斷忘記這個事實，一直被屋裡的陌生人嚇著，最後新來的僕役長放棄了，找了一頂白色假髮，與另一名姊妹合作假裝他是她們的前任僕役長。解決這件事之後，英古蘭爵爺又捎來一封信，夏洛特不由得微微一驚。

他和蘇菲亞．隆戴爾可能失蹤的丈夫不同，一天最多只寄一封信。

想必是有重大原因。

親愛的夏洛特，

剛收到艾佛利夫人來信。她翻出幾年前的日記，承認她們姊妹都記錯那名講師帶著蘇菲亞．隆戴爾赴任的城市。不是布達佩斯，也不是維也納，其實是柏林。

不過，更重要的訊息藏在那封信的末尾：因爲第三幕戲開場了，她來不及和我說，蘇菲亞．隆戴爾二十多年前在瑞士渡假期間過世。

爲妳效勞

艾許波頓

第十八章

「瘦得像山羊」這句形容實在不太厚道，但貝琪．畢多本人確實如同幽魂般嬌小瘦削，有著棕色大眼，以及格外粉潤的嘴唇。

正如米克太太所說，她算不上美人，不過光滑的皮膚與青春洋溢的活力使得她容光煥發。而且五官怎麼看都覺得眼熟。

她駝著背，緊咬下唇。「探長，有人拿砷毒要害死薩克維先生，這是眞的嗎？」

「是的。」

她眼神變得空虛。「我以爲——知道他被人謀殺之後，我以爲一定是他哥哥。可是砷毒的話，就會是屋裡的人了，對吧？」

「很有可能。」

「爲什麼？」她的語氣如此輕柔，彷彿是在自問。「他人那麼好。」

「他有多好？」

她望向裝飾在爐架上的幾張明信片，深色木架看來是從別處拆下來的東西。畢多家的老舊小屋與摩登豪華的柯里之屋可說是天壤之別，天花板低到崔德斯差點站不直，被煙熏黑的牆面沒開多少窗戶，導致整間房子籠罩在陰影之中。

「薩克維先生和我說話。」她又像在自言自語了。「只有他這麼做，其他人只會叫我做這做那。」

「年輕女僕應該沒有機會和主人交談。妳和薩克維先生怎麼會如此融洽？」

「有一次我在海邊的小徑遇到他。某個星期日下午，我出門散步，他也一樣。我看到他，說抱歉擋了他的路。他說年輕小姐永遠不用爲自己做的事情道歉。然後我說我是他家的僕役，要是柯尼許太太知道我和他說話，會剝了我的皮。」

「他哈哈大笑，教我別管柯尼許太太。然後問我要不要陪他走一段路，和他說說我自己的事。」

隨和的態度及友善的好奇心，一定對這個女孩意義重大。「妳和他說了什麼？」

「也沒什麼。他問我從哪來，我有多喜歡柯里之屋，其他人對我好不好。我回答約克郡。是的，先生。是的，先生。他又說如果我太緊張，不用回話也沒關係。」

「妳想你們走了多遠？」

「一哩路，可能再多一點點吧。」

根據當地地勢和他們的速度，大概是二十五分鐘的路程。「所以後來妳什麼都沒說？」

「是的。可是兩天後，我正在書房裡撣灰塵，他進來拿文件，撞見我手中拿著一本書，我以爲他會氣我亂摸他的東西，但他只是問這是什麼書。我說是介紹日本的書。他問我喜不喜歡。」她幽幽嘆息。「我們就這樣聊了起來。」

「一直都是他問妳答嗎？」

「他也讓我問一些問題。比如說他是不是看完了屋裡所有的書，他有沒有摸過電器開關，他是否記得女王登基前的事情。」

「妳問什麼他都會回答嗎？」

「不一定。他沒有回答爲什麼要去倫敦。」

崔德斯豎起耳朵。「這是什麼時候發生的事情？你們怎麼聊到的？」

「那是我到柯里之屋工作的第四個禮拜。柯尼許太太要我再掃一次二樓起居室，說前一次沒有掃乾淨。這時候薩克維先生進房，問我爲什麼如此沮喪。我解釋原因，他說他覺得房裡夠整潔了。我說這是很吊詭的狀況——」她小心翼翼、沾沾自喜地唸出這個詞。「——他覺得夠好的程度還入不了柯尼許太太的眼。他笑著說管家自然比屋主還專精居家清潔，我應該要聽她的。不過他那天要去倫敦，他問我要不要幫我買什麼東西，提振我清掃起居室兩回的精神。」

「我說我什麼都買不起，他說就當作是禮物。所以我說之前經過倫敦的時候，還沒有好好看過這座城市，我想要漂亮的明信片——這樣我至少看過一個好看的地方。他帶了半打明信片回來，眞的很漂亮。」

崔德斯往爐架瞥了一眼。「是那些嗎？」

「是的，探長。」

崔德斯走到壁爐前，打量那些明信片。每張的四角都留著圖釘的小洞。「妳把這些貼在柯里之屋的房間牆上嗎？」

「是的，探長。」

「薩克維先生也有幫其他人帶東西回來嗎？」

「應該沒有。他叫我別和其他人講，不然他們都會要他幫忙買東西。」

「妳想他為什麼會為妳做這件事？」

女孩臉紅了。「他說因為他是以個人身分與我相處。對其他人而言，他只是屋主，是他們服務、領薪水的對象。」

「他還有幫妳帶其他東西嗎？」

貝琪・畢多嘟起嘴。「沒有。下回他出門前有問我想要什麼，可是他最後沒去成——他胃痛了一整天。再下一次他是出門了，但他說因為肚子痛得厲害，他不得不在艾希特下車過夜。」

她倒抽一口氣。「你們該不會以為那些胃痛發作——不是說砷毒症狀和嚴重腸胃問題很像嗎？」

「妳的意思是那幾次發作都是米克太太來之前的事情嗎？」崔德斯已經知道答案了；因此他才沒有逮捕米克太太。

「當然了。」貝琪・畢多再次倒抽一口氣。「老天爺啊！我發誓那天晚上我病得像條狗。探長，你想我是不是也中毒了？」

崔德斯挺直背脊。「薩克維先生和僕役吃同樣的食物嗎？」

「沒有。我們的餐點都是分開烹煮，在不同的地方吃。等等——」她想了想。「那時候我們還在吃酒吧的菜餚。那個禮拜村裡舉辦婚禮，佩格太太也去幫忙煮菜了。我想柯里之屋的每個人吃了一個禮拜同樣的菜色，冷湯、魚肉派、燙牛肉。」

佩格太太是土生土長的史坦威莫特人。無論怎麼看，她和薩克維先生都沒有半點交集。

「那天還有誰不舒服嗎？」

「不，只有我。」

「有什麼東西是只有妳和薩克維先生吃過的嗎？」

她猶豫了下。

「是什麼？」

「那天他離家前心情很好。我搬了一桶煤炭進屋，他發現我的手指凍僵了──柯尼許太太叫我去婚禮上幫忙，回柯里之屋路上我淋了雨。於是他問我要不要喝點威士忌暖暖身子。」

崔德斯挑眉。「柯尼許太太一直在找那瓶威士忌，自從薩克維先生死後就不見蹤影。無論怎麼找都找不到，是妳拿走了嗎？」

貝琪．畢多擁有這個年紀的女孩子的直率眼神，她凝視崔德斯好一會，低下頭。

「我就當作是肯定的回覆。妳還有喝過嗎？」

「不！我根本不喜歡威士忌。」

「那妳爲什麼要拿？」

「因爲──因爲他那天對我眞的很好，我想留一樣東西來緬懷他。」

「他對妳不是一直都很好嗎？」

「是的，但是之後我很少見到他。」

「爲什麼？」

貝琪·畢多連連搖頭，臉一路紅到耳根。

「這是謀殺案件調查，畢多小姐。請回答我的問題。」

「可是這是……私事。」

「許多謀殺案都是源自人們私底下做的事情。」

「可是、可是我什麼都沒做，這眞的是……私事。」

她似乎打算隱瞞到底。崔德斯先提出下一個問題。「那天早上，妳端可可亞給薩克維先生，發現他意識不清，爲什麼沒有拉開窗簾？」

「這和整件事情有關嗎？」

「所以妳眞的沒有拉開窗簾？」

「應該沒有吧。」

「依照一般狀況，當他躺在床上時，妳其實是不該接近他的。但妳的證詞卻說妳是這麼做的。」

「我沒有做壞事。在柯里之屋的頭幾個禮拜，我不斷和他在屋裡巧遇。我認定我們是朋友，那時候我好久沒見到他了，我想——我想握著他的手搖晃一下。早晨的驚喜。一般人去找朋友，發現對方還在睡覺時也會這麼做吧。」

「所以妳和薩克維先生之間並無苟且之事囉？」

「沒有！這樣太——他比我爸爸還老，而我爸爸已經很老了！」

她的訝異看起來是眞的。「屋裡有任何人認爲妳與薩克維先生的關係不單純嗎？」

女孩縮成一團。「什麼？他們爲什麼會這樣想？」

「因爲屋主通常不會和年輕女僕發展出友誼。」

「可是你爲什麼要問——你覺得這和薩克維先生的案子有關？」

「如果僕役中有人覺得妳與薩克維先生私通，可能會引發許多事情。那個人或許會爲妳感到憤慨，覺得妳被占便宜了。又或者那個人是爲自己感到憤慨——或許她認爲薩克維先生與她情投意合。錢財也是一個動機。那個人或許覺得自己是薩克維先生遺囑的最大受益者——不希望他與其他人太過接近。妳懂我的意思嗎？」

「我——應該吧。」

「那麼請妳告訴我誰可能有嫌疑呢？」

她的手指糾纏扭動。「那個人會變成嫌犯嗎？」

「沒有明顯動機，柯里之屋裡又沒多少人，每個人已經是嫌犯了。畢多小姐，妳只是協助我們縮小範圍。」

「那我想說出來應該沒關係吧。」她有些猶豫。「我想這樣不會讓他成爲嫌犯吧。」他。「是湯米．唐恩嗎？」

「湯米？」她笑出聲來。「就算我摔下懸崖，湯米也不會多看一眼的。」

「我知道當柯里之屋終於多了一名年輕僕役，他一開始是欣然接受的。他的態度為什麼變了？」

「去問他啊。」貝琪眼中閃過一絲興味和得意。

「問了，他拒絕回答。或許妳可以幫他一把——告訴我可以排除他嫌疑的原因。」

這話其實不太對。就算湯米．唐恩對貝琪的反感與她和薩克維的情誼無關，他依然可能是雪瑞登夫婦的內應（雖然可能性不高）。

「除非你發誓不會告訴別人。」

「前提是這與案情無關。」

「這件事和任何事情都無關。我出門散步的時候逮到湯米和維克斯先生在一起，他是柏頓十字村的教堂司事。」她的臉色變得凝重。「你真的真的不能告訴任何人，探長。我和湯米開玩笑，說我不太會保密。我不是故意的。可是他嚇壞了。他以為我那麼大嘴巴，真是氣人。不過他一定是急瘋了——他沒別的地方可去，維克斯先生家裡還有小孩要養。他不相信我會守住他的祕密。」

崔德斯對男人之間的那檔子事不太懂，但他很清楚事蹟敗露的下場。「我會幫他保密的。」

「探長，謝謝你。」貝琪．畢多柔聲道。

崔德斯沉默片刻，兩人靜靜坐著，幾乎就像是一對朋友，他喝著微溫的茶，她小口小口啃著看起來硬如石塊的餅乾。

「所以是霍吉斯先生察覺到妳和薩克維先生格外親近？」

女孩點點頭。「我嚴重胃痛的隔天，霍吉斯先生問我是不是偷喝了薩克維先生的威士忌。我問他是要把我當賊抓起來嗎，他說薩克維先生勤於保養身體，每次只會啜飲少許，但酒瓶裡少了兩倍分量——只有我進過他房間。」

「所以我向他承認我喝過，不過是薩克維先生讓我喝的，要是拒絕就太失禮了。霍吉斯先生罵了幾句，說紳士與老實的村民不一樣。不能把他們的話當眞，我要留神一點。」

她別開臉。崔德斯突然領悟到她爲何格外眼熟——他在柯里之屋看過柯尼許太太年輕時的照片。從某些角度來看，貝琪與她十分相像。

他原本以爲柯尼許太太可能是遭到疏遠的情人、憤怒的旁觀者、意圖牟利的內應。但其實她只是深深關切自己的親人，這點帶來了新的可能性。

「妳離開時，柯尼許太太說妳帶走僕役的合照作爲紀念。」

「我沒有主動辭職，是柯尼許太太把我遣走——說我惹人厭煩，又是昏倒又是哭鬧。」她抿緊嘴唇。「或許眞的是這樣吧。可是我沒有拿那張照片——我想記住的只有薩克維先生，他又不在照片裡。我回到家以後，在行李箱裡找到那張照片。」

這項矛盾之處使得崔德斯心跳加速：把貝琪趕回數百哩之外——順便送走她唯一的照片——是爲了阻止旁人懷疑兩人之間的血緣關係。「我想看看那張照片，也要請妳將那瓶威士忌交給我。」

貝琪．畢多暫時離席，帶回兩樣物品。

崔德斯細細打量酒瓶，裡頭還裝著兩吋高的酒液。他想到貝琪．畢多可以倒掉原本的內容物，換成別的東西。不過就著瓶口一聞便能判斷瓶內的琥珀色液體並非廉價的摻水酒，而是高級的蘇格蘭威士忌。

他的注意力轉向那張照片。柯尼許太太和貝琪・畢多的面容不太相似，但崔德斯還是請貝琪・畢多找來她的雙親。

畢多先生曾是獵場管理員，因爲關節炎無法繼續工作，他的年紀確實不像是會有這麼年輕的獨生女。他的妻子身材寬厚，說不定比他還老。貝琪・畢多關門離開，踏著吱嘎作響的樓板遠去。

崔德斯等到她走遠才開口：「畢多先生，畢多太太，接下來我要提出極度唐突的問題，還請兩位恕我無禮。」

夫婦互看一眼。

「探長，是什麼問題呢？」畢多太太的嗓音聽起來像是很少說話，宛如被逼迫運轉的生鏽齒輪。

「我得詢問兩位眞的是貝琪的親生父母嗎？」

畢多夫婦又互看一眼。畢多太太在圍裙上擦手。「探長，你爲什麼要問呢？」

「我正在調查謀殺案，所有的嫌犯都缺少實際的動機，因此我得查清楚涉案人士之間可能的關聯。若是你們顧忌這項訊息可能會害某人惹上麻煩，請這樣想吧——向我隱瞞必要情報或許會導致無辜者遭到起訴。」

畢多先生按住妻子的手。畢多太太瞥了丈夫一眼，轉頭直視崔德斯的雙眼。「我們在貝琪出生那天帶她回來，把她當成自己的孩子養大。」

崔德斯這才知道自己一直憋著氣。「柯里之屋的柯尼許太太是貝琪的生母嗎？」

畢多太太點頭。

「感謝兩位願意信任我。」崔德斯點頭致意。「我會盡全力不讓這件事公諸於世。」

□

頭號嫌犯終於浮上檯面，崔德斯的內心有些動搖，但這樣的情節相當合理。霍吉斯先生一定是向柯尼許太太報告主人與貝琪．畢多超乎常理的親近模樣。柯尼許太太越來越關切女兒和薩克維先生的關係。在這個善感的年紀，她自己也曾被男人占過便宜，對方拒絕娶她，也不願照顧他們的孩子——可能是某個低級的雇主——她一心期盼孩子不會落入同樣的遭遇。

貝琪．畢多回到客廳。崔德斯請她過來一趟——他還要釐清最後一個問題。不過光看她的表情就知道她聽見一切。怎麼會？要是她繞回來偷聽，地板一定會響個不停。

彷彿是聽到他心裡的疑問，她指向他背後。他轉過頭，看到一扇半開著的小窗戶——原來她是從外頭偷聽。

「柯尼許太太不會是我母親。」她的聲音細得幾乎聽不見。「她根本就不喜歡我。」

「我無法評論她的情感，但她對於妳抱持著極大的責任感，這點絕對不會錯。」

「足以殺死沒有做錯任何事的薩克維先生嗎？不可能。」

「就算對薩克維先生下毒的人是她，她也不會是第一個因爲看透他的手腳而心生殺意的人。」

件。」

「她能看透什麼？」

崔德斯想不出更好的引導句子。「或許妳不知道，但她目睹了導致薩克維先生不再與妳巧遇的事

貝琪・畢多斜眼瞪他。「太荒謬了。」

「是嗎？我不知道發生了什麼事，所以我無從判斷。」

「什麼都沒有發生，完全沒有。」

「看在柯尼許太太眼中或許不是完全沒有。」

貝琪・畢多雙手一攤。「那好，我就說了。薩克維先生和我鬧肚子之後，過了幾天，我——我月事來了，身體很不舒服，幾乎站不住，可是柯尼許太太說這不是藉口——屋裡其他女性也不會爲了這種小事就臥床休息。」

「薩克維先生看到我痛苦的模樣，非常擔心。他以爲我吃了什麼有問題的東西。於是我說了實話，和他說只是月事。」

崔德斯希望自己說話不會打結——他尷尬得滿臉通紅。「就這樣？」

「就這樣。媽媽——我眞正的媽媽，不是柯尼許太太——總說男人討厭女人提起她們的月事。我覺得太好笑了。他們不是也愛說自己哪裡痛、哪裡不舒服嗎？幹嘛這麼小氣，不給我們一點抱怨的權利？可是媽媽說得對，薩克維先生和我之間的一切就這樣結束了。」貝琪・畢多的雙眼失去光彩。

「我猜他從一開始就不想當我的朋友。」

□

夏洛特戴著黑色小羊皮手套，揪著黑色手帕，提醒自己得要給人脆弱悲涼的印象。她不能東張西望，檢視克拉里奇飯店大廳裡的客人——寡婦的面紗模糊了她的面容，但無法完全掩飾她肩膀的動向或是腦袋的角度。

她悄悄望向正門，眼角餘光朝階梯移動。或許現在她該舉起手帕，假裝無助地拭淚。甚至是——

「親愛的夫人，向妳致上哀悼。」

她的心臟狠狠一震——英古蘭爵爺就這樣冒出來。「你在這裡做什麼？」

他勾起一邊嘴角。她的心臟再次一震，她記不得上回他是什麼時候對她微笑——或是半個微笑。

「我想妳很樂意見到我，畢竟妳總是想引我上鉤。」

「是的，在我閒到沒事做的時候。」

他坐上她正坐著的長椅，那半個微笑消失了，不過沒有換上拒人於千里之外的臭臉。真是稀奇又費解——此時此刻，他竟然沒有對她極度不滿。

「妳如此擅長摧毀男性信心，讓他們縮回堅固的殼內，我眞是訝異妳竟能得到那麼多男士的求婚。」

她在社交季的成果確實豐碩，包括他的兄長班克羅夫特爵爺，那可是她最心動的求婚。

「都是因為我的低胸禮服——只要紳士盯著我的胸口，他們就聽不見我說的半句話。我強烈相信要是樹幹上突然長出胸脯，它們很快就能戴上婚戒。」

他輕笑幾聲。

她的神經一陣刺痛。

誠如華生太太所言，某些男性就是擁有如此龐大的影響力。但夏洛特正在執行監視任務，得努力抗拒這份衝擊——或者是至少在維持專注力的前提下與他對答。「所以說你來這裡做什麼呢？」

他輕輕吐了口氣。「夏洛特，妳確實多才多藝，就只是缺了點歷練。要猜出妳會在克拉里奇飯店埋伏，看能不能等到那位馬伯頓太太實在是太容易了。」

他是來阻撓，還是來……「你可別說是來陪我的。」

「比起出事後救妳脫身，這輕鬆多了。」

她思考是否該拒絕他，但他說得對，她確實沒有這方面的經驗。既然他想費神確保她平安無虞，那她寧可讓他坐在身旁，而不是藏在自己不知道的地方。

她撫平手套的縐褶。「我不會待太久，等會還有客戶要見呢。」

「希望沒有比這個案子這麼麻煩。」

「別這麼掃興。我和華生太太已經聯手賺了五鎊——接下來的兩個禮拜已經排滿客戶了。」

五鎊！光想就樂得她頭昏眼花。

然而他沒有放棄本能般的嘲諷。「我想她很快就會為了利益剝削妳的腦力。」

象。」

她隔著面紗凝視他。「爵爺大人，你是怎麼了？你通常不會對人如此尖酸，特別是認識不深的對

「夏洛特，只要那些人沒有掌握著妳的命脈，我絕對能夠厚道許多。我還是覺得——」

但她已經沒在聽他說話。

「怎麼了？」他柔聲詢問，握住她的雙手，讓路人以爲兩人正在深談，痛失丈夫的年輕寡婦，以及努力安慰她的殷勤朋友。

「你有沒有看到身穿華麗金色背心的男子？」她歪歪腦袋，指示方向。「我見過他。」

英古蘭爵爺瞄向那人。「他是誰？」

「第一次踏進華生太太家時，她讓另一個年輕女子進門，以爲她就是我。那名訪客原來有其他盤算，竟宣稱她是華生太太不存在的女兒。」

「然後呢？」

「她有同夥，一名年輕男子。」夏洛特再次偷瞄金色背心男子。「就是他。」

第十九章

崔德斯探長抵達離柯里之屋最近的警局時，柯尼許太太已經被帶進偵訊室了。他不浪費一分一秒。「柯尼許太太，妳完全沒提到貝琪．畢多是妳的女兒。」

柯尼許太太瑟縮了一下，像是他往她臉上灑了一把沙似地。「那、那是——」

「畢多太太已經證實了，換作是我，不會試圖否認。」

柯尼許太太望向門邊。

「我已經叫守門的警員離開了。」崔德斯說道：「我向畢多太太保證過會盡可能守住貝琪身世的祕密。」

柯尼許太太盯著自己的雙手——她戴著一雙小羊皮手套來到警局，或許是她最好的手套。「探長，你一定能理解我爲何無法提起此事。我花了好幾年才爬到這個位置。」

「薩克維先生過世後，史翠瑟太太寫信說如果柯里之屋的下一任房客不需要管家，她歡迎我去幫她工作。但要是讓人知道我有個私生女，她就不會請我了。再也不會有人願意請我，名聲是這一行的一切。」

她焦慮的語氣極有說服力。

「所以妳把她帶進自己服務的宅邸？」

「畢多太太擔心貝琪變得太任性、靜不下來。畢多家不算寬裕，貝琪總要外出工作的。宅邸的僕役算是……比較封閉單純的環境。我還記得自己當低階女僕時有多麼無聊，日子沒什麼盼頭。我一點都不想惹上麻煩，但是那些有意無意的調情是枯燥生活中唯一的慰藉。」

「然後我愛上家裡的少爺，他答應會好好待我。這種事情已經是陳腔濫調，可是當我遇上了，我以為他和別人不一樣，我也不一樣。後來才發現我們根本一點都不特別。」

「我不希望貝琪遇上這種事。在這裡我還有點分量，有辦法照顧她。更重要的是，我覺得柯里之屋夠安全。薩克維先生從未占過我或是其他女性僕役的便宜，他對待珍妮·普萊斯的態度比大多數人還要周到。」

崔德斯拉開一張椅子，沒有坐下。「最後妳發現他並沒有妳想的那樣清高。」

柯尼許太太嘴唇顫抖。「你是說……你的意思是……」

「妳沒向湯米·唐恩仔細說明薩克維先生的狀況，讓醫生錯過帶番木鱉鹼來救命的時機。妳說貝琪要求帶走那張照片，但事實上是妳偷偷藏進她的行李，不讓旁人發現她和妳的關係，以及妳有保護她的強烈動機。此外，根據其他人的說法，妳拚了命地尋找遺失的威士忌。」

「你是在暗指威士忌裡下了砷毒嗎？」柯尼許太太叫道，戴著手套的雙手箝住隔在兩人之間的桌子。

「貝琪鬧胃痛那天，薩克維先生不得不在艾希特過夜。兩人都有吃過的東西只有那瓶威士忌。」

「如果威士忌裡下了毒，那也不是我做的。探長，或許我先前有所隱瞞，那也是為了維護我的工作和名聲，不是我的性命！」

她嘶啞的呼吸聲在小房間裡迴盪。崔德斯等她稍微恢復冷靜。「霍吉斯先生有沒有向妳提到薩克維先生讓貝琪喝了點威士忌？」

「有的──他說我該盯好那個女孩。於是我趁貝琪打掃二樓時偷偷溜去查看，每天抽查好幾次，卻從未見到薩克維先生與她接觸。一直到薩克維先生過世前一天都是如此。既然沒有他占貝琪便宜的證據，說不定他壓根沒這心思，我有什麼理由毒死他？」

「那妳為何急著找出那瓶威士忌，甚至進湯米．唐恩的房間翻找？」

「我不願相信是貝琪拿走的。」她懇求似地看著他。「我不願相信自己的血肉至親是個賊。」

「妳為什麼偷偷把照片藏進她的行李？」

「貝琪來之前，我怕我不會放她離開我身邊。可是等到她真的來了……我發現她好陌生。她把自己想得太好了，不喜歡做苦工，也絲毫不在乎僕役的職責，只想著她正在替真正的紳士服務。」

柯尼許太太嘆息。「我還記得自己第一次待的宅邸，管家罵女僕罵得好兇，我還記得自己想著她真是冷血無情，嚴厲過了頭。可是現在我成了那樣的人，無法理解貝琪為什麼如此輕忽自己的工作，也不懂爐架上的灰塵在她眼中好像不是灰塵。在我眼中，她是個讓人失望的女僕，而她一定也覺得我這個管家簡直是凶狠的山怪。」

「但我就是想讓她留著那張照片，沒有直接拿給她是因為怕她覺得太奇怪。我想要是她拿到了，就會好好收著。說不定有一天，等她長大一些，更加懂事之後，回想這段日子，能夠理解我並非無理取鬧，而是盡忠職守。」

敲門聲把她嚇了一跳。她害怕地望向崔德斯，似乎是預期他會抽出手銬。

崔德斯起身。「抱歉，我離開一下。」

門外是帕金斯警員。「長官，化學檢驗的結果來了。」

崔德斯接過電報——忍不住咒罵。貝琪・畢多交給他的威士忌裡沒有半點砷毒，也沒有半點水合氯醛。

「這裡還有麥唐諾警長的電報留言。」年輕警員說道。

親愛的崔德斯警長，

數十人前往蘇格蘭警場，報告薩克維先生在倫敦的行動——這是登報求助的風險。其中一人的證詞似乎可以信任。

據他所言，薩克維先生定期到蘭貝斯，造訪他家對面的屋子。他會記得薩克維先生，是因爲這樣一個體面的紳士與該區格格不入。不過最有意思的是，那棟屋子在六個禮拜前燒燬——完全符合薩克維先生最後一趟倫敦之旅的時程，那次他提早返家，情緒低落。

謹愼起見，我出示了柯里之屋僕役的照片。沒想到他立刻指認出貼身男僕霍吉斯。我問霍吉斯是否曾與薩克維先生同行，他說沒見過這種狀況。他對霍吉斯的印象來自某次霍吉斯敲了他家的門，問他是否知道薩克維先生造訪的屋子發生過什麼事。

我會找附近居民訪談，看他們是否見過薩克維先生或是霍吉斯。

麥唐諾

□

要悄悄溜進克拉里奇飯店的客房看來輕鬆，賄賂一、兩個腳夫就成了。但顯然並非如此，特別是在英古蘭爵爺的炯炯目光之下，要執行人生頭一遭的破門搜查更是難上加難。他們達成協議，將這件事交由班克羅夫特．艾許波頓爵爺——英古蘭爵爺的二哥，夏洛特往昔的追求者，同時也是擔任多項公職、手段同樣厲害的男士——等到班克羅夫特爵爺確認何時適合執行這樁竊案。

「還得經過高層允許就不好玩了。」夏洛特向英古蘭爵爺抱怨。兩人走進馬伯頓太太空蕩蕩的大房間。「應該要更……偷雞摸狗一點。」

結果那位捍衛帝國、消滅國內外威脅的男士給予他們四十五分鐘的安全空窗期。

英古蘭爵爺只是搖頭。

「我不是在埋怨什麼。」夏洛特感到有點抱歉。「這次是用了你的人情，對吧？」

儘管兄長承諾馬伯頓不會在四十五分鐘內回來，英古蘭爵爺還是移到窗邊，盯著街道看。「班克羅夫特只承認這種交易模式。」

「你不可能還有那麼多人情能用。」夏洛特大略知道這對兄弟間的買賣。

他的回應帶有些許後悔。「這是最後一份人情。」

他偶爾會離開英國一陣子，表面上是到海外挖掘遺跡，不過夏洛特總能看出他真的是去考古，還是到了完全不同的地方。

考古實在是各種出國遠行的絕佳藉口，有一次他拄著拐杖回來，說是被倒塌的大型雕像壓傷。另一回他一隻手包上層層繃帶，理由是挖掘現場有野狗。

他手上的傷痕和齒印或爪痕差了十萬八千里。

你的妻子沒有起過疑心嗎？有一次她問道。

沒有。

起疑心的前提是有一定程度的關注。自從他們鬧翻之後，英古蘭爵爺就懶得虛與委蛇了。

總有許多暫時逃避的方法，不用拿性命來開玩笑。夏洛特曾經這麼說過。

夏洛特，妳的選擇不多。他如此回應。這並不代表我就有得選。

她的視線在他身上多留了一秒，然後轉向這間客房，小心翼翼地打開抽屜、衣櫃、大行李箱。她默默記下一切，移到一個櫥櫃前，櫃裡收著活動暗房、幾台相機、一大疊相片。

馬伯頓太太並非獨自住宿。房客名單上還有兩名年輕人，史蒂芬·馬伯頓和法蘭西絲·馬伯頓，使用的名義是她的兒女。而法蘭西絲．馬伯頓正是臨水路狗鴨酒吧的愛莉．哈特福小姐，前些天宣稱華生太太是她母親的女子。

從這些相片看來，年少的兩人正在四處旅行。

許多相片上只有風景，某些畫面捕捉到其中一人的身影——他們大概是兩人同行，替對方拍照。拍到人的相片似乎刻意避開了一切地標。有海面，有開闊的田野；只是海岸的輪廓看不出位於英國的何處，而田野可以說是在薩塞克斯，也可以是德比郡的風景。

「要是住得起克拉里奇飯店，妳還需要找工作嗎？」英古蘭爵爺從隔壁房間高聲說道。

他找到一張雇傭介紹所的清單。「我想這些都是專門幫女性找工作的機構，對吧？」

夏洛特倒抽一口氣。清單上有奧斯華小姐的介紹所，她曾懷疑夏洛特就是某位四處走動、想要掀這些機構的底的記者。

她簡單複述當時的對話。「我懷疑法蘭西絲．馬伯頓曾造訪這些介紹所，不知她的目的為何。」

「既然有這個活動暗房，他們一定有感光板。我可以洗出她的影像，查出實情。」

「親愛的爵爺，就交給你了。恐怕我得回去為下一位客戶準備了。」夏洛特說道。

「需要妳特別準備的客戶？」

「喔，是的，至少要花一個小時。」

他翻翻白眼。「夏洛特．福爾摩斯，妳肯定在搞鬼。」

「你應該偶爾試一試的。說得準確一點，你應該偶爾回鍋一下——爵爺大人，你以前可是搞鬼的翹楚呢。」

他沒有迎合她的挑釁，只是問道：「昨晚妳爲什麼要我在街角會合？我搭上馬車後，妳爲什麼往回看了好幾次？妳又在懷疑自己被跟蹤了嗎？」

「我眞的被人跟蹤了，我換了三次馬車才確定甩掉對方。」

「妳覺得是馬伯頓這夥人嗎？」

「我倒寧可是你請的密探。馬伯頓一家爲什麼要跟蹤我？」

「馬伯頓太太一開始爲什麼要捏造案件引妳上鉤？夏洛克．福爾摩斯的生意太不安全了。」

「喔，下一位客戶安全得很。」她向他承諾。「要是這次的客戶又有問題，夏洛克．福爾摩斯就要放棄這門生意了。」

□

垂頭喪氣的羅傑．蕭伯里走進夏洛克．福爾摩斯的客廳。

在他來訪前，客廳與臥室間的牆上鑽好了一個洞，再加以掩飾，讓夏洛特可以隱身房內，看見客廳動靜。這些是前一天的工程，由華生太太某位鑽研魔術把戲的朋友協助完成。夏洛特向英古蘭爵爺提到的一個小時準備與屋子無關，而是用來向華生太太好言相勸，請她別對羅傑．蕭伯里太嚴苛。

華生太太負責扮演福爾摩斯的姊姊，她簡潔地對客戶解釋偉大偵探的健康問題，還有她居中傳話的形式。接著，沒有多問蕭伯里是否需要確認福爾摩斯的才智，她直接說道：「先生，看來你是個很少自己拿主意的人——身旁的人老是拿他們的期望放在你身上，你也樂於讓他們做決定。這次的來訪肯定是極大的突破。」

「是的。」蕭伯里吞吞吐吐地應道：「嗯，應該是吧。」

「你完全沒提及來見夏洛克是爲了什麼事，不過他猜測與令堂之死有關。」華生太太微微一笑。「信任一個陌生人絕非易事，舍弟對你的勇氣讚賞有加。」

她的笑容是如此溫暖，充滿勉勵之情。若不是親耳聽過，夏洛特絕對不會相信她剛才還堅持不說任何好聽話。不對，夏洛克．福爾摩斯不會讓他好過，肯定要好好折磨這個沒有骨氣的無賴。

過去四十八個小時內，他大概深信是自己的行爲導致母親過世。夏洛特解釋道。他雖然沒用，卻也不是冷血無情——況且，我們也不希望他因爲悔恨而逃離。

「福爾摩斯先生的諒解令我銘感五內。」蕭伯里的聲音聽起來像是要哭了。

夏洛特默默嘆息。這個可憐蟲，對於旁人的些許同情是如此陌生。

「他說得對——我是爲了家母的事情而來。」蕭伯里繼續道：「當福爾摩斯先生的信件被公開，將她的死亡與艾梅莉亞夫人和薩克維先生相互連結，我們整個家族都氣瘋了。可是我——我忍不住心想或許那封信還眞有幾分道理，背後眞有邪惡的陰謀存在。家母壯得像駱駝，她可以在鄉間健行十五哩路，無論炎夏或寒冬。她從未有過任何病痛，而且比她年輕二十歲的醫師總說就算他死了，她的心臟還能跳下去。」

「所以你認同夏洛克對於她並非自然死亡的評估？」

「我還沒向任何人提過這件事，在我們發現她過世前一晚，她出門了一趟。妳要理解，那晚有多麼可怕。晚餐桌上沒人開口。我妻子沮喪極了，因爲家母責怪她怠忽職守，沒有把我看好，讓我走在正途上。我還沒挨罵，但已經是如坐針氈，她的怒氣遲早會像雪崩般把我壓垮。」

「晚餐一結束，我妻子立刻回房休息。我在家母身旁逗留了一會，直到她叫我退下——她明天再來料理我。家裡死氣沉沉的，於是我出門散散步。等我回到家，看到最不可思議的景象——家母竟然搭上一輛兩輪出租馬車。」

「出租馬車！她這輩子從未使用過公共交通工具。她常說那些車上聞起來像是不乾淨的醉鬼，光想到經年累月的污垢她就打寒顫。我無法想像她會爲了什麼事搭乘出租馬車。在倫敦，她自己的馬車就停在屋後的馬房裡，隨叫隨到。」

「你沒有問嗎？」

「沒有。就算她還在世，我一定也不敢問。總是她提出問題，指出我們哪裡做得不夠好——從無例外。」他沉默幾秒。「那是我最後一次看到她。我進了家門，直接拿起威士忌酒瓶。我甚至沒聽到莉薇亞．福爾摩斯小姐與家母的爭執。接下來我只知道妻子把我搖醒，試圖讓我理解家母已經不在人世。」

他雙手一拍，似乎是想抓住勇氣。「在那之後，我試著找出當晚她去了哪裡，見了什麼人。目前爲止我剔除了幾個她的密友——但我早就知道絕對不是那些人。要搭出租馬車去見她們，她還寧可穿上破爛的粗布衣。」

「夏洛克認爲，你希望我們將這則情報轉達給蘇格蘭警場——當然不會透露來源。他的看法是對的嗎？」

蕭伯里神情痛苦。「要是讓家母知道我的行爲，她絕對會從墓裡跳出來。可是我不想接受她是死於腦中的動脈瘤，我不想接受是我害得她猝逝。」

華生太太又笑了。「你來告知夏洛克這件事，已經做得很好了。」

「這樣能不能——能不能幫忙解開家母的死亡之謎？」

「我先問問夏洛克的意思。」

夏洛特已經在筆記本上寫好幾個問題。看吧，她以嘴形對華生太太說，他沒有那麼壞。華生太太誇張地翻了個白眼，接過筆記本，回到客廳。

「夏洛克提出了幾個疑問。首先，蕭伯里先生，蕭伯里夫人是在什麼地方上了那輛出租馬車？」

「接近喬治街與布萊恩斯頓廣場的轉角。」

「車子往哪裡走？」

「往東。」

「你是不是看著馬車好一會？車子是否轉到其他街道？」

「馬車走了一陣子，然後往南轉，我想應該是蒙塔古街。」

等他離開——聽完福爾摩斯先生車載斗量的讚美——夏洛特鑽出臥室，倒了一杯茶，捏起蕭伯里先生沒碰過的蛋糕。

華生太太站在窗邊盯著夏洛特看了一會，望向窗外，接著繼續看夏洛特安穩地享用她的蛋糕。

「福爾摩斯小姐，妳對自己的第一個男人還眞是冷漠啊。」

「那是單純的策略。」夏洛特又咬了一口。「我喜歡他，但還沒有喜歡到想站在窗邊目送他的程度。」

華生太太嘆息。「現在的女孩子喔。不過我得承認，他沒有我想像的那樣卑鄙無恥。」

「他絕對稱不上卑鄙無恥。」夏洛特說：「他這輩子的不幸就是擁有愛享樂的天性，卻又生長在與享樂無緣的家族裡。他們要他認眞進取，名聲高尙，組織令人稱羨的家庭，還得要仕途得意。他不被允許爲自己決定任何事情，因此自信與判斷力全都缺乏發展。他能夠違背全族的意見，跑來向我們通風報信，這眞是天大的壯舉。」

「他說的事眞能幫上忙嗎？」

夏洛特渴望地看著盤上剩餘的蛋糕。哎，她的下巴已經長到一點四倍厚了，得要拒絕第二片。

「現在我們知道蕭伯里夫人死前那晚發生了不尋常的事情，得把那件事查個一清二楚才行。」

第二十章

霍吉斯接在柯尼許太太後頭進了偵訊室，神情不見半點焦慮。他向崔德斯愉快地點頭打招呼。「探長，晚安。帕金斯警員說你要問我幾個問題？」

崔德斯默默看了他好一會，這是威嚇的招數。不時會有嫌犯被他瞪得崩潰。但偶爾會出現挑釁地回瞪他的嫌犯，或者是更罕見地展現出無懈可擊的平靜。

霍吉斯屬於最後一種。他迎上崔德斯的視線，如同早期天主教殉道者一般無畏冷靜。然而訊問室裡的平靜不代表無辜，也可能是接近病態的傲慢——或是完全泯滅了良心。

崔德斯以指節敲敲蘇格蘭警場傳來的電報。「霍吉斯先生，你曾說不知道過世的雇主去了倫敦的什麼地方，也不知道他做了什麼。但現在有個可靠的目擊證人指出你在薩克維先生到過的地方出沒，詢問他的意圖。你要如何解釋？」

「這沒什麼。」霍吉斯似乎早就料到這個疑問，也準備好如何應對。「擔任僕役之前，我當過拳擊手，在倫敦住了二十年。有時候薩克維先生去倫敦時，我也剛好進城見見拳擊界的老朋友。」

「有天我在蘭貝斯見到他，覺得很好奇——換作是誰都會好奇的吧？於是我敲了幾扇門，問有沒有人知道薩克維先生進入的那間屋子是做什麼的。沒有人能篤定回答，但他們都覺得有些古怪。很有可能是賭博，說不定還有不正經的女人。我失望極了。這實在是太……普通了，我以為薩克維先生會有更高尚的壞習慣。」

崔德斯完全不信。「如果不過是凡夫俗子的小小惡行，你爲何要保密？」

「薩克維先生已經無法捍衛他的名聲，要靠我們來努力。還有人犯下更邪惡的罪過，但是當他們自然死去，沒有人在乎他們閒暇時做了什麼好事。應當要替薩克維先生保留一些隱私——這是他的心願。」

崔德斯挑眉。「你向柯尼許太太暗示他占貝琪．畢多便宜時，可沒想過他的名聲吧。」

「我沒說過那種話。」霍吉斯的嗓音首度混入一絲惱怒。「我向柯尼許太太警告那個女孩擅自飲用薩克維先生的美酒——還撒謊說是薩克維先生讓她喝的。我要柯尼許太太嚴厲責備貝琪，就算是和藹可親的紳士也不會輕易放過竊取威士忌的小賊。」

前任拳擊手，習慣閃避、反擊的男人。在場上的多年經驗使得他能在壓力下維持冷靜。「霍吉斯先生，你還瞞了我們什麼事情？」

「沒有，探長。」霍吉斯語氣平穩。「完全沒有。」

「很好，霍吉斯先生。我要你寫下你在薩克維先生死前二十四小時內的行蹤，作爲正式筆錄。」

霍吉斯點頭致意。「探長，悉聽尊便。」

□

霍吉斯不是唯一的騙子。雪瑞登夫人的說詞也是漏洞百出。ＹＷＣＡ確實設立了新的中心，而雪瑞登夫人也確實到場觀禮——不過非常出其不意，她兩天前還發電報表示因爲身體不適不克出席，深感遺憾。

但她沒有如她供稱的在隔天早上離開巴斯，而是在儀式當天晚宴後突然離席，不顧她已經支付了當晚的飯店費用。

「雪瑞登夫人，您要如何解釋這項矛盾之處？」崔德斯問道。

他才剛搭乘清早的火車抵達倫敦，疲憊萬分。但挫折感遠遠壓過疲累。調查過程中找不出足夠且確實的資訊，只是漫無目的地打轉。他想要確定的嫌犯，他想要實際的答案。他想要破案，才能好好回自己家睡覺——摟著妻子醒來。

然而雪瑞登夫人毫無助他一臂之力的打算。「探長，我什麼時候離開巴斯很重要嗎？我這樣一個老太婆總有權改變心意，提早回家吧。」

她比崔德斯記憶中的模樣還要消瘦，嗓音尖細萎靡。他感到猛烈的自責。她顯然狀況不太好，他可不能太失禮。

「夫人，您自然有權變更計畫，重點不是在於您提早離開，而是您沒有說眞話。」

雪瑞登夫人嘆息。崔德斯有種奇特的感覺，彷彿就算是如此輕微的動作都能扯裂她的顱骨。「眞話是我與薩克維先生的死毫無關係。」

「那麼，夫人，您大可透露行程——消除您的嫌疑。」

雪瑞登夫人看著他的眼神透出半分讚許。「好吧。那天晚上我離開巴斯，回程路上有點不舒服，在下一站下車，到最近的鐵路旅店投宿，隔天勉強恢復到能上路的程度，就繼續我的行程。」

「旅店裡有人能證實您曾經下榻嗎？」

「恐怕我沒有太注意自己身在何處。我只需要一張不會搖晃的床鋪——可能是沿線任何一站的任何一間旅店。」

要厚著臉皮才能給出這種答案，同時也需要夠高的自尊才能擺出如此認眞的態度。「夫人，恐怕我無法接受這個答案。您的女僕爲何沒有陪著您？」

「我決定離開巴斯時，她身體不太舒服。我叫她明天再跟上就好。當然了，上路沒多久我也出了狀況。」

崔德斯細細打量眼前孱弱卻又難以應付的老婦人——提出與霍吉斯一樣的問題。「雪瑞登夫人，您還瞞了我們什麼事情？」

他得到了一模一樣的答案。「沒有，探長。完全沒有。」

□

崔德斯沒有放過雪瑞登爵爺與夫人家的僕役。但她的女僕毫不猶豫地證實她獨自在巴斯過了一夜。其他人說不出雪瑞登夫人確實的行程——他們幾乎從沒聽過薩克維先生的名號。

只有兩名最年長的僕役還記得薩克維先生頻繁來訪、被奉爲座上賓的日子。「他會帶朋友來，那些朋友又各自呼朋引伴。」管家葛莫太太說道：「以前我常抱怨只要他來，屋裡就會多上好多事要忙活。可是後來他不再上門，屋裡完全變了個樣。少了年輕人，屋子的氣氛完全不同。」

「當時我還是最低階的僕人。」僕役長艾迪森先生說道：「年紀還很輕。」

他們站在僕役長專用的餐具室裡，這個狹小的空間是艾迪森先生的地盤。他正在清潔蘇打水製造機的開關。

「大家都盼著薩克維先生來訪。」艾迪森先生繼續道：「特別是克拉拉小姐——說是叔叔，他更像是她的哥哥。她的朋友自然也會上門——還有她的表親。那棟鄉間大宅當時可是充滿生氣啊。」

「薩克維先生很受人喜愛嗎？」

「喔，是的。」

「就你所知，他是否有任何惡癖？」

艾迪森先生正在往蘇打水機下方的球形水槽裡加水，停頓了一會。「探長，我不太清楚。他不會飲酒過度，或是好賭成性。從未對僕役無理使喚，也從未占過我們便宜，你應該知道我的意思。」

崔德斯點點頭——他很清楚艾迪森先生的意思。「你是否知道雪瑞登爵爺和薩克維先生爲何會鬧翻呢？」

艾迪森先生沒有立刻回應，專心地用小漏斗把白色粉末倒入蘇打水機的上半部。「探長，我不該提起這件事的，但你針對薩克維先生的謀殺案完全查錯方向了，所以我一定要告訴你。」

「請說，我很樂意排除你家主人夫婦的嫌疑。」

艾迪森先生凝視著崔德斯，看出他這句話毫無虛假，滿意地放下漏斗。「薩克維先生最後一次來訪時，我聽見他們兄弟吵得不可開交。你或許知道薩克維先生比爵爺大人富裕許多。是這樣的，薩克維先生的顧問鼓勵他投資幾項產業，他將這些建議轉告給雪瑞登爵爺，但投資結果卻一場糊塗。薩克維先生堅持要賠償爵爺大人的損失，而爵爺大人不接受——他說沒有人逼他花任何錢，他要像個男子漢一般擔下自己的損失。」

「可是薩克維先生沒有鬆口，堅持到爵爺大人終於爆發，說薩克維先生只懂得透過財富來理解這個世界。所以爵爺大人現在一貧如洗，但既然他的獨生子都死了，有再多錢也無法挽回。薩克維先生爲什麼就不能讓他保留一點尊嚴呢？」

所以說雪瑞登夫人將兄弟的爭執視爲男性尊嚴的無聊爭執，其實也不算撒謊。

艾迪森先生小心翼翼地裝好蘇打水機頂端的長管，搖晃整組裝置，讓粉末——如果崔德斯記得沒錯，是酒石酸和蘇打粉——與水起作用。蘇打水機的內容物冒出泡泡和微弱的嘶嘶聲。「那天薩克維先生憤而離家。他們的疏遠總讓我有些難受，那並不是什麼無法饒恕的破局。但薩克維先生再也沒有來過。我猜他把財產留給爵爺，就算是他最後的回覆了吧。」

有時候你知道得越多，整件事就越沒有道理。崔德斯的岳父曾說過這句話。假如狀況完全相反，雪瑞登爵爺堅持要薩克維先生賠償失敗的投資，被薩克維先生一口回絕，雪瑞登夫婦會更有理由將怨氣憋這麼多年，憋到怨氣腐敗成毒氣。

不過怎麼會有人想殺一個願意賠償損失的對象，甚至嚴格說來，他沒有任何犯下錯誤，而且自己也蒙受損失呢？

「我想雪瑞登爵爺總是期盼薩克維先生某天會大搖大擺地回來——像是那場爭執沒有發生過似的。」艾迪森先生放開蘇打水機，讓氣體融入水中。「可惜他的願望沒有實現——再也不會實現了。」

崔德斯向僕役長道謝。接著，出自個人興致，他再次開口：「我挺喜歡蘇打水機這類玩意兒的。但是我家夫人不讓我弄一台來玩——她說有太多爆炸的案例，她可不想和獨眼警察結婚。」

艾迪森先生輕笑幾聲。「喔，蘇打水機包裹在藤籃裡頭不是沒有原因的。若是不夠小心，它們的確會爆炸。因此我總是自己調配蘇打水，而不是交給其他僕役。」

蘇打水機的容量不超過二夸脫，而且還要放置足夠的時間才能完成碳酸化。「看來小家庭用這一台就夠了，可是如果有客人上門呢？」

「我們還有一台。而且可以把碳酸化的蘇打水裝瓶儲藏一陣子。不過你說得對，以前確實不夠用。當年屋裡擠滿客人，我們訂了整桶整桶的氣體——然而桶裝氣體也有它的危險。任何氣體在壓力下都很危險。」

「確實是如此。」崔德斯又瞄了蘇打水機一眼，仍舊躍躍欲試。如果他能想辦法加強玻璃瓶的強度，或許愛麗絲會勉強讓步。「艾迪森先生，希望你別介意我再問一個問題。你認爲有誰會爲了什麼原由對薩克維先生不利？」

僕役長搖搖頭。「我們已經幾十年沒見過他了。在這段日子裡，他可能會結交各種三教九流的朋友。我只能說他的死與這屋子裡的任何人都無關。」

□

某人敲響英古蘭爵爺暗房的門。「爵爺大人。」一名男僕說道：「蕭伯里先生想見您，要和他說您在家嗎？」

那個混帳。「你可以帶他進來。」

蕭伯里知道該迅速進房，立刻關門。「喔，很好，這裡沒有我想的那麼臭。」

「這裡通風良好。」英古蘭爵爺冷冷回應，將另一張照片釘上橫越整個房間的細線。「蕭伯里先生，找我有什麼事呢？」

「呃……爵爺大人，你會不會碰巧有福爾摩斯小姐的消息呢？謠言一天比一天誇張，現在我眞的很擔心她。」

「現在才開始嗎？」

「嗯，我以爲她會主動來找我。」

「那個蠢女人，有什麼理由不去向你求助呢？」

在紅色燈泡的緋紅微光下，看不出蕭伯里是否臉紅了。但他鞋跟摩擦地板的聲音清晰可聞。

他清清喉嚨。「我漸漸想通或許她不想當我的情婦。假如你有她的消息，請你轉告我願意幫忙，無論她需要什麼，非常單純，沒有任何附加條件。我只想確定她沒——等等，這是誰？」

英古蘭爵爺順著蕭伯里的視線看過去。顯像相當順利，即便光線昏暗泛紅，史蒂芬．馬伯頓的五官清晰可見。「不知道——我正在洗別人拍的負片。你見過這名男子嗎？」

「男人？我從沒見過。可是這個女人很眼熟——雖然我確定沒有人把她介紹給我認識過。」

英古蘭爵爺拆下法蘭西絲．馬伯頓在某處海岸拍攝的相片，遞給蕭伯里，讓他看個仔細。「你夏天有沒有去郊遊？說不定你在某個荒郊野外遇到她。」

「不是，今年夏天我沒有靠近過德文郡。」

英古蘭爵爺後頸寒毛豎立。他小心翼翼地吐了口氣，維持住冷淡的語氣。「這是德文郡？」

「英格蘭境內一定還有別的卵石海岸，但這裡看起來很像韋斯特沃德霍！。這名字真怪，還連了個驚嘆號。讀大學的時候我和同學去過幾次。你家在那附近不是也有房子嗎？」

「我家是在吊人崖附近，我沒去過韋斯特沃德霍！。」

「我懂你的意思。太多遊客了——畢竟沒有遊客就沒有那座小鎮了。」

英古蘭爵爺突然好像在趕時間。「蕭伯里先生，我還能幫你什麼嗎？」

「呃嗯，沒有了。」

「既然如此，請恕我先走一步。我有急事要辦。」

□

崔德斯探長不會拿自己來說嘴，但有時候他的直覺挺靈的——於是他決定潛入上貝克街十八號一趟。

現在還不算太晚，不過從他站的後巷看過去，十八號一片黑暗，沒有半點燈光從窗簾後透出。他已經繞了建築物兩圈，現在他溜進後門的陰影中，迅速撬開門鎖。

一樓又暗又靜。管理人的房間裝潢完畢，可是沒有人居住。上樓途中，樓板不曾吱嘎作響，樓梯口的地板也不會鬆動。

客廳的門一碰就開了，他其實不太訝異——反正這屋裡八成沒人住，何必鎖門呢？不過當他踮著腳尖踏入臥室時，心跳仍然有點加速。

他拉開窗簾，街燈的光芒流入室內，照亮鋪得整整齊齊、空無一人的床鋪。他拉上窗簾，點燃火柴。沒有，房裡完全沒有長期臥床的男子所需的物品。

床下甚至連夜壺都沒——

一臉大鬍子的男子從床下回瞪著他——接著拉扯崔德斯的腳踝。崔德斯重重倒地，男子手腳並用地爬出來往外衝，踩過崔德斯的手，害他痛得嚎叫。

幸好沒有骨折。但等到崔德斯下樓，踏出後門，男子已經消失得無影無蹤。

□

「別出聲。」

夏洛特的心臟差點跳出來，下一刻才認出這道急促的低語是出自英古蘭爵爺之口。「你來這裡做什麼？別笑我這麼歡天喜地的，畢竟你終於進了我房間。」

她才離開房間幾分鐘，準備上床睡覺，完全沒料到會是他在房裡迎接她。

「我幹嘛笑妳有多開心——」

「你右膝褲管旁裂了一縫，草葉碎片黏在你鞋子邊緣。還有這是——」她抓起放大鏡，研究他的外套，接著跪下來以同樣的銳利眼神檢查他的毛料長褲。

「妳的確告訴過我妳擁有反常的癖好。」他低喃。

「我從未向你說過這種事。既然你覺得我跪在你面前就是反常癖好的表現，那不能怪我失去了對你的敬意。」她從筆筒裡抽出一把鑷子，夾起卡在他袖口上的發亮細小物體，放到桌上。

「看來你又去了克拉里奇飯店一趟。」那些發亮細小物體不是玻璃，而是感光板的碎片。「發生一些扭打，板子碎了滿地。接著你跑出來——我猜你是從後門脫身，避開可能會被人認出的大廳。可是有人追趕你。你翻過柵門，進入格羅夫納廣場公園。你的褲子是被柵門頂端的尖刺鉤到了嗎？你回頭一看，被樹根絆倒，最後終於甩開追兵，來到這裡。希望你知道我是家中最小的孩子，不懂得如何幫人包紮破皮的膝蓋。」

「我當然知道。我不是來借繃帶的，而是要與妳共度春宵，畢竟我今晚可是差點死於非命。」

她眨眨眼——她的大腦要被猛然湧現的高溫煮融了嗎？

他輕笑一聲。

她翻了個白眼。「眞好笑。所以你是來警告我說他們知道感光板遭竊，埋伏在房裡等你送上門？」

「羅傑·蕭伯里稍早來訪，我剛好人在暗房裡。他看到正在顯像的相片——」英古蘭爵爺從外套內袋掏出那張相片，遞給夏洛特。「——說他認爲這片卵石海岸位於韋斯特沃德霍！附近，離薩克維先生家不遠。」

崔德斯探長的報告中不是提到薩克維先生過世前一週，有一名攝影師和他的助手經過最接近柯里之屋的村莊嗎？若那兩人正是史蒂芬和法蘭西絲·馬伯頓，那麼……

夏洛特放下放大鏡和鑷子。「現在我知道馬伯頓太太爲何要來找我了——夏洛克·福爾摩斯打亂了她精心策畫的計謀。要是我沒寫那封信，警方就不會深入調查薩克維先生的死因，更不會將之與另外兩起案件連結在一起。」

「那三起死亡事件依舊毫無關聯，除了死者生前相互認識。」

「現在又多了新的線索，那位蘇菲亞·隆戴爾小姐。」

「但她已經死了。」

夏洛特以指尖輕點嘴唇。「或者是還活得好好的。」

□

崔德斯探長已經數不清自己在英古蘭爵爺城中宅邸前的人行道上來回繞了幾圈。正當他要放棄時，一輛雙輪出租馬車將爵爺大人送回家門前，他似乎對崔德斯的出現絲毫不感訝異，馬上就邀他一同到附近走走。

崔德斯簡單報告上貝克街十八號的事件。他咬緊牙根準備承受為何選擇闖入友人家的訊問，沒想到英古蘭爵爺只是點點頭。「探長，給我幾分鐘時間，你就會知道方才在上貝克街發生的事情與薩克維先生的案子脫不了關係。」

接著，他說起夏洛克·福爾摩斯的神祕客戶，令崔德斯摸不著腦袋。不過當英古蘭爵爺說到法蘭西絲·馬伯頓曾在韋斯特沃德霍!出沒，崔德斯不由得停下腳步。「攝影師和他的助手——兩名年輕人曾在五天前經過那座村莊，我敢說就是他們換走兩位醫師診所的番木鱉鹼。」

「福爾摩斯和我也是這麼想的。史蒂芬·馬伯頓闖入上貝克街十八號是為了取回他們發現遺失了的感光板。」

「這樣就說得通了。可是馬伯頓太太——可能是，也可能不是起死回生的蘇菲亞·隆戴爾——與涉案人士有任何關係嗎？」

「我們還在追查。你明天下午兩點可以來見我們嗎？」

「當然可以。」

英古蘭爵爺抽出一張名片，在背後寫了幾個字。「這是地址，希望到時候能知道更多。」

□

等崔德斯終於回到家，妻子已經睡了。「探長，歡迎回家。」她喃喃說著，他滑進她身旁的被窩裡。「今晚很忙？」

他重重嘆息。「早上再和妳說。」

「沒事吧？」愛麗絲一手環上他。

「或許吧。」

千萬個疑問在他腦中盤旋，裡頭卻沒有多少篤定的答案！

不過他得出一個不可動搖的結論——「身染重病」的夏洛克．福爾摩斯不該隨意搬動。要是他晚間不是睡在那張床上，那白天也不太可能在那間房裡。

崔德斯對蕭伯里夫人之死略知一二。他知道奧莉薇亞．福爾摩斯小姐趁著酒意，怒氣騰騰地在蕭伯里夫人死前上門拜訪。他知道關於夏洛克．福爾摩斯寄給驗屍官的那封信，奧莉薇亞．福爾摩斯小姐是最大的受益人。他也知道奧莉薇亞．福爾摩斯小姐有個妹妹，恰好在夏洛克．福爾摩斯病發當天被人毀了名節。

他不知道自己怎麼沒更早看出如此簡單的眞相，或許是他不願去思考自己不想接受的事實。

「你整個人好緊繃。」愛麗絲低喃。

他凝視黑暗。「親愛的，妳認爲出類拔萃的女性應當要獲得不同的待遇嗎？」

「這是哪門子的問題？」愛麗絲輕笑。「和誰不同？其他女性？」

「是啊。」

「那要如何對待這位出類拔萃的女性？和其他稍微有點才幹的男士一樣？」

「我想還要再好一些。」

「出類拔萃的人總是獲得特殊待遇——畢竟他們就是不一樣。我比較想知道不怎麼出類拔萃的女性能不能獲得與不怎麼出類拔萃的男性同等的待遇。」

妻子的語氣使得他翻身面對她。「妳是現在才想到——還是一直在想這件事？」

察覺自己不懂她這份心思，崔德斯心中湧現奇異的情緒，幾乎算得上是恐慌。

她沉默了好一會。「我十歲那年和家父說，總有一天我要經營考辛營造公司。他說不可能。你知道我很敬愛家父，他是個非常非常好的人，但對於這種事情，他非常古板——即使巴納比完全無法勝任，他仍希望由兒子繼承他的畢生心血。」

「家父從一開始就明說生意會落入巴納比手中，我想這也是好事。而且他也給我選擇另一半的自由，沒有命令我嫁給哪位爵爺，謀取貴族階層的人脈。可是，我一直很納悶爲什麼無論我有多麼想參與其中，仍只能是家族事業的旁觀者。」

「我……以為妳對於我們擁有的一切相當開心。」崔德斯的喉嚨突然好乾。

「我當然很開心。你是我想共度一生的男人，但這並不代表我不擅長管理和拓展事業——而且樂在其中。」

妳怎麼不早說？他很想問。我們都認識了四年，結婚了三年。

他並沒有感到生氣。他覺得自己好渺小、好孤單，即便什麼都沒有改變。完全沒有。

除了他自以為是地想著自己——以及兩人的生活——足以滿足他的妻子。還有他自以為是的希望，以為總有一天自己能夠給予她想要的一切。

第二十一章

英古蘭爵爺的信到得很早，夏洛特都還沒坐下吃早餐。而且不是一般郵件，是由私人快遞送達。夏洛特沒被崔德斯探長闖入上貝克街十八號的行爲嚇到，她比較驚訝的是他選擇的時機——她以爲還要再等一陣子他才會質疑夏洛克．福爾摩斯的性別這類基本問題。但是另一名入侵者的存在著實使她愣了好一會。

馬伯頓太太絕對脫不了干係。

蘇菲亞．隆戴爾絕對脫不了干係。

可是爲什麼？她爲何要涉入？夏洛特眞想找上艾佛利夫人和桑摩比夫人，撬開她們的腦袋，尋找一切與蘇菲亞．隆戴爾有關的記憶。

「親愛的，早安啊。」華生太太愉快地打招呼，坐下來伸手拿茶壺。

她身上這套日裝讓夏洛特聯想到滿山遍野的金鳳花——春意、希望、新生。擔任夏洛克．福爾摩斯的生意夥伴後，華生太太忙得團團轉；同時也充滿活力。夏洛特覺得這樣再好不過——

她在心裡賞了自己額頭一掌。她怎會如此大意，錯過了龐大的情報來源呢。華生太太曾說社交界與娛樂界間的屛障充滿孔洞。她知道夏洛特的身分，也知道英古蘭爵爺的婚姻。夏洛特怎麼沒向她問起蘇菲亞．隆戴爾呢？

「華生太太，和妳說，我最近得知曾有人與我落入相同的境遇，不過那是幾十年前的事情了。她的家世比我還顯赫，而且她不只被放逐到鄉間，甚至從家族裡除名。」

「妳說隆戴爾家那個女孩子？是的，我還記得。當時流言傳了好一陣子。」華生太太的茶杯停在半空中。「妳會提起她還眞是有意思。」

「喔？」

「妳猜猜是誰毀了她的清白。」

夏洛特感到很緊張。有可能嗎？華生太太正要說出給予案情重大突破的線索？「是誰？」

華生太太喝了一口茶。「雪瑞登爵爺。」

□

夏洛特這輩子第一次見過如此俗麗的客廳。她撫過艷紫色燈罩的金色流蘇，拎起掛在紅絲絨躺椅椅背上的虎皮，拍拍擺滿椅面的橘藍配色靠墊（剛好十二個），看是否足夠蓬鬆。

沒錯，實在是太鋪張了。如果拿掉一些靠墊，五、六個就好……

「這裡是班克羅夫特的巢穴之一？」她向英古蘭爵爺詢問。

「是的。」

「請告訴我實話，這裡以前是妓院嗎？」

「不，以前住的是很普通的一家人，是非常規矩正經的住戶。」他板著臉，但表情像是在憋笑。

「你的意思是班克羅夫特的手下重新做了這些裝潢？」

「手下？這是班克羅夫特的傑作。」

夏洛特又東張西望一圈。「呃，我完全沒想過班克羅夫特的品味如此奢華，他本人實在是……沒什麼色彩。」

「妳當著那個可憐蟲的面說他是妳遇過最無聊的對象。」

「這是讚美——你會希望讓他這種毫無特色的官僚來打理帝國檯面下的事務。但這間客廳讓我改觀——等等，你是說班克羅夫特在追求我的時期，迎合我的品味布置了這些東西？」

「他差點成功了，不是嗎？我和他說要是拿掉一半的靠墊，妳就會覺得賓至如歸。」

夏洛特哼了聲——他太了解她了。

「我也和他說過讓妳看到這屋子之前，先別向妳求婚，否則贏面太低了。他自然是把我的金玉良言當成耳邊風。」他瞥了她一眼。「這可是家族特色。」

這是間接暗指他不顧夏洛特的忠告，執意娶了唯利是圖的英古蘭夫人？

「他成爲遭到妳拒絕的追求者之一，我差點要爲他感到難過。」似乎發現自己不該亂說話，硬是改變話題。「看你們兩個永遠綁在一起絕對是世界奇觀。」

「喔，我總說班克羅夫特的求婚是我最愛的一次。」

並不是因爲班克羅夫特本人，而是那件事對他弟弟的影響。她永遠忘不了兩人之間首度陷入蘊藏怒氣的沉默，聽著毫無間斷的寂靜，聽見他沒有說出口的一切，那股在她心中泛開的喜悅與痛苦。

那種沉默有時如同劇場簾幕般降下，有時則是像晨霧似地悄悄逼近。她踏出回憶，發現自己又落入了那種沉默──他凝視著她，而她面對紅絲絨躺椅，把玩靠墊上的鈕子。

門鈴響起，打破不平靜的沉默。

夏洛特坐進那張躺椅，向面無血色的崔德斯探長打招呼。英古蘭爵爺請他告知夏洛特昨晚在上貝克街十八號發生的事情，她微微挑眉，靜靜聽著。

崔德斯探長有點不太對勁。顯然他已經領悟世上沒有夏洛克·福爾摩斯這個人，也知道夏洛特·福爾摩斯的醜聞──他對此則相當不以爲然。這份情緒也稍微延伸到英古蘭爵爺身上，他曾經以爲這位爵爺毫無缺點。

但是這些內心戲，無論是拆開來看還是放在一起，都無法解釋他的沮喪。

是因爲那位摯愛的賢妻？

英古蘭爵爺不置可否地望向朋友──近年來他的情緒越藏越深，特別是在與妻子疏遠之後。

崔德斯探長終於說完前晚的事件，英古蘭爵爺掏出整疊他從馬伯頓房間裡偷來的感光板洗出的相片。

「你在貝克街看到的是這名男子嗎？」他向崔德斯探長出示史蒂芬·馬伯頓的影像。

「不是，那個人留了鬍鬚。」

英古蘭爵爺又遞出一張相片，同樣的年輕人，身穿相同的服裝，站在同一個地方，姿勢不變，只是長出了一大把鬍子。

崔德斯探長眼睛一亮，仔細研究這張相片。「我是聽說過能對相片動手腳，但從沒親眼看過。」

「以前我常常在家兄班克羅夫特的相片上添加犄角，不過至今我依舊是他最愛的弟弟。」英古蘭爵爺平淡地說道。「我想這也不是你見到的男子？」

「我不認為他是。」

「那這個人呢？」英古蘭爵爺又遞出另一張鬍鬚男的相片。

夏洛特瞪大雙眼。這名男子身穿正式服裝，姿態隨興，除去那把鬍子，他的五官與法蘭西絲・馬伯頓如出一轍。

「對，就是他。」

「今早上教堂前，我和蕭伯里先生談過。」英古蘭爵爺說道：「他認為就是這個人駕駛出租馬車，神祕地在他母親過世前晚載她出門。」

崔德斯一一打量眼前的相片。「我會派人拿這些照片給村民看。你們已經知道動機可能是什麼了嗎？」

「早上我和華生太太談過。」夏洛特說道：「得知毀了蘇菲亞・隆戴爾的情人正是雪瑞登爵爺。」

英古蘭爵爺皺眉。「他至少大她二十五歲吧。」

「她是他女兒的密友。根據華生太太的理解，喪失克拉拉小姐的悲傷令他們變得親近，到了某一天，彼此安慰竟然擦槍走火。」夏洛特解釋道：「不過我們把情境修改一下。如果毀了她的男人其實是薩克維先生呢？如果雪瑞登爵爺替弟弟擔下惡名，那就可以解釋之後他們爲何會疏遠了。」

「我還從華生太太口中知道另一件事——是蕭伯里夫人把蘇菲亞．隆戴爾的醜事傳得人盡皆知。要是英古蘭爵爺能好好問一問艾佛利夫人或是桑摩比夫人，很有可能挖掘出艾梅莉亞．德魯蒙夫人與蘇菲亞．隆戴爾的關係。」

在這樣的前提之下，蘇菲亞．隆戴爾有足夠理由突然出擊，心懷冷血計畫，要多年前冒犯她的人付出代價。她的名聲一敗塗地，即使事隔數十年，她的雙手仍舊沾染污點。

英古蘭爵爺以拇指和食指托著下巴。「這是很完美的解釋。但爲什麼妳聽起來有點猶豫？」

「因爲我仍不懂雪瑞登夫人涉案的理由，感覺我們還沒挖出她那趟旅程的目的——」

她閉上嘴。崔德斯探長的報告曾告訴她某件事——就是他首度來訪時，交給夏洛克．福爾摩斯的報告。到底是什麼呢？

她以掌心撫摸絲絨躺椅的面料。「探長，你找鄰村的白區醫師訪談時，曾提到哈里斯醫師進城了，當天他已經準備好馬車，要去村中旅店診治需要嗎啡的年長旅人。」

「你可以在巴斯近日的報紙上找到雪瑞登夫人的照片，她參加過YWCA中心的開幕儀式。我想若是向白區醫師和旅店店主出示她的照片，他們可以證實她就是該名年長旅人。」

□

當天下午，麥唐諾警長被派去德文郡。隔天早上十點左右，他以電報回覆調查結果。年輕的馬伯頓二人組確實就是經過村子的旅行攝影師和助手。崔德斯探長派出兩名警員到克拉里奇飯店，但他們從飯店來電報告馬伯頓一家已經退房，沒有留下通訊住址。

不到十五分鐘，麥唐諾警長的第二份報告來了。

親愛的崔德斯探長，

我和白區醫師及他妹妹白區小姐談過了。兩人都指認雪瑞登夫人正是留宿柏頓十字村旅店的年長患者布洛班太太。白區醫師得趕去柯里之屋，便由白區小姐帶嗎啡到旅店，替雪瑞登夫人注射。

白區醫師離開柯里之屋，前去探望雪瑞登夫人時，嗎啡起了效用，她已經好多了，但還是相當不適。他提及方才絆住他的急事，她激動起來，問了好幾個問題。

白區醫師記不得是否在雪瑞登夫人面前說了薩克維先生的名字——應該是有。白區小姐補充道：注射嗎啡之後，雪瑞登夫人請她從提包裡拿出放著女兒照片的相框。白區小姐往提包裡一摸，還沒碰到相框，卻摸到一把手槍。

麥唐諾敬上

□

崔德斯探長抵達雪瑞登宅邸時，艾迪森先生沒有領他進客廳，而是直接帶他到雪瑞登夫人的臥室。

「醫生剛來過，她剩下的日子不多了。」僕役長的精神看起來比幾天前萎靡許多。「探長，請長話短說。」

雪瑞登夫人半躺半坐，背後靠著一大堆枕頭。她放下髮髻，頭髮灰白，面色蠟黃，眼窩深陷。崔德斯進門時，她示意正在拿湯匙餵她肉湯的白帽護士離開。

「探長，恐怕我無法回答太多問題。」她緩緩說道：「我剛才服用了不少鴉片酊。」

「夫人，很快就結束了。您要如何解釋為何會在薩克維先生過世那時，出現在離柯里之屋第二近的村莊裡？」

「巧合。我隨時都會死，為了往日的情誼，我想見見這個小叔最後一面。」

「您為何獨自前往？為什麼不請雪瑞登爵爺同行？」

她苦澀地哼了聲。「他又不是大限將至。」

「若您只是為了拜訪親戚，為什麼要隱瞞如此簡單又合情合理的事情？」

「不這麼做，雪瑞登爵爺就會知道，對吧？」她眼皮垂落。當她再次望向崔德斯，這個簡單的動作似乎耗費了她超乎尋常的精力。「他一定會質問我幹嘛破壞他與弟弟疏遠的高尚行爲，我可沒空陪他胡扯。」

「還有您隨身攜帶的手槍？」

這回她閉上雙眼，唇邊勾起奇異的微笑。「女性獨自旅行時總要格外留心。」

崔德斯升上警長後不久，他曾回巴羅因弗涅斯探望母親。當時她身體健壯，但是當他向她說再見時，他心中浮現預感，覺得這會是他最後一次見到她。幾個禮拜後，她死於突如其來的重感冒。在他岳父嚥氣前幾個小時，眾人都相信他能夠完全康復，除了愛麗絲。不過崔德斯也有同樣的預感。考辛先生在當晚過世。

已經沒有更多問題要問雪瑞登夫人了；兩人最後一次會面就此結束。

他鞠躬致意。「謝謝您，夫人。再見。」

□

崔德斯探長回到蘇格蘭警場，發現霍吉斯的手寫供詞放在他桌上。崔德斯輕輕一彈那張紙，被上頭的筆跡勾起興致，格外扭曲的g、壓扁的o，大寫的a也特別尖銳。

他在哪裡看過這樣的字跡？

接著他細看霍吉斯寫下的內容。他待在坎伯維爾的旅店，這可是在倫敦，離他渡假的目的地懷特島差了十萬八千里。

不過離薩克維先生過去七年來每個月造訪兩次的蘭貝斯倒是很近。

崔德斯跳起來，抽出他收納公事書信的檔案夾。沒錯，他曾收到兩封告發蘭貝斯某間屋子內有不法情事的信函。一模一樣的筆跡。第一封的內容有些曖昧不明。兩個月前收到的第二封信則是充滿怒氣，像是在大吼大叫，警告純粹的惡行、對於無辜無助者的剝削，諸如此類。

他趕往蘭貝斯，到信中提及的巷子，站在燒成骨架的遺址前，這屋子大到足以供十二口之家居住。在這裡站了幾分鐘，他發覺隔壁的屋子匆忙進出的人多得有些反常。

家鄉的新聞也好不到哪裡去，得知福爾摩斯「出事」當晚，愛麗絲曾經這麼說過，當時她靠著崔德斯的桌子邊緣，翻閱晚報。為了愛爾蘭自治法案失敗互踢皮球。蘭貝斯的一場火燒掉一棟房子，兩人死亡，警方持續搜索嫌犯。

他是怎麼回答的？我知道蘭貝斯那棟房子。蘇格蘭警場裡每一個探長都收過告發信——那裡是簽賭的據點。關了一間，下一間馬上在兩條街外開起來。

隔壁才是簽賭據點，進出的人士是收集賭資、下注押錢的車手。

這棟燒成焦土的屋子裡究竟出過什麼不法情事？是什麼樣的不法情事能讓霍吉斯這種見識過各種黑暗面的男子，變成狂熱的十字軍？

□

崔德斯下令逮捕霍吉斯，將他押到倫敦。麥唐諾警長在當天深夜把這名貼身男僕送進崔德斯的偵訊室。

這回霍吉斯的神態不再從容。遭到逮捕、屈服在公權力之下，剝去了這名男子的傲氣。偵訊室貧瘠的白牆使得脆弱的心靈更是無所適從。

「霍吉斯先生，是你對薩克維先生下毒。他在蘭貝斯造訪的屋子裡發生的事情令你震怒，你配合他前往倫敦的時機對他使用砷毒，讓他痛苦萬分，無法去執行原本要做的事情。」

「你沒有證據。」

少了傲氣並不代表他忘記如何挑釁。

「是沒有，但這信上是你的筆跡，蘇格蘭警場每一個探長都收過你的信，信的內容大聲疾呼，說那棟屋子裡正在發生不能容忍的惡行。接著那棟屋子神祕燒燬，造成兩人死亡。霍吉斯先生，這足以將你以縱火與謀殺起訴。」

蘇格蘭警場當然沒有逮到其他嫌犯。調查持續了幾個禮拜，負責的警官依舊無法確定屋裡到底住了多少人，也不知道在燒成灰燼之前有沒有人住過。

「我沒有放火燒那棟屋子。」霍吉斯咬牙回答。

「你很難證實這件事。」

「我人在德文郡。」

「說不定你在倫敦有同夥。」

「我絕對不會做這種事。屋裡有孩子，年幼的孩子！」

霍吉斯狂暴的聲音在房裡迴盪。他雙手握成拳頭，喘得如同從柯里之屋一路狂奔而來似的。

崔德斯覺得自己彷彿被人頭下腳上地吊起，劇烈搖晃。「告訴我那些孩子的事情。」此刻他覺得自己的嗓音聽起來格外飄忽。

「他們帶來給我的小女孩還不到九歲，她說她在那間屋子裡待了至少一整年。她還說有些男孩女孩至少比她小三歲。」霍吉斯從喉嚨裡擠出聲音。「對，我在他下一趟出門前下了砷毒。但我不是要殺他——我不是殺人犯。我想爭取一點時間，等警方做些什麼。什麼都好。」

「你信上的門牌號碼是錯的。」

霍吉斯將腦袋埋入手掌間。

這是很容易犯下的錯誤。那兩棟屋子裡只有一棟在外牆標上號碼，雖然看起來是標在兩扇門中央，其實是屬於賭場那邊。

「你什麼時候決定改用水合氯醛？」崔德斯的語氣依舊冷靜。

在這種時刻，他感覺體內的某種機制轟然啟動，將自己包裹在一層層麻木之下。

「我沒有動過水合氯醛。那個禮拜我不在，去倫敦了。我想看有沒有什麼辦法讓那個地方關門，可是當我抵達時，屋子已經燒光了。」霍吉斯用掌根抹過雙眼。「沒有人知道那些孩子的下場。沒有人。」

□

隔天早上，崔德斯又來到上貝克街十八號。他注意到領他進房的男僕，與前天在那棟俗豔豪宅替他開門、帶他見英古蘭爵爺和福爾摩斯小姐的是同一人——必定是英古蘭爵爺派來守護福爾摩斯小姐的保鏢。

福爾摩斯小姐面色凝重。上回的會面有如酷刑，深知在她看似無辜的大眼前，他內心的苦悶絲毫無法遁形。但現在他不在乎了。

現在麻木占了上風。

他轉述霍吉斯在蘇格蘭警場供出的實情，換作是平日的他，一定會盡力在女士面前遮掩那些惡事。她一動也不動地聽著，甚至沒有伸手倒茶，等他說完，她依舊安靜了好一會。

他有些好奇這對她來說會不會難以承受——她的女性心靈面對如此沉重的邪惡行徑，會不會化爲碎片。

「現在想來，貝琪·畢多的證詞已經說得很清楚了。」她低喃：「薩克維先生對她感興趣只是因爲她身材嬌小，發育不良，讓他以爲她還沒進入青春期。等到發現她的月事來了，他完全失去——」

她從椅子上跳起。「雪瑞登爵爺的女兒。她是怎麼死的？」

他急忙起身。「麥唐諾警長查過她死亡證明書上的內容，抄了一份回來。我剛好帶在身上。」他打開隨身攜帶的檔案盒。「充血性心臟衰竭，簽名的是——伯納多．莫特雷醫師。他是崔德斯太太娘家的家庭醫師啊。」

福爾摩斯小姐從他手中搶過那張紙。她緊緊盯著紙張，臉皺成一團。「你還記得之前透過英古蘭爵爺傳來的案子嗎？有個年輕女孩的奇特死亡事件？透過莫特雷醫師傳來的？」

「妳斷定是她把凍結的二氧化碳帶回房間自殺身亡的那件事？」和這次的案子有什麼關係？

「雪瑞登家中是不是儲存了不少二氧化碳？」

「我和雪瑞登家的僕役長聊過，他提到以前家裡會買好幾罐二氧化碳來調製蘇打水。」

「就是她，自殺的女孩就是克拉拉．薩克維。」她語氣篤定，不容質疑。

這句話隱含的意思終於刺穿麻木的厚繭。「妳的意思是薩克維先生對姪女下手？他的親姪女，那個小女孩？」

福爾摩斯小姐坐回原處，舉起茶壺倒茶，雙手毫無動搖。崔德斯忙著披回他的保護殼。「而蘇菲亞．隆戴爾是她的摯友。」

崔德斯還是有點暈眩。「她爲了克拉拉而殺害薩克維先生？」

「這不就可以解釋雪瑞登夫人提包裡的手槍了嗎？她原本打算親自動手，但還來不及見到他，他就已經死了。」

有人敲門。「福爾摩斯小姐。」男僕說道：「有人寄信給您。您說要立刻將任何信件帶過來。」

「是的，謝謝你，巴克利。」她掃了信封一眼。「是馬伯頓太太——我的名字和住址是用她第一次請我破解的密碼所使用的打字機打出來的。看看她想對我說什麼。」

親愛的福爾摩斯小姐，

兩個月前，我回到睽違多年的英國，來見一位命不久長的老朋友。在她過世前，她把另一位逝去已久的老朋友的日記交給我。垂死的老友從未讀過克拉拉．薩克維的日記，因爲克拉拉請她在她雙親都死去後才能翻開。我認識的人裡面，沒有人比這位老友還信守諾言了——因爲她也一直爲我守住祕密。

但我總是抵抗不住好奇心。在老友的葬禮之後，我讀了克拉拉的日記，一邊看，一邊哭泣、尖叫，氣得把墨水瓶往牆上丟，爲了世間的殘酷與不公顫抖不已。

同時鄙視自己怎麼沒有猜到這個亂倫的眞相。

克拉拉對她的叔叔既敬愛又信任。他利用這份信任與親愛，扭曲她取悅旁人的天生欲望。光是想到她有多麼孤單與害怕，我就無法承受。他利用她滿足自己的異常心靈，同時也讓她遠離了她重視的人事物。

她越是墜入內心的地獄，就越想愛上他。愛情是她抵抗即將到來審判的武器，愛情是唯一的藉口。

但是當她進入青春期，她對他就沒有半點用處了。她徹底毀滅，信任遭到背叛，在上帝眼前犯下罪大惡極的淫行，知道要是沒被他拋棄，她會繼續墮落。更別說他還是家中成員，每個人，特別是她的雙親，預期她會永遠敬愛這個叔叔。

她沒有毀掉這本日記，於是我知道她希望真相總有一天能見到天日。我照著她的心願行事。選擇權掌握在薩克維先生手上，他可以選擇面對醜聞，或是選擇不要面對。

至於妳將那兩名夫人之死與此事套上關係，是的，確實有關。艾梅莉亞夫人和蕭伯里夫人曾經撞見克拉拉和薩克維先生正在行那苟且之事。克拉拉在日記裡寫道她怕她們會向雙親揭露，但她叔叔對她保證不會有事。艾梅莉亞夫人的丈夫欠薩克維先生一大筆錢。蕭伯里夫人沒有財務問題，但她只知道逢迎諂媚，沒有膽子違抗艾梅莉亞夫人。

那件事發生時，克拉拉還不到十一歲。那兩個女人徹底辜負了她，完全沒有從薩克維先生的魔爪下保護她，從來沒有。

我給了她們和薩克維先生一樣的選擇。

他們全都選了水合氯醛，全都是膽小鬼。

雪瑞登夫人已經過世。期盼整件事能早日公諸於世。

真誠的

仰慕者

附註：誠心祝福妳身爲夏洛克．福爾摩斯的人生。

附註二：我暫時照顧薩克維先生常到倫敦光顧的那間屋子裡的孩子，希望他們——或是至少其中的幾個人——能夠長成正直的人。

附註三：雪瑞登夫人和我是碰巧相遇。我習慣資助幫助女性的機構。她是基督教女青年會長久以來的贊助者。我們在貝斯納綠地的機構外碰面，我可沒料到會在這裡遇上社交界的夫人。對於這次重逢，我們都相當訝異，不過很快就聊開了。我總是後悔以前曾經傷害過她。而我到那時才知道她全心投入守護不幸女子的慈善事業，全是受到我的遭遇啓發——她認爲我遭受的懲罰太重了。聊到後來，我們開始緬懷克拉拉。她說她從未信過醫師給予的解釋，只是爲了丈夫裝裝樣子。克拉拉生前的身心狀況很差。雪瑞登夫人曾經盡了全力想提振她的精神，爲了無法挽救她的性命深感內疚。我內心天人交戰，最後決定告訴她眞相——也向她保證不會讓罪人安然脫身。

但是雪瑞登夫人依然決定自己動手。除非蘇菲亞．隆戴爾的計畫完美執行，否則無法阻止她在人生的最後一刻犯下謀殺案。

「所以那三個人是自己服下水合氯醛。」崔德斯聽見自己的低語。

「蘇菲亞．隆戴爾一定坐在蕭伯里夫人過世前晚搭上的出租馬車裡頭。」福爾摩斯小姐說道：

「不知道她是不是親自找艾梅莉亞夫人談判。」

「但是無法證明她曾接近過柯里之屋。」

「我相信是那兩個年輕人回報陌生人在那個區域有多顯眼之後，她選擇透過郵寄下手——要僞裝成一般的包裹不難，比如說包裝好的雜誌之類的，僕人一定不會察覺。就算事蹟敗露了，旁人也只會找到一張列出薩克維先生變態興趣的打字紙張，沒有署名也沒有筆跡。不過呢，薩克維先生當然早就銷毀了一切。」

崔德斯點點頭。「妳覺得蘇菲亞・隆戴爾後來是不是有點急？艾梅莉亞夫人和薩克維先生的死亡日期隔了將近兩週，但是薩克維先生死後只過了一天，蕭伯里夫人也死了。」

「她可能失了耐性，也可能想利用我的醜聞。」福爾摩斯小姐微微一笑。「一個健康的女性在對兒子勃然大怒後再也沒有醒來，總比無端暴斃還要合理。」

崔德斯不知道該如何回應。他不懂福爾摩斯小姐的醜聞。這樣冰雪聰明的人，竟然會做出如此愚蠢、墮落的決定，實在是沒道理啊。

她喝了一小口茶。「貼身男僕霍吉斯呢？他要面臨什麼後果？」

他很樂意不繼續談論這個醜聞。「等到雪瑞登爵爺得知眞相，我不認爲他會提告。如果他放棄起訴，我想蘇格蘭警場也沒有理由代他打官司。」

福爾摩斯小姐摺好那封信，小心翼翼地收回信封。「我有種預感，在揭露克拉拉的悲劇時，蘇菲亞・隆戴爾會把復仇計畫推到她過世老友頭上——就是那位收藏克拉拉・薩克維日記多年的女士——

不讓自己的名字出現在報紙上。」

「若是沒有特別的理由，一般女性是不會大費周章安排詐死事宜的。探長，可以請你不要公開她涉案之事嗎？」

崔德斯想了想，答道：「好的。」

「探長，你如此積極協助此案，我欠你一大筆人情。」

崔德斯點頭致意，起身準備離開。他長久以來對妻子的錯誤認知與福爾摩斯小姐無關，但他已經下定決心，這陣子別和夏洛克．福爾摩斯扯上關係。

彷彿是聽見他的思緒，福爾摩斯小姐將包裝得漂漂亮亮的包裹塞進他手中。「這是給崔德斯太太的瑪德蓮，請向她轉達最誠摯的問候。」

第二十二章

「妳知道我在想什麼嗎？」莉薇亞問道。

她們坐在大英博物館閱覽室旁提供給讀者的餐飲區裡。夏洛特結束了她每週一次的閱讀室之旅，莉薇亞溜出沉悶到骨子裡的花園宴會，來找她最愛的妹妹。

「妳在想什麼？」夏洛特反問。

她看起來很好，恢復了天使般圓潤平靜的模樣——不只一名紳士大費周章走過她們桌邊，以眼角餘光打量她。

社會大眾終於知道蕭伯里夫人和艾梅莉亞夫人是爲了避開醜事外揚而自殺，莉薇亞的生活也大幅改善了。夏洛特離家一事仍舊令她心痛，莉薇亞好怕社交季結束後，要在鄉間度過漫長的時光。不過終於能擺脫嫌疑，不用活在烏雲之下，這可是值得品味的喜悅。

當然了，夏洛特現在有了收入——最近的案子賺到天價的四鎊十先令，更是讓莉薇亞開心得心悸不已。我更節省了。她在一封信中寫道。我決定要存夠錢來養活我們——妳、我，還有貝娜蒂。

莉薇亞拿餐巾擦擦手指。「我想妳應該要把夏洛克·福爾摩斯的幾個案子寫成書，那些記錄的宣傳效果比報紙廣告還要好。」

夏洛特往莉薇亞的盤子裡又放了一片三明治。「可是我的客戶來找私人顧問就是希望能保有隱私。」

「改掉他們的名字啊，這樣就沒有人知道了。」

夏洛特搖搖頭。「我唯一全程參與、能夠好好描述的只有薩克維的案子。就算我換掉涉案人士的名字，大家早就知道發生了什麼事。更何況就算雜誌社想刊登這種聳動的故事，也會避開這個案子，他們也怕冒犯到讀者纖細的情感。」

莉薇亞越挫越勇。「那就寫成小說吧。利用原本的架構，組成新的故事。蘇格蘭警場請夏洛克．福爾摩斯協助偵辦可疑的死亡案件。妳可以保留殺人的方式，只是把水合氯醛改成其他毒藥。妳還可以讓凶手透過報紙廣告找上妳，這樣就很不一樣了吧。」

「好主意。」夏洛特咧嘴而笑。「妳認爲這個凶手爲什麼要復仇？」

看到妹妹眼中的興致，莉薇亞腦中突然充滿靈感。「這應該是最簡單的要素吧？人總是對其他人做各種可怕的事情。上個禮拜我才看到吐溫先生的作品，裡面提到幾十年前猶他州發生過一場大屠殺。當地的義勇軍殺死一百多個搭乘貨運火車要去加州的人。妳可以讓某人在屠殺中倖存，追查誰是幕後黑手。」

「一路追到倫敦？」

「不行嗎？」莉薇亞抓起夏洛特放在她盤子上的三明治，咬下一口。啊，有夏洛特相伴，所有食物都更加美味了。「現在世界變得這麼小。而且也可以保留原本案件的精髓，塑造出來自海外的復仇者。」

「確實行得通。」夏洛特喝了一小口檸檬水。

莉薇亞得意極了。夏洛特不會胡亂稱讚人。如果她說行得通，那就是行得通。「那妳會寫嗎？」

夏洛特搖搖頭。「莉薇亞，這個故事應該要由妳來寫。」

「我？」

「對，就是妳。」

「可是我以前什麼都沒有寫過。」

「這不是事實喔。」

夏洛特知道莉薇亞的筆記本裡寫滿了發展到一半的靈感，以及延伸好幾頁的故事。莉薇亞的臉熱了起來——應該要燒掉那些筆記本的。就算只有夏洛特，讓任何人看到那些不成熟的文字實在是太羞恥了。

「還記得之前妳讀過愛倫．坡的《莫爾格街凶殺案》嗎？還記得妳那時有多生氣？凝聚了整篇的張力與刺激，最後坡先生卻只能派發瘋的紅毛猩猩收場？後來妳在筆記本裡猛寫了好幾天。」

「是啦，可是譴責他濫用紅毛猩猩總比自己寫出更棒的故事簡單多了。」

夏洛特往莉薇亞的杯子裡倒滿檸檬水。「我從來沒有和妳說過，不過妳有幾篇故事的開頭寫得非常出色。希望妳可以繼續完成那些故事。」

莉薇亞心頭一震。她也有擅長的事情嗎？

「總之寫寫看這個夏洛克．福爾摩斯的故事吧。」夏洛特斷然說道，把一盤海綿蛋糕推向莉薇亞。「妳會把自己嚇一跳的。」

□

為了上貝克街十八號的生意，夏洛特從大英博物館趕回家赴約。七點半整，門鈴響起。過了幾秒，一臉雀躍的年輕女性踏入客廳。

「牛津小姐，妳今天如何呢？」

「很好，謝謝妳。」牛津小姐笑得燦爛，活力充沛地與夏洛特握了手。「很開心能來到這裡。」

她毫無芥蒂的好心情令夏洛特印象深刻——她的客戶通常會顯露出某些焦慮的跡象。照著固定台詞說明完夏洛克．福爾摩斯不便見客的原因，牛津小姐先是表達同情之意，接著她希望能體驗福爾摩斯先生的超群智力。

夏洛特上下打量她，接著走到餐具櫃旁，倒了兩杯威士忌。「妳是倫敦人，在這一區土生土長。可是最近妳出國一趟，才剛回來。我想是巴黎吧。妳不是去遊玩，沒有工作職位，也不是與家人或朋友同住。因此我推測妳是索邦大學醫學院的學生。」

她把一杯威士忌遞給「客戶」，向她舉杯。「里梅涅小姐，歡迎回來。」

里梅涅小姐哈哈大笑。「我是哪裡露了餡？是長相嗎？大家都說我和阿姨長得很像。」

「確實有許多相似之處。」

然而夏洛特看得越久，里梅涅小姐就越像另一個人：英古蘭爵爺的父親——至少是他法律上的父親——已故的威克里夫公爵。

夏洛特猜測里梅涅小姐不是華生太太的外甥女，而是她女兒——這樣對大家都好，這個女孩也有了合理的身分。她更猜測里梅涅小姐的父親很有錢——約翰·華生的軍醫身分難以提供他的妻子如此優渥的環境。

然而她完全沒想到華生太太與艾許波頓家之間會有關聯。

里梅涅小姐愉快地閒聊著，夏洛特知道自己一定是應答得宜，因爲里梅涅小姐正和她有說有笑的。但她的腦袋卻轉得發昏。

孩子與父親的情婦感情融洽並非罕見的案例，特別是在他們早已失去母親的前提之下。J·H·R，英古蘭的著作上神祕的致意對象正是瓊娜·哈密許·里梅涅，也就是華生太太。他對她毫無反感，把她當成朋友、長久以來的知己。當時在郵局門口的邂逅並非巧遇，她是被人派來的。

里梅涅小姐停了下來，期待地盯著夏洛特。夏洛特努力回想剛才的對話內容。「我無法百分之百斷定我會喜歡解剖，不過在我習慣前，應該不會昏倒太多次。」

里梅涅小姐發出銀鈴般的笑聲，又說起解剖課上的另一件趣事。夏洛特逼自己專心跟上話題。大概過了十五分鐘，里梅涅小姐說道：「嘿，我們該回去了吧？我阿姨說好要準備一大瓶香檳等我。」

「妳先回去吧？我要爲明天的第一組客戶做點準備。」

要夏洛特答應不會拖太久之後，里梅涅小姐蹦蹦跳跳地下樓。夏洛特回到原位，重重坐下。

敲門聲傳來。夏洛特一驚。「是誰？」

英古蘭爵爺走了進來。

夏洛特立刻起身。「你來這裡有什麼事？」

「妳寫信給我。」

他上下打量著她，眼神中帶著謹慎。他知道了嗎？他是不是看了她一眼就知道現在她看透了他的暗中安排？

她往他臉上尋找答案，卻看不出他的半點思緒。「我是寫了信，但我沒有說要見你。」她去過薩莫塞特府，在結婚登記證明上找到蘇菲亞．隆戴爾丈夫的名字，便詢問英古蘭爵爺是否知道這名蘇菲亞．隆戴爾大費周章拋棄的男子。

「我剛去見班克羅夫特。」他冷靜的神情太過誇張，彷彿是咬牙準備面對麻煩事。「妳一定要聽他和我說的話。」

她才不在乎班克羅夫特爵爺說了什麼。她縮短兩人之間的距離，伸出手指往他胸口一戳。「你騙了我，是你找人跟蹤我。」

他沒有回答，只是看著她——並非從她身上尋找線索，而是單純地看著她的五官。「有很多說出口的話只是權宜之計，不一定是事實。」

他深棕色的雙眼色澤變得更深，視線從她的雙眼移到唇邊，最後又移了回來。兩人的距離比她想像的還要近——他們幾乎貼在一塊，只隔了薄薄的一層空氣。她吸入刮鬍皂的檀香味和皮膚乾淨溫暖的芳香。

「而且我只在妳成爲華生太太的女伴前讓人盯著妳。之後都是馬伯頓太太，或者該說是莫——」

她吻上他。

他僵硬地呆站幾秒，接著一把拉她入懷，捧起她的臉，以雷霆萬鈞的氣勢回應她的吻。

甜美。苦澀。喜悅。痛苦。最後只剩猛烈、盲目的感官，只剩高溫與電流。

她喘了好一會才發覺這個吻已經結束了，自己的臉頰貼著他的大衣翻領，聆聽他強壯快速的心跳。

他後退一步。她忍不住嘆息——一切美妙的時刻總會逝去。他不用明說，她已經知曉即便物換星移，一切都沒有變過。

「希望妳別生華生太太的氣。」他低聲道：「我原本只請她轉交一些資金給妳。帶妳進她家、招妳成爲生意夥伴——這些都是她的決定。」

他視線的方向：她腳邊的地面。他雙手的位置：抓住他進房後就脫下的手套。他胸膛的起伏迅速而紛亂。

他等著她的裁決。

「我不氣華生太太。」

他沒有放鬆，反而更加緊繃——他們都知道她永遠無法生華生太太的氣。

那她氣他嗎？她過去的沉默夥伴？她是否氣他以爲是行必要之舉時，想也不想就跨越諸多界線，現在卻又縮到一道道疏離之後？

她再次嘆息。「關於娶了蘇菲亞．隆戴爾的講師，你要告訴我什麼情報？」

他又凝視她好半晌。「莫里亞提？聽到這個名字，班克羅夫特激動得不得了。他不斷問我怎麼會知道這個人。等他終於相信我本身與莫里亞提毫無瓜葛，他斬釘截鐵地警告我別和他扯上關係。」

夏洛特的心跳一窒——謝天謝地，幸好他阻止了她寫信請桑摩比夫人指認馬伯頓太太的身分。

「福爾摩斯，我突然想到。」他從口袋裡掏出一個信封。「班克羅夫特要我轉交這個給妳。」

她的心狠狠一震——她好怕他再也不會叫她福爾摩斯。

「嗯，他可不是想找情婦吧？」她的低喃換來英古蘭爵爺的白眼。

信上寫著：

親愛的福爾摩斯先生：

我對你的顧問服務相當感興趣，希望能在明天早上十點前來拜訪，討論一件極度棘手的重大事務。若你選擇接受這項委託，就得與舍弟英古蘭．艾許波頓爵爺密切合作。

希望能獲得你的協助。

眞摯的

班克羅夫特爵爺就是知道要如何設圈套。

她燒掉信件——英古蘭爵爺曾說這是與他兄長通訊後的必要手段。接著，她對英古蘭爵爺說道：「請班克羅夫特爵爺務必信守承諾。我將在明天十一點與他見面，不是十點。」

他搖搖頭，表情卻是極度溫柔，接近深情。「我就怕這一天的到來，班克羅夫特終將看透妳的腦袋有多厲害。」

「那你是什麼時候把我看透的呢？」她反射性地問道。

他一手已經按住門把，回頭望向她，答道：「打從一開始，福爾摩斯。最早的那一刻。」

《福爾摩斯小姐1　貝克街的淑女偵探》完

致謝

Kristin Nelson，我的作品沒有一本是她賣不出去的。

Wendy McCurdy 相信「福爾摩斯小姐」系列深具潛力。

Kerry Donovan 為這本書不眠不休地努力。

Janine Ballard 仔細地反覆檢視整份草稿。

Shellee Roberts 在我需要人踢屁股時狠狠踹我一腳。Traci Andrighetti 在我被踹爛之後好好重建我的信心。

無論是否與截稿日有關，我的丈夫總是我最穩固的堡壘。

感謝每一位鼓勵我創作女版夏洛克．福爾摩斯的人士。

還有你，如果你正在讀這段文字，謝謝。感謝你付出的一切。

Lady Sherlock
福爾摩斯小姐

下集預告

A Conspiracy in Belgravia

遠離社交圈，給了夏洛特時間及自由來利用她驚人的推理能力，而在華生太太的協助下，「私家偵探夏洛克·福爾摩斯」的事業非常成功。不過，出乎意料的委託人——英古蘭夫人——來到了她在上貝克街的辦公室。而這位她親愛老友兼贊助人的妻子，希望請福爾摩斯幫她尋找失蹤的往日情人，他們每年固定會在紀念廣場會面，但今年，她的往日情人沒有現身。

夾在她與英古蘭的交情及對委託人的責任之間，夏洛特更發現英古蘭夫人失蹤的往日情人，竟然是自己的同父異母哥哥馬隆·芬奇，讓這個案子變得更複雜、更私密，也為她的調查帶來更多難以預料的變數……

即將出版。

伊洛娜·安德魯斯（Ilona Andrews）

邊境1 邊境玫瑰（陸續出版）

彼得·布雷特（Peter V. Brett）

魔印人
魔印人2　沙漠之矛
魔印人3　白晝戰爭
魔印人4　頭骨王座
魔印人5　地心魔域（完）
信使的遺產：魔印人短篇集

大衛·蓋梅爾（David Gemmell）

大衛·蓋梅爾之傳奇

賽門·葛林（Simon R. Green）

夜城系列（全12冊）
秘史系列
守護者之心（秘史1）
惡魔恆長久（秘史2）
作祟情報員（秘史3）
錯亂永生者（秘史4）
天堂眼（秘史5）
卓德不死（秘史6）
地獄夜總會（秘史7）
第十三號囚房（秘史8）
卓德殺機（秘史9）

凱文·赫恩（Kevin Hearne）

鋼鐵德魯伊1　追獵
鋼鐵德魯伊2　魔咒
鋼鐵德魯伊3　神鎚
鋼鐵德魯伊4　圈套
鋼鐵德魯伊5　陷阱
鋼鐵德魯伊6　獵殺
鋼鐵德魯伊7　破滅
鋼鐵德魯伊8　穿刺
鋼鐵德魯伊9　天譴（完）

Fever

鋼鐵德魯伊短篇集　蓋亞之盾
鋼鐵德魯伊短篇集2 Besieged（即將出版）

珍・簡森（Jane Jensen）
善惡方程式（上+下）
審判日

喬治・馬汀（George R. R. Martin）
熾熱之夢

A. Lee 馬丁尼茲（A. Lee Martinez）
神來我家
機器人偵探
怪物先生
城堡夜驚魂

丹尼爾・波蘭斯基（Daniel Polansky）
下城故事1：無間世界
下城故事2：預見謀殺之時
下城故事3：彼岸女神（完）

布蘭登・山德森（Brandon Sanderson）
破戰者

安傑・薩普科夫斯基（Andrzej Sapkowski）
獵魔士　最後的願望
獵魔士　命運之劍
獵魔士長篇1 精靈血
獵魔士長篇2 蔑視時代
獵魔士長篇3 火之洗禮
獵魔士長篇4 燕之塔
獵魔士長篇5 湖之主（長篇完）
獵魔士 *Season of Storms*（即將出版）

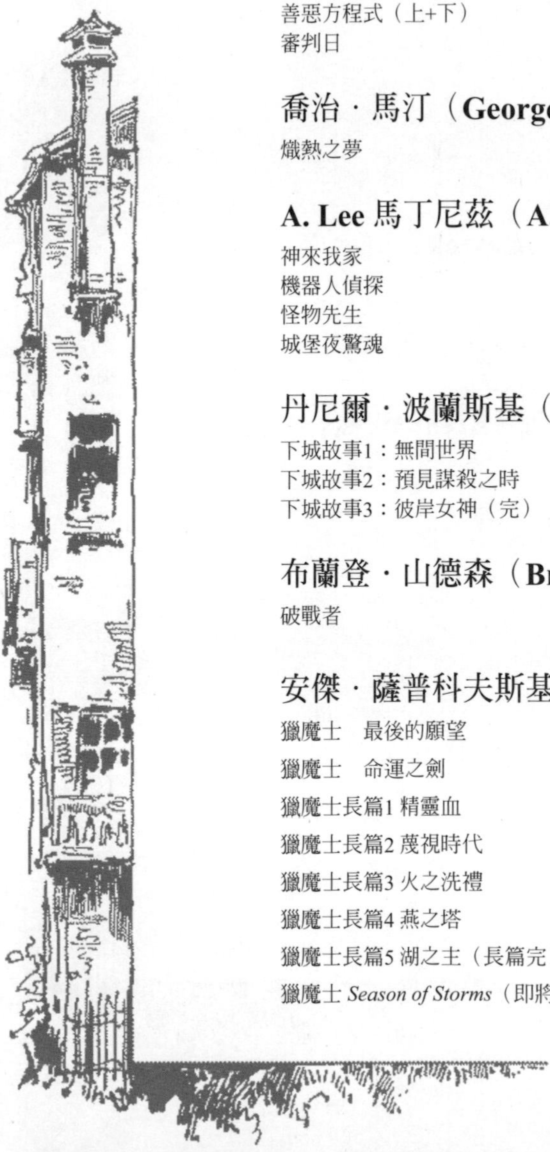

Fever

強・史蒂爾（Jon Steele）

天使三部曲1 守望者
天使三部曲2 天使城
天使三部曲3 荊棘路（完）

布蘭特・威克斯（Brent Weeks）

馭光者1　黑稜鏡
馭光者2　盲眼刀
馭光者3　破碎眼（即將出版）

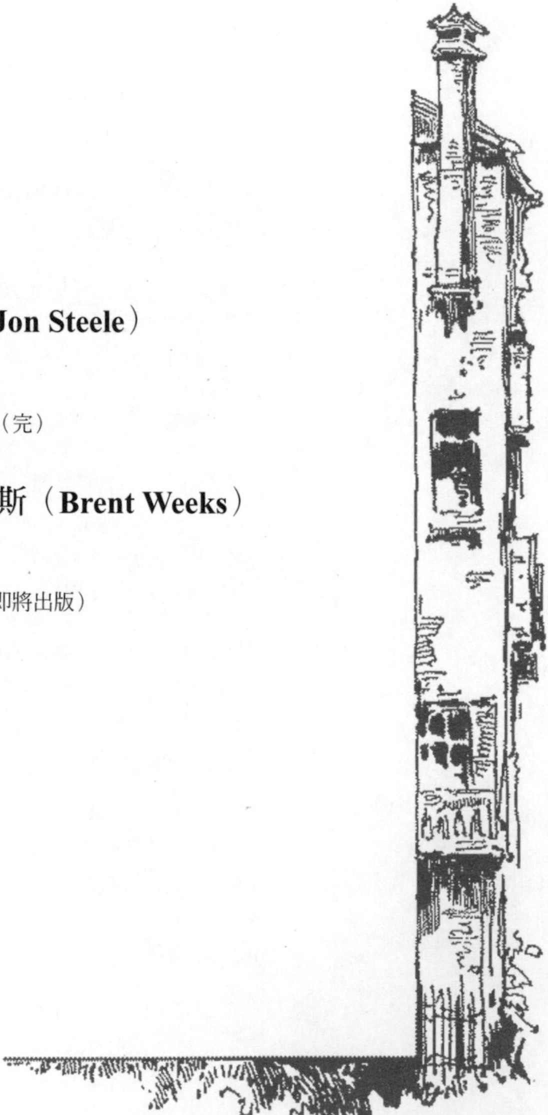

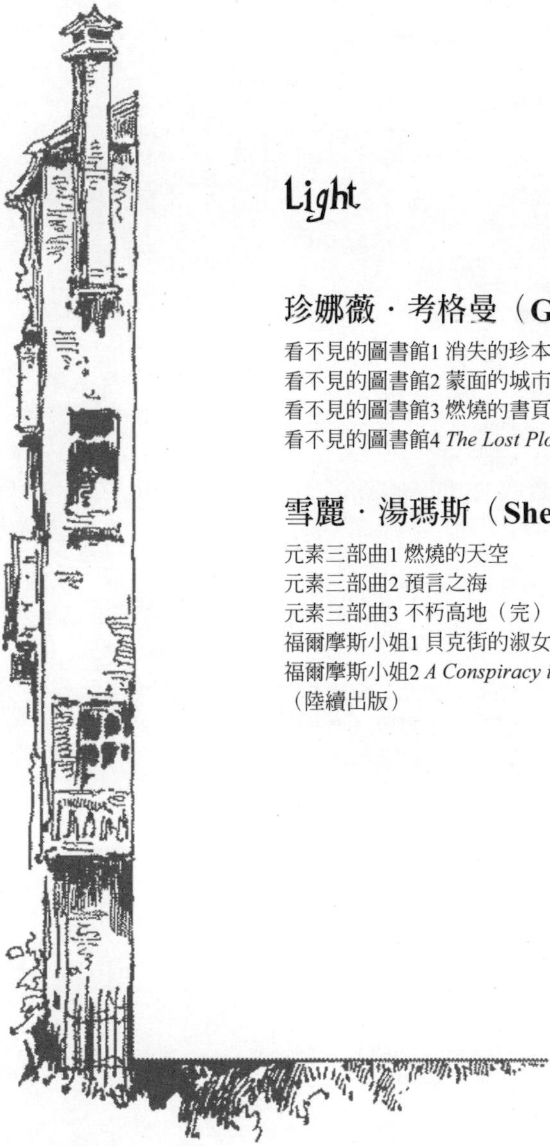

Light

珍娜薇‧考格曼（Genevieve Cogman）

看不見的圖書館1 消失的珍本書
看不見的圖書館2 蒙面的城市
看不見的圖書館3 燃燒的書頁
看不見的圖書館4 *The Lost Plot*（即將出版）

雪麗‧湯瑪斯（Sherry Thomas）

元素三部曲1 燃燒的天空
元素三部曲2 預言之海
元素三部曲3 不朽高地（完）
福爾摩斯小姐1 貝克街的淑女偵探
福爾摩斯小姐2 *A Conspiracy in Belgravia*
（陸續出版）

福爾摩斯小姐1 / 雪麗．湯瑪斯(Sherry Thomas)著；
楊佳蓉 譯. -- 初版. -- 臺北市：蓋亞文化, 2019.09-
冊；　公分
譯自：*A Study in Scarlet Women*
ISBN 978-986-319-438-5（第1冊：平裝）

874.57　　　　108012276

Light 011

福爾摩斯小姐1　貝克街的淑女偵探

作　　者　雪麗・湯瑪斯（Sherry Thomas）
譯　　者　楊佳蓉
封面設計　莊謹銘
總 編 輯　沈育如
發 行 人　陳常智
出 版 社　蓋亞文化有限公司
地址：台北市 103 承德路二段 75 巷 35 號 1 樓
電話：02-2558-5438　　傳真：02-2558-5439
電子信箱：gaea@gaeabooks.com.tw
投稿信箱：editor@gaeabooks.com.tw
郵撥帳號 19769541　戶名：蓋亞文化有限公司
法律顧問　宇達經貿法律事務所
總 經 銷　聯合發行股份有限公司
地址：新北市新店區寶橋路二三五巷六弄六號二樓
電話：02-2917-8022　　傳真：02-2915-6275
港澳地區　一代匯集
地址：九龍旺角塘尾道 64 號龍駒企業大廈 10 樓 B&D 室
電話：+852-2783-8102　　傳真：+852-2396-0050
初版五刷　2022年11月
定　　價　新台幣 340 元
Published and Printed in Taiwan

ISBN／978-986-319-438-5